ERIN STEWART

DÉVISAGÉE

Traduit de l'anglais (États-Unis)
par Marie Leymarie

GALLIMARD JEUNESSE

Titre original : *Scars like Wings*

Édition originale publiée par Delacorte Press,
une filiale de Random House Children's Books,
département de Penguin Random House LLC, New York

Merci à Atticus d'avoir permis la reproduction et la traduction de son poème
«Un phénix en flammes».

À Kyle, qui illumine ma vie

1

Un an après l'incendie, le docteur me retire mon masque et me dit qu'il est temps de me bouger.

Il ne le dit pas avec ces mots-là, bien sûr, parce qu'il est payé pour employer des termes savants, comme « réintégration » et « isolement » mais, en gros, le Comité chargé de la vie d'Ada s'est réuni et a décidé que j'avais traînassé assez longtemps.

La fête est finie.

Le docteur Sharp examine mes greffes pour vérifier que des ailes de chauve-souris ne sont pas en train de pousser sous mes aisselles – on ne sait jamais, depuis le mois dernier. Les cicatrices sont retorses, et comme mon corps est brûlé à soixante pour cent, il lui faut plus de vingt minutes pour en faire le tour. Cora suit attentivement chacun de ses gestes depuis le banc de touche, tout en griffonnant des notes dans un énorme classeur intitulé « Guérison d'Ava ». Je remue, et le papier qui recouvre la table d'examen en vinyle crisse sous mes fesses.

Le docteur retire le bandana de ma tête, puis mon masque de plastique transparent. Ses doigts effleurent ma peau.

– Tout ça cicatrise magnifiquement, dit-il, sans la moindre ironie.

Ses doigts froids contournent mes yeux, puis je ne ressens plus rien tandis qu'ils atteignent les greffes plus épaisses qui entourent ma bouche.

– Oui, enfin... je dis. On peut mettre du rouge à lèvres à un cochon, ça restera toujours un c...

– Ava ! proteste Cora, ma tante, qui s'est autoproclamée P-DG du Comité que j'évoquais tout à l'heure.

Le docteur Sharp secoue la tête en riant. Avec ses fossettes, il ressemble terriblement à ces docteurs McSexy des séries télé, qui s'envoient en l'air entre deux urgences. C'est à cause de ses yeux de braise et de sa mâchoire carrée qu'une nuée de papillons me traverse le ventre chaque fois qu'il me frôle. Pour ne rien arranger, je sais pertinemment qu'il m'a vue nue une petite vingtaine de fois. Certes, c'était sur une table d'opération, mais j'étais désespérément nue, même enveloppée de gaze et couverte de cicatrices de la tête aux pieds.

C'est un détail que nous évitons d'évoquer, lui comme moi, de même que le fait qu'il a taillé un bout de mon derrière pour le fixer sur mon visage et me fabriquer un nouveau front.

Il me tend un petit miroir, comme chez le coiffeur, pour que j'admire son œuvre.

– Non merci, je dis en le lui rendant.

– Tu as encore du mal à te regarder ?

– À moins qu'il ne m'ait poussé un nouveau visage pendant la nuit, je sais ce que je vais voir.

Le docteur Sharp acquiesce, tout en tapant quelques mots dans mon dossier médical. Je prévois déjà une réunion du Comité pour parler de mon rejet des surfaces réfléchissantes. Mais c'est bon, je l'ai vu, mon visage ! Je sais à quoi il ressemble. Je n'ai pas envie de le voir et de le revoir.

Avec son sourire à fossettes, le docteur Sharp brandit mon masque en plastique.

– Tu seras sûrement contente d'apprendre que tu n'as plus besoin de ça ?

Cora pousse un cri de joie et passe maladroitement un bras autour de mes épaules, veillant à ne pas appuyer pour ne pas perturber le processus crucial de cicatrisation.

– C'est le plus beau cadeau qu'on aurait pu rêver, docteur. Cette semaine, ça fait pile un an que…

Elle s'interrompt, et je la vois qui peine à trouver les mots justes.

– L'incendie, je suggère. Ça fait un an depuis l'incendie.

Le docteur Sharp me tend le masque qui m'accompagne jour et nuit depuis un an. Sa mission : presser la peau de mon visage pour éviter que les cicatrices ne fassent des boursouflures. Les médecins et les infirmières ne cessent de me répéter qu'il a incroyablement aidé ma peau à cicatriser mais, franchement, je ne vois pas vraiment ce qui aurait pu être pire que ce patchwork de greffes multicolores qui me tient lieu de visage.

– Il faut que tu continues à porter tes vêtements compressifs jusqu'à ce qu'on soit certains que tes cicatrices ne gênent pas tes mouvements, poursuit le docteur Sharp. Mais j'ai une deuxième bonne nouvelle.

Cora lui fait un très léger signe de tête, et je comprends que ce qui va suivre a été décidé lors d'une de ces réunions dans lesquelles on débat de ma vie sans moi. Mon invitation a dû aller direct dans le dossier des spams.

– Maintenant que tu n'as plus besoin de porter le masque, je t'autorise – et même je te le recommande vivement – à reprendre les cours au lycée.

Je fais tourner le masque dans ma main sans lever les yeux.

– Je crois que je vais passer mon tour, mais merci quand même.

Bondissant du banc de touche, Cora pose son énorme classeur à côté du lavabo et s'assied à moitié sur ma chaise, me cognant la hanche.

– Ava, je sais que tu en as marre des cours par Internet.

Tu dis tout le temps que tu aimerais retrouver une vie normale.

Normale.

C'est ça. Comme autrefois. Comme Ava Avant l'Incendie.

– Ce. N'est. Pas. Possible, je scande. Je ne peux pas retourner au lycée comme si de rien n'était, c'est absurde.

– Tu peux changer de lycée. Celui près de chez nous, comme on en a parlé, ou celui que tu veux, rétorque Cora sans se laisser décourager. Prendre un nouveau départ. Te faire de nouveaux amis, recommencer une nouvelle vie.

– Plutôt mourir, je marmonne.

Ça me va très bien de suivre des cours par Internet, en pyjama dans ma chambre. Personne ne peut me voir. Personne ne peut me montrer du doigt en chuchotant sur mon passage, s'imaginant sans doute que je suis sourde en plus de défigurée.

– Je sais que tu ne penses pas ce que tu dis, proteste Cora. Tu as tellement de chance d'être vivante.

– C'est vrai. Je suis un fer à cheval ambulant.

En quoi est-ce une chance d'avoir survécu ? Mon père, ma mère et ma cousine Sara sont sûrement en train de danser dans une prairie céleste, à moins qu'ils ne se soient réincarnés en singes en Inde, les petits veinards, tandis que moi, je dois subir la ronde interminable des opérations et des médecins, et supporter d'être scrutée sous toutes les coutures par des inconnus.

Mais on ne peut pas rivaliser face à des pierres tombales. La mort gagne à tous les coups.

– Si c'était Sara, je voudrais qu'elle vive sa vie pleinement, reprend Cora. Et je sais que ta mère aurait voulu que tu sois heureuse.

Ça m'agace qu'elle utilise les morts pour remporter le débat.

– Je ne suis pas Sara, et tu n'es pas ma mère.

Cora se détourne, et le docteur Sharp fixe soudain l'écran de son ordinateur, prétendant ignorer la tension qui a envahi la salle d'examen comme de la fumée. Je suis furieuse qu'il assiste à cette scène de colère enfantine, mais c'est sa faute, il m'a prise en traître.

Cora renifle en silence, et je regrette de ne pas pouvoir effacer ma pique. Elle n'a pas demandé à jouer le rôle de ma mère, pas plus que je n'ai demandé à jouer celui de sa fille. On essaie toutes les deux d'apprivoiser ce sale coup de la « chance ».

Le docteur Sharp se racle la gorge.

– Ava, ça nous inquiète de te savoir dans un tel isolement. La réintégration est une étape majeure du processus de guérison, et nous pensons tous qu'il est temps de t'y mettre.

Je me retiens de lui demander qui sont ces mystérieux « nous », car c'est la première fois que j'entends dire que ma vie d'ermite les préoccupe.

– Que dirais-tu d'aller au lycée pour une période

d'essai, disons deux semaines, et qu'on fasse le point ensuite ?

Cora me regarde, pleine d'espoir, les yeux encore humides, et la culpabilité du « chanceux » me serre la poitrine. La culpabilité du survivant.

Cette semaine, ça fait un an pour elle aussi. Un an sans sa fille. Un an qu'elle prend soin de moi – celle qui a survécu à sa place.

Je ne peux pas lui redonner Sara, mais je peux lui donner deux semaines.

– Très bien, je dis. Dix jours d'école. Si ce n'est pas un désastre total, on verra pour la suite.

Cora me serre si fort que je fais semblant d'avoir mal pour qu'elle me lâche.

– C'est juste deux semaines, je lui rappelle. Et ça va être un désastre total !

– C'est déjà un début, dit-elle.

Je recouvre mon crâne balafré de mon bandana rouge, tandis que Cora et le docteur Sharp échangent un regard triomphant. Je tripote le masque transparent avec ce qui reste de mes mains, luttant contre l'envie de le remettre.

Cora s'arrête à l'accueil pour négocier un report de ses factures. Pendant ce temps, je fais quelques pas dans le couloir du service des grands brûlés et je regarde les œuvres d'art créées par une association qui tente d'apporter de la beauté aux gens qui agonisent. Je réalise que je suis arrivée dans la cour intérieure de l'hôpital général quand une petite fille, accrochée au jean skinny de sa mère, pousse un cri strident.

Elle tend son petit doigt vers moi.

Vers mon visage.

La femme, rougissante, marmonne une excuse et tire sa fille par le bras. La petite, qui continue à pleurnicher, se dévisse la tête pour me regarder tandis que sa mère l'entraîne. Un homme se dépêche de retourner à son journal, mais je sens qu'il me suit des yeux. Je reviens vers le couloir d'un air que j'espère naturel et je reste sagement dans le service des grands brûlés, où les gens ont l'habitude de voir des visages comme le mien. L'homme du journal continue à me jeter des regards du bout du couloir. Je regrette que Cora ne m'ait pas permis d'apporter mon casque audio, je n'ai qu'une envie : me plonger dans ma musique et me couper du reste du monde. Alors j'observe une œuvre en 3D qui s'appelle *Reflets d'étoiles* et je fais semblant de m'intéresser aux éclats de miroir qui réfléchissent des lueurs arc-en-ciel dans le couloir.

Cette voie lactée de miroirs qui tombent en cascade renvoie de moi un portrait à la Picasso, fragmenté en des dizaines de brisures qu'un souffle de vent suffirait à projeter au sol. Je reconnais mon bandana rouge entourant mon visage balafré.

Pendant un instant, je me berce de l'illusion que c'est à cause de ce miroir en miettes que j'ai l'air en miettes.

Qu'il suffit de faire un pas de côté pour que mon visage retrouve son apparence normale.

C'est ce que veut le Comité. Que je reprenne le lycée, que tout redevienne normal. Mais je sais bien que c'est impossible.

Les gens normaux ne terrifient pas les petits enfants.

Quand une ado normale se regarde dans le miroir, c'est pour vérifier que son rouge à lèvres n'a pas débordé ou que son brushing n'est pas retombé. Son reflet la rassure, et si elle n'aime pas ce qu'elle voit, elle s'arrange.

Mais pour moi, le miroir est un rappel.

« Tu es un monstre. »

Impossible de changer ça.

2

Cora passe la semaine suivante dans une frénésie de shopping, convaincue que le succès de mon retour à une vie d'ado normale dépend du choix d'un sac à dos ou d'une sacoche.

Le soir précédant ma «réintégration», elle aligne une série de sacs sur mon lit. Les tote bags imprimés, les sacs à motifs floraux et les sacoches en nylon semblent me dévisager.

– Qu'est-ce qui est à la mode en ce moment ?

Je hausse les épaules.

– Ça fait un an que je ne porte que des blouses d'hôpital et des pyjamas, alors ce n'est pas à moi qu'il faut demander…

Pour être franche, je doute surtout que quiconque s'intéresse à ce que je porte.

Les yeux de Cora parcourent le festival coloré des sacs avant de se poser sur moi. Ses sourcils se rejoignent, comme lorsqu'elle fait ses mots croisés le dimanche. Comme si, en se concentrant très fort, elle allait trouver une solution.

Mais quels que soient ses efforts, je suis un problème qu'elle ne peut pas résoudre.

– Je pense que c'est celui-là le mieux, décide-t-elle en brandissant une sacoche noire. Essaie-le pour être sûre, avant que j'aille rendre les autres.

Je rétorque que le premier sac venu fera l'affaire, puisque de toute façon, d'ici deux semaines, je retournerai à ma vie d'ermite et n'en aurai plus besoin.

Cora change de visage et, pendant un bref instant, elle laisse tomber son masque de P-DG du Comité. Derrière se cache quelqu'un de différent. Quelqu'un de perdu et d'effrayé, qui aimerait plus que tout que sa fille soit encore là, à essayer des sacs et à s'emballer à l'idée des nouveaux amis qu'elle va rencontrer et des soirées pyjama qui l'attendent… enfin, tout ce dont Cora aurait rêvé pour Sara – pour une fille normale de seize ans.

Avec un soupir, je prends la sacoche et la passe par-dessus ma tête.

– Il est super, Cora, merci.

Elle ajuste le sac pour qu'il tombe parfaitement sur mes hanches. Son poids tire sur mes épaules déjà tendues, mais ça me fait du bien de la voir sourire.

Elle choisit un bandana couleur marine dans mon armoire et l'approche du chemisier bleu qu'elle m'a acheté.

– Te voilà parée !

Elle n'a pas vraiment d'argent à dépenser dans de nouveaux vêtements en ce moment, mais je lui suis reconnaissante de ne pas m'obliger à mettre les anciens habits de Sara demain. Par chance, on est en février, ce qui me permet de porter des manches longues et un jean qui couvrent quasiment mes vêtements compressifs.

– Tu es sûre de ne pas vouloir de perruque ? La gentille dame de l'hôpital nous a bien dit qu'on pouvait l'appeler à n'importe quel moment. On peut aller t'en chercher une, si tu veux.

Je secoue la tête :

– Absolument certaine.

Certes, une perruque couvrirait mieux mon cuir chevelu clairsemé qu'un bandana. Mais ça ne tromperait personne. La dame qui est venue armée de perruques, de maquillage et de tout un tas de trucs-bidules censés cacher les cicatrices était adorable, je le reconnais, mais malgré tous ses efforts, ses faux cheveux et ses gaines, elle ne pourra jamais couvrir *ça*. Alors pourquoi faire semblant ?

Après le départ de Cora, j'ouvre la fermeture Éclair de mes vêtements compressifs, me dépouillant de cette seconde peau qui empêche mes cicatrices de gonfler comme de la barbe à papa.

Je me laisse tomber à plat ventre sur le lit en short et débardeur. Les franges du couvre-lit de Sara me chatouillent le nez. Cora revient pour la séance de tartinage du soir. On commence par le côté droit. Elle étire doucement mon bras, qui, vu de ce côté, semble effroyablement maigre, genre sac d'os ou Retour de chez les zombies. Qui aurait cru que les cellules graisseuses pouvaient brûler ?

Cora continue de faire pénétrer la crème dans tous les pores de ma peau craquelée et crevassée, remplissant la pièce de cette odeur familière qui évoque, au choix, l'hôpital ou la maison de retraite. Mes vêtements compressifs beiges gisent sur mon bureau comme une mue de serpent. Après un an, ils semblent plus faire partie de moi que ce truc violet-rose zébré de cicatrices qui me sert de peau.

Je voyais autrefois la peau comme un tout uniforme, mais la mienne ressemble davantage au couvre-lit de Sara – un patchwork morbide. Certains morceaux sont d'origine, d'autres du tissu cicatriciel, d'autres enfin proviennent de différentes parties de mon corps, choisis par des médecins qui ont joué aux chaises musicales avec mon épiderme. Au début, j'avais même de la peau de cochon et de cadavre agrafée sur le corps, le temps qu'un labo, quelque part, cultive ma peau à partir de bouts de mes fesses de la taille d'un timbre-poste.

Cora continue à pétrir mon bras comme de la pâte

à pain, enfonçant ses doigts pour étaler la crème. C'est le seul moment où elle ne me traite pas comme une coquille d'œuf sur le point de se briser, sans doute parce qu'à l'hôpital les infirmières lui ont conseillé de ne pas hésiter à appuyer fort pour m'aider à cicatriser. Alors si « ça aide à cicatriser », Cora n'hésite pas.

Je lève ma jambe avant même qu'elle ait fini. Après huit mois de cette routine de frictionnage intégral, on est aussi rodées qu'un duo de natation synchronisée. Je serais désormais assez souple pour m'étaler moi-même la crème, mais j'avoue que c'est agréable d'être touchée par autre chose que les doigts glacés du docteur Sharp. Et puis les massages soulagent les démangeaisons dues à la déshydratation, elle-même due à mon absence de glande uropygienne. Cet effet domino provoque un fourmillement continu sous ma peau, que je ne peux jamais vraiment calmer.

– J'ai lu un article intéressant, m'annonce Cora.

Je me retiens d'éclater de rire – ça devient un vrai gag. *La Revue des grands brûlés*, qu'on reçoit tous les trois mois, lui farcit la tête de nouvelles idées supposées m'aider. Elle dévore chaque numéro de la première à la dernière ligne, et me laisse souvent des articles découpés sur mon lit.

– Ils disent que c'est important d'être soutenu par un groupe de jeunes du même âge qui vous comprend, continue Cora tout en me massant. Demain, tu vas rencontrer de nouveaux amis, je pense que ça va vraiment t'aider, Ava. Je le sens.

Je me tourne sur le dos pour qu'elle puisse accéder à mes genoux.

– C'est juste un essai de deux semaines. Ne t'emballe pas trop, je la préviens, même si je vois bien qu'elle est déjà au triple galop.

– Tu dis toujours que tu n'as pas besoin d'amis…

– Mais c'est vrai…

– Eh bien moi, je te conseille de ne pas fermer la porte. Ne te laisse pas arrêter par la peur.

– Je n'ai pas peur, je rétorque en contractant mes biceps maigrelets. J'ai mon armure de cicatrices pour me protéger.

Cora serre les lèvres tandis qu'elle appuie sur mes épaules pour faire pénétrer la crème dans mes cicatrices les plus épaisses. Les larges bandes de peau greffée enserrent mon cou, mon dos, mes bras, comme des bretelles en acier. Jusqu'à il y a peu, Cora devait m'aider à enfiler mes tee-shirts parce que je n'arrivais pas lever les bras assez haut.

Je les écarte pour permettre à la crème de sécher avant de renfiler les vêtements compressifs sur ma peau collante, puis je glisse chaque jambe et chaque bras dans l'étroit tissu, et Cora remonte les fermetures Éclair. Elle termine en pommadant mon visage, suivant du doigt le quadrillage de mes greffes.

– Je crois que Crossroads High monte une comédie musicale chaque année, reprend-elle d'un ton nonchalant, comme si elle ne s'était pas assurée, avant toute chose, que mon futur lycée disposait d'un club de théâtre.

Comme si nous ne savions pas, elle et moi, que je n'ai pas chanté une seule note depuis l'incendie. Autrefois, je passais ma vie à ça. En me servant du pommeau de douche comme micro. Sur l'autoroute, avec Sara, toutes vitres ouvertes. À table le soir, infligeant à mes pauvres parents mon dernier coup de cœur de Broadway.

Avec toute la fumée que j'ai ingérée, les intubations et les opérations chirurgicales, je ne suis même pas sûre d'être encore capable de tenir une note. Le docteur Sharp a beau prétendre que ma gorge a cicatrisé, j'ai des doutes. Mais de toute façon, ça m'est franchement égal. La fille qui aimait la lumière des projecteurs et les solos n'existe plus.

Mes yeux parcourent la chambre de Sara, où j'avais l'habitude de venir dormir. Même si j'habitais à une heure de là, dans la région la plus rurale de l'Utah, nous avions grandi l'une avec l'autre – la vie de Sara étroitement mêlée à la mienne. Elle appelait ma mère momma Denise et moi la sienne, momma Cora.

Aujourd'hui, je l'appelle Cora, et cette chambre m'est devenue étrangère.

Lorsque je suis rentrée de l'hôpital, la plupart des affaires de Sara avaient été retirées. Il reste malgré tout des traces d'elle partout : ses vêtements dans le placard, ses chaussons de pointe posés sur une étagère, comme si elle allait débouler d'un instant à l'autre et, bien sûr, sa collection de Barbie vintage qui m'observent derrière leur vitrine. Il paraît qu'elles valent une fortune – enfin, de toute façon, Cora et Glenn ne les vendront jamais, ni quoi que ce soit d'autre qui ait pu lui appartenir.

Cora a cherché, à sa façon, à créer un espace qui me ressemble. Elle a mis des photos de mes parents sur le bureau et sur les murs, et accroché des affiches de comédies de Broadway, comme j'en avais dans ma chambre.

Mais ce n'est pas chez moi.

Et je reste une intruse – une imposteur qui tente d'occuper la place de deux filles, alors que je ne suis déjà plus que l'ombre de moi-même.

Cora me soulève le menton pour que je la regarde dans les yeux.

– Promets-moi de faire des efforts et de laisser la porte ouverte aux rencontres...

Son regard sincère scrute mon visage, et moi je regarde le sien. Même en pyjama et sans maquillage, elle reste belle. Ma mère aimait dire en plaisantant que son petit frère n'avait aucune chance face au charme de Cora, pour laquelle il avait quitté la campagne et s'était installé en ville.

Je pousse un soupir.

– Cora, ma seule chance de survivre à ces deux

prochaines semaines, c'est d'avoir la couenne aussi épaisse que possible. Ça tombe bien, parce qu'on ne peut pas rêver plus épais que des cicatrices hypertrophiques...

Cora pince à nouveau les lèvres tandis que je fais semblant de jouer de la batterie.

– Oh, allez ! je proteste. J'ai le choix entre rire et pleurer, et je n'ai plus de larmes !

Cora ne fait ni l'un ni l'autre. Elle attrape mes mains et ma peau violacée me paraît encore plus extraterrestre à côté de la sienne. Au moins, ma main droite a encore des doigts. Appeler une main le truc informe qui pendouille au bout de mon bras gauche, c'est vraiment trop gentil. Ça ressemble davantage à une pince – des doigts fusionnés face à un énorme pouce qui est en réalité mon gros orteil transplanté.

Cora serre ma main – ou ma patte, au choix.

– Tu es junior[1] cette année. Fais-toi des amis. Profite.

Je pousse un long soupir silencieux. Cora ne comprend pas : même mes anciens amis ne savaient plus comment se comporter face à moi. Sans doute parce que l'ancien *moi* n'existe plus.

Je doute qu'il y ait beaucoup de gens, dans ce nouveau lycée, qui cherchent une grande brûlée pour compléter leur bande de potes.

1. Il y a quatre niveaux dans les lycées américains : freshman, sophomore, junior et senior. Freshman correspond à la troisième, junior à la première (Toutes les notes sont de la traductrice.)

Alors mon plan est simple : faire tout ce qui est en mon pouvoir pour disparaître. Pas par magie, mais en me fondant dans le décor. La seule façon de supporter ces deux semaines de comédie de normalité, c'est de m'exposer le moins possible.

– Ah, j'allais oublier…

J'attrape mon casque audio sur le bureau et je le pose sur le tas de vêtements soigneusement préparés pour demain.

Cora se crispe. Il lui faut sans doute puiser jusqu'à la dernière molécule de volonté de son mètre soixante pour ne pas le retirer de son ensemble parfait. Elle déteste mon casque autant que je l'adore.

– Toi et ta musique, dit-elle.

Ce n'est pas tant la musique, en vrai. La plupart du temps, je ne remarque même pas ce qui passe dans mes oreilles. Je le porte pour tenir le monde à distance.

Pour m'aider à disparaître.

Mon oncle Glenn apparaît sur le seuil de ma chambre et me souhaite bonne nuit. Planté là avec son sourire maladroit et son nez légèrement retroussé, il ressemble terriblement à maman. Parfois, cela me rend si triste que je peux à peine le regarder et parfois, je ne peux plus le quitter des yeux. Ma mère était belle, elle aussi, mais pas d'une beauté de poupée de porcelaine comme Cora. Une beauté plus terrienne – avec des pattes d'oie et des mains calleuses.

Mon nez était retroussé comme le sien, un trait qui se transmet de génération en génération. Papa aimait glisser le doigt le long de son arête. « Mon petit tremplin de ski », disait-il.

Je touche mon nez, qui se termine maintenant en un gros cul-de-sac rond. On ne peut pas reprocher au feu d'avoir été laxiste ; il ne m'a rien laissé de maman, rien. Même ce qui, physiquement, me venait d'elle.

Glenn s'avance sur le tapis de son pas lourd de cow-boy, puis il croise le regard sévère de Cora et s'arrête pour retirer les santiags qu'il n'a jamais cessé de porter, même s'il n'a plus jamais travaillé dans un ranch après son installation à Salt Lake. Il les pose soigneusement contre le mur et, une fois que je suis couchée, m'aide à retirer mon bandana.

– Tu es contente de ne plus le porter que la nuit ? demande-t-il, tout en positionnant l'élastique de mon masque à l'arrière de mon crâne.

J'acquiesce.

Glenn s'écarte et m'observe tandis que je l'ajuste afin de retrouver sa pression familière.

– Je suis fier de toi, déclare-t-il.

– Pourquoi ? je demande à travers le trou de la bouche.

– Parce que tu es courageuse. Tu sais ce que disait John Wayne ?

Je secoue la tête.

– Je sais pas trop qui est John Wayne.

Glenn rit.

– Eh bien, voilà ta première leçon : « Le vrai courage, c'est de seller son cheval même quand on meurt de trouille. »

J'agite la main comme pour faire tourner un lasso.

Glenn m'embrasse sur le haut du crâne.

– Bonne nuit, miss.

Dans cette pénombre, il me suffit de plisser les yeux pour voir ma mère penchée sur moi. Je m'imagine presque qu'elle va dormir dans la chambre voisine et que je pourrai me glisser dans son lit et lui avouer à quel point je suis terrifiée à l'idée d'affronter demain seule.

Glenn et Cora quittent la pièce ensemble, ses larges épaules de colosse formant un contraste saisissant avec sa silhouette menue. Il attrape ses bottes de cow-boy au passage et de l'autre main presse les doigts longs et fins de Cora. Je les suis des yeux à travers les trous de mon masque.

Puis je regarde mes propres mains : d'un côté ma patte, de l'autre mes doigts balafrés, qui dépassent de la manche compressive.

Cora veut que j'ouvre la porte aux rencontres, mais le problème, c'est que personne ne viendra frapper à cette porte – ni demain ni jamais.

Quelles que soient les épreuves que me réserve le lycée, je dois me tenir prête.

Blindée.

J'enfile mon casque, je lance la musique et je ferme les yeux, sanglée dans mes vêtements compressifs, le poids du masque sur le visage. Quand je me réveille le matin, j'ai l'impression d'être le roi Toutânkhamon dans son sarcophage.

Mais ce soir, j'aime cette enveloppe rigide, qui forme une couche protectrice entre le monde et moi.

C'est la seule chose qui m'empêche de me briser en mille morceaux.

3

Acte I de ma disparition : je demande à Cora de me déposer trente minutes plus tôt pour éviter de devoir arpenter les couloirs bondés de mon nouveau lycée – Crossroads High, le bastion des Vikings.

Je l'ai choisi parce qu'il est situé à l'autre bout de la ville et que personne ici n'a jamais connu Sara. Je me suis déjà coulée dans l'empreinte vide qu'elle a laissée chez ses parents, je n'ai pas besoin de me fondre dans son ombre au lycée en plus.

Depuis le rendez-vous avec le docteur Sharp, Cora a remué ciel et terre. Elle a récupéré mon dossier scolaire et négocié avec le proviseur de Crossroads High une dérogation à la carte scolaire, puis elle a téléphoné à tout un tas de gens du lycée pour discuter de ma « condition » et préparer au mieux ma venue, oubliant visiblement qu'on s'était mises d'accord sur un essai de deux semaines seulement.

Lorsqu'on arrive dans le parking, elle m'annonce que je dois d'abord passer voir le proviseur, qui souhaite me rencontrer personnellement. Elle insiste pour se garer et brave le vent glacé de février pour m'accompagner jusqu'à l'entrée. Là, elle me tend la sacoche qui est supposée faire de moi quelqu'un de cool. Je la hisse sur mon épaule et je branche mon casque à mon téléphone tandis qu'elle me fait un dernier brief sur le Mode d'Emploi du Parfait Lycéen, avec des encouragements à « sortir de ma coquille » et un truc sur mes médicaments.

Je n'écoute pas très attentivement la fin parce que 1) je sais prendre mes médocs et 2) une autre fille se fait déposer sur le trottoir derrière nous.

Lorsqu'elle m'aperçoit, elle se fige, les yeux écarquillés, comme paralysée. Je baisse les yeux sur mon téléphone, la libérant de son sortilège, et elle s'engouffre dans le bâtiment, le bruit de ses pas s'éloignant hâtivement.

Je me retiens de courir, moi aussi – courir vers la voiture, retrouver ma chambre, reprendre mon existence à l'abri des regards. Cora pose la main sur mon bras. Je la sens à peine à travers la manche compressive.

– Tu es sûre que tu ne veux pas que je vienne avec toi ?

Je secoue la tête. C'est un « non » clair et net. Je n'ai pas besoin d'attirer l'attention en me faisant chaperonner. Comme si mon visage ne disait pas assez que Je. Ne. Suis. Pas. Comme. Les. Autres.

C'est un sacré problème, quand le premier commandement du lycée, c'est justement d'être comme les autres.

Je ravale ma peur – une capacité que j'ai largement développée cette dernière année – et me force à sourire. Mieux vaut rire que pleurer, pas vrai ? Je tends les bras et pivote sur moi-même.

– Alors… comment tu me trouves ?

C'est une blague, mais Cora me scrute avec attention.

– Tu es superbe.

– Tu m'envoies à l'abattoir, tu sais ?

Elle sourit à demi et ajuste mon bandana bleu, que je porte noué sur la nuque, afin de couvrir mon crâne.

– On viendra te chercher ici, d'ac ?

– Si je suis encore vivante.

Cora prend mes deux mains et les serre vivement. Je me demande, à ce moment-là, si elle aimerait que je sois Sara autant que moi, j'aimerais qu'elle soit maman.

– Pense à tout ce que tu as déjà traversé, Ava. Tu es plus forte que tu ne le crois.

J'enfile mon casque, veillant à ce que l'oreillette gauche recouvre parfaitement l'endroit où devrait se trouver mon oreille. Tandis que le monde disparaît sous la nappe de sons, j'agrippe la bandoulière de ma sacoche et franchis la porte d'entrée. Si seulement je pouvais croire, comme Cora, qu'il suffit d'avoir le bon accessoire ! Dès les premiers pas dans le hall, l'odeur familière de l'univers adolescent agresse mes narines (pour deux tiers, une odeur de maillot de foot mal lavé et pour le dernier de déo Axe).

Une immense silhouette en carton représentant un garçon blanc armé d'un casque et d'une épée m'accueille en terre viking : Soyez audacieux. Soyez courageux. Soyez des guerriers. Une bannière écrite à la main est accrochée au mur : « Gare à vous, les Vikings débarquent ! »

Quand je parlais d'abattoir, je me demande si je n'étais pas en dessous de la réalité.

Je devrais pourtant être rodée. J'ai l'habitude des réactions des passants aux feux ou dans les magasins. Je ne peux pas leur en vouloir ; je sais que je suis aussi fascinante qu'un carambolage de cinq voitures sur l'autoroute. *Tout le monde* regarde.

Grosso modo, on peut cataloguer les réactions en sept catégories :

1. Le dégoût
2. Les regards insistants
3. La peur
4. La pitié
5. La gentillesse fébrile
6. L'évitement agressif (comme si j'étais invisible)
7. La condescendance (comme si j'étais débile)

Il est impossible de prédire qui aura quelle réaction, même si les enfants, en général, commencent par la réaction 1 – par exemple, ils s'accrochent à leur mère en demandant, en hurlant, pourquoi mon visage ressemble à du bacon grillé.

Les adultes, passés maîtres dans l'art des relations sociales, réussissent à ne pas me fixer d'un air paniqué. De la part des inconnus dans les magasins, je peux m'attendre à un mix entre évitement et pitié, par exemple les mères qui écartent de moi, la vilaine croquemitaine, leurs enfants braillards.

Et les ados ? Ils réagissent parfois comme des enfants, parfois comme des adultes, ce qui signifie que je n'ai aucune idée de ce qui m'attend aujourd'hui.

C'est bien le pire : ne pas savoir. L'estomac noué, je traverse le hall en direction de la vie scolaire. Par chance, les couloirs sont déserts.

Ava 1, réintégration 0.

Une fois en sécurité dans un bureau feutré à la moquette épaisse, j'arrête ma playlist et fais glisser mon casque autour de mon cou, tout en tirant mon bandana sur le trou de mon oreille. Ne sachant où aller, je reste plantée au milieu de la pièce comme un poisson hors de son bocal. Lorsque la secrétaire lève la tête, son large sourire vacille.

– Oh, souffle-t-elle.

Elle fixe son bureau le temps de se remettre de son choc, puis elle relève la tête, un sourire rivé aux lèvres, et demande d'une voix chantante et puissante :

– Qu'est-ce que je peux faire pour toi, dis-moi ?

– Je suis Ava Lee. Je crois que j'ai rendez-vous avec le proviseur…

– Ah oui, Ava, bien sûr ! chante-t-elle, dix décibels trop fort.

Classique « gentillesse fébrile ». *Où ça, des cicatrices ? Je n'ai même pas remarqué que tu étais défigurée ! La la la !*

– Par ici ! crie-t-elle, comme si elle me faisait entrer sur un plateau de jeu télé plutôt que dans une petite pièce où s'entassent deux hommes.

Le premier, assis à son bureau, est vêtu d'un polo, tandis que l'autre, face à lui, porte une chemise un peu raide et une cravate trop serrée qui fait ressembler sa tête à un bouton sur le point d'éclater.

– C'est Ava Lee ! La nouvelle élève ! hurle quasiment la secrétaire.

Son message délivré, elle referme derrière elle et je l'entends presque pousser un soupir de soulagement à travers la porte. L'homme au polo me désigne une chaise.

– Assieds-toi, Ava. Je suis M. Danner, le proviseur, mais la plupart des élèves m'appellent Monsieur D ou même Dédé. Voici M. Lynch.

– Je suis le proviseur adjoint, Lynch, déclare l'homme au visage rougeaud.

M. Danner me tend la main, mais il laisse échapper un geste de recul lorsqu'il avise la mienne. Mes doigts dépassent de la manche compressive tels de petites saucisses ratatinées.

– On peut ? demande-t-il.

– Ça ne fait pas mal, si c'est ça la question.

Il esquisse un sourire contraint et me serre la main avec autant d'enthousiasme que si c'était un poisson mort. Je fais semblant de ne pas le voir s'essuyer la paume sur son pantalon en se rasseyant. Ses cheveux suivent parfaitement la ligne de ses sourcils et son sourire à dix mille dollars découvre une rangée de dents parfaitement alignées. Dans son dos, j'aperçois des dizaines de coupes de football exposées sur des étagères. Il surprend mon regard.

– J'ai été attaquant dans l'équipe du lycée, quand j'étais élève. Et maintenant, c'est moi le boss. La vie ne manque pas d'humour, hein ?

Je hoche la tête. Oui, la vie est une grande comique.

– Eh bien, Ava, nous sommes ravis que tu rejoignes notre communauté éducative.

Son regard cherche un endroit où se poser sur mon visage. Bonne chance, mon gars. Il décide de fixer un point à gauche de ma tête, de sorte qu'il a l'air de me regarder. Ça ferait parfaitement illusion si ce n'était pas la tactique adoptée par presque tous ceux qui me parlent. Mais je ne peux pas leur en vouloir : même moi, je n'arrive pas à me regarder.

– Nous sommes conscients que tu n'es pas une élève tout à fait ordinaire, reprend-il. Surtout, si tu as besoin d'aide ou de parler à quelqu'un, sache que nous sommes là. Nous avons aussi une infirmière à plein temps. C'est elle qui te donnera tes médicaments, d'ailleurs.

Je frémis.

– Je ne peux pas les prendre toute seule ?

Le proviseur adjoint approche son visage grêlé si près de moi qu'un postillon rebondit sur ma joue.

– C'est peut-être difficile à comprendre, mais il vaut mieux pour toi qu'on te traite comme une élève lambda. Pas d'exception à la règle. Pas de traitement de faveur.

Contrairement à Monsieur D, le proviseur adjoint me regarde droit dans les yeux et il continue à me regarder même quand je me tourne vers le proviseur. Regard insistant. Inhabituel chez un adulte.

Ce genre d'attitude, mélange de bienveillance et de fermeté, est en général réservé aux gens comme Cora ou aux infirmières du service des grands brûlés – ceux et celles qui sont obligés de passer du temps avec moi pour des raisons professionnelles ou familiales. Ils disposent d'une autre panoplie de réactions que les gens de la rue.

– Ce que veut dire M. Lynch, c'est que nous sommes tenus par la loi. Les élèves n'ont pas le droit d'avoir des médicaments sur eux. Tu comprends ?

Je hoche la tête alors que j'ai envie de hurler. Je dois ingérer une quantité phénoménale de pilules tout au long de la journée. Ça va être difficile de passer inaperçue si je dois quitter la salle toutes les deux heures.

– Le deuxième trimestre est déjà entamé, mais les professeurs ont été prévenus de, hum, ta situation. Enfin, ce que je veux dire, c'est que nous avons essayé de préparer tout le monde, s'emmêle-t-il, tout en se forçant à sourire. Assez de logistique. Parlons plutôt de toi. Il paraît que tu aimes chanter ?

Je secoue la tête.

– Mais ta tante…

– Se trompe. Je n'aime pas chanter.

J'aurais dû savoir que la fée Cora allait passer avant moi pour répandre sa poudre d'optimisme.

Le regard de Monsieur D, sans doute en panne d'inspiration, se pose sur M. Lynch. Mais M. Lynch ne lui est d'aucun secours.

– Je crois que c'est tout. Tu as des questions ?

Pas loin d'un million, je dirais. Et si je n'y arrive pas ? Et si je ne suis pas assez forte ? Comment se fait-il que je me retrouve avec ce visage-là, face à vous qui fixez un point au-dessus de ma tête et qui essuyez votre main sur votre pantalon, comme si j'étais contagieuse ?

Je secoue la tête. Non. Pas de question. Aucune, du moins, dont vous auriez la réponse.

M. Lynch désigne le casque autour de mon cou.

– Ça, ça doit rester dans le sac jusqu'à la sonnerie de fin.

Je cherche de l'aide auprès de Monsieur D, espérant une exception à la règle du « pas d'exception ».

– C'est juste pour les couloirs ! Je ne le mettrai pas en classe.

M. Lynch secoue la tête.

– Le règlement, c'est le règlement.

Les deux hommes me regardent ôter le casque de mon cou. Ce poids en moins sur ma peau me fait instantanément me sentir plus vulnérable. Je le fourre dans mon sac, la boule au ventre. Comment vais-je m'y prendre pour disparaître, à présent ?

En m'accompagnant hors du bureau, Monsieur D tend la main vers mon épaule, puis se ravise au dernier moment, et sa main reste bizarrement en l'air.

– Ava. Les élèves ont été avertis – enfin, informés. Mais ta tante pense que tu préfères peut-être prendre quelques minutes à chaque cours pour te présenter. Pour aborder la question de front.

La question, quelle *question* ? Mon visage ravagé ? Ma vie bousillée ?

– Ouais, ben… non.

Je n'ai pas besoin qu'on me comprenne. Pas envie de répondre à des questions, pas envie de me faire des amis ou de devenir un modèle de résilience. Tout ce qui compte pour moi, c'est de réussir à tenir deux semaines.

– C'est toi qui vois, conclut Monsieur D, tandis qu'une sonnerie stridente retentit.

Des voix chahuteuses nous parviennent du couloir.

– Ma porte est toujours ouverte, ajoute-t-il. J'aime

qu'on me considère plus comme un ami que comme un administrateur.

Il m'adresse son sourire ravageur – toute une rangée de dents impeccablement blanches –, et je repense malgré moi au Viking du hall d'entrée.

– Tu vas te plaire ici, Ava. J'en suis certain.

M. Lynch, lui, ne m'offre pas un mot d'encouragement. Il désigne la pendule accrochée au mur.

– Plus que cinq minutes avant le début des cours. Ne sois pas en retard!

J'hésite un instant sur le seuil, entre la relative sécurité du bureau et la bousculade des élèves qui envahissent rapidement le couloir. Je me souviens tout à coup d'une expression d'histoire médiévale anglaise : «passer par les baguettes». Je me représente des criminels torse nu marchant en file indienne entre deux rangées d'hommes qui les frappent...

Je crois que je préférerais encore affronter les baguettes plutôt que ce couloir bondé.

Mon nouvel ami, Proviseur Dédé, tape dans les mains de colosses au visage poupin qui portent fièrement leur survêt à l'effigie du lycée, tandis que M. Lynch crie à un élève d'arrêter de courir.

Visiblement, le proviseur est là pour revivre sa glorieuse adolescence; M. Lynch, pour prendre sa revanche.

Et moi? Moi, je veux juste survivre.

4

C'est un groupe de garçons qui m'aperçoit en premier. Un maigrichon couvert d'acné fait un bond en arrière.

– Ouah !

Ses potes tournent la tête vers moi, puis se concentrent sur leurs casiers, réprimant difficilement leur rire. Ils me jettent des regards en coin d'une discrétion… remarquable.

Je sens tous ces yeux sur moi – je devrais y être habituée, pourtant. Des murmures et des exclamations m'accompagnent en fond sonore partout où je passe. Mais dans ce petit couloir, entourée d'ados de mon âge, ces regards me brûlent. Mes jambes et mes bras me démangent, tandis qu'un fourmillement familier envahit le reste de mon corps. Le visage en feu, je fixe le sol.

Ne lève pas les yeux.

Je m'interdis de réagir, même lorsque j'entends un

groupe de filles glousser nerveusement. «Chut... chut... arrêtez! Elle arrive!»

Une autre fille fait semblant de fixer un point derrière moi, tout en jetant des coups d'œil furtifs à l'endroit où devrait se trouver mon oreille. Je tire sur mon bandana pour qu'elle ne puisse pas voir qu'il n'y a rien, juste le conduit auditif et un lambeau de lobe qui a survécu on ne sait comment.

J'incline la tête en arrière pour refouler les larmes qui me montent aux yeux. À cause de la rétractation des cicatrices de mes joues, mes paupières inférieures sont comme des digues cassées, elles ne retiennent pas la plus petite trace d'humidité.

Mais pas question que je pleure. Pas ici.

Je tente de calmer les battements de mon cœur et je continue à avancer. Je me répète que je n'ai pas besoin de ces gens, pas plus qu'ils n'ont besoin de moi. Je m'oblige à redresser la tête alors que je n'ai qu'une envie, me cacher dans un casier pour leur échapper. Ces regards me rappellent que je suis différente, certes, mais ils m'assènent une vérité plus profonde : je ne suis plus tout à fait humaine.

Je suis une bête curieuse qu'on observe, pas une personne à qui l'on parle.

Voilà pourquoi je n'ai pas besoin de miroir; je rencontre mon reflet dans les yeux de tous ceux qui m'entourent.

Mon visage me revient sans cesse en pleine face.

Je fais semblant de ne pas remarquer que les garçons se donnent des coups de coude, ni que tout le monde se dépêche de s'écarter d'un seul côté du couloir. Privée de mon casque qui m'insonorise, je fais celle qui n'entend pas les paroles chuchotées derrière des mains faussement protectrices.

Malgré le vacarme des casiers, des bruits de pas, des discussions, ma bonne oreille saisit au vol des mots que j'aurais préféré ne pas entendre :

Brûlée.

Incendie.

Nouvelle.

Dégueu.

Zombie.

Une vive douleur traverse le bout de mes doigts et je réalise que je serre férocement la bandoulière de ma sacoche. Je déploie la main et étire ma peau raide.

Lorsque j'arrive dans la salle de classe, je relâche enfin l'air que j'ai gardé dans mes poumons depuis que j'ai quitté le bureau du proviseur. Un couloir de moins à franchir !

Plus que dix jours à tenir.

Je me glisse sur une chaise au dernier rang, fidèle à mon projet de me faire oublier, avec comme seule ambition d'arriver à la fin de cette journée.

Le prof de sciences est un homme épais à la grosse barbe noire broussailleuse. Il parcourt la salle à grandes enjambées et laisse tomber une pile de livres sur une table du premier rang. Son regard balaie l'espace et se fige sur moi. Super ta préparation, Dédé.

Il commence le cours, mais le mal est fait. Son arrêt sur image donne à mes camarades l'autorisation de se retourner vers moi. Je m'enfonce sur ma chaise.

Quand j'étais petite, je pouvais disparaître sous une cape d'invisibilité à volonté, rien qu'en fermant les yeux. Je criais : « Vous pouvez pas me voir ! » et mes parents jouaient le jeu. Ma mère s'arrêtait à deux pas de moi : « Mais où est Ava ? », tandis que mon père me fonçait dedans en s'écriant : « Oh non ! On l'a perdue ! »

Si seulement je pouvais retrouver mes superpouvoirs.

Je me répète que le premier jour est le plus dur – forcément. Tout le monde me voit pour la première fois. Et dans deux semaines, ce sera fini. Cora pourra cocher dans son classeur la case « efforts sincères pour s'intégrer » et je pourrai retrouver le réconfort d'une chambre sans miroir ni regards indiscrets pour me rappeler ce que je suis.

Le barbu griffonne le mot « vie » sur le tableau.

– Aujourd'hui, nous allons aborder un nouveau chapitre, déclare-t-il en soulignant le mot d'un geste énergique. Ensemble, nous allons sonder les profondeurs du vivant. Nous allons étudier la vie autour de nous, mais aussi à l'intérieur de nous.

Il annonce une évaluation et donne une pile de feuilles à distribuer à un garçon du premier rang. Lorsque celui-ci s'approche de moi, il hésite, comme s'il s'agissait de donner une carcasse de lapin à un chien malade de la rage.

Un son étranglé sort de sa gorge lorsque je commets l'erreur de tendre la main gauche. Ses yeux fixent mes doigts fusionnés et mon énorme « pouce », qui fait paraître ma main minuscule, parce que sa place est au bout de mon pied, et pas en plein air, à terrifier les villageois.

Horrifiée, je me dépêche de cacher ma main de Frankenstein sur mes genoux. Le garçon me jette quasiment une feuille à la figure et s'enfuit.

Tandis qu'il regagne rapidement sa place, je ramasse la feuille par terre, essayant d'oublier ses yeux écarquillés.

Peut-être devrais-je faire une annonce publique ? « PAS DE PANIQUE, LES AMIS, LA LAIDEUR N'EST PAS UNE MALADIE CONTAGIEUSE ! »

Je remarque alors que mon voisin observe avec un intérêt non dissimulé mon pouce-orteil posé sur mes genoux. Je plonge la main dans ma poche et fixe ma table. Le garçon rapproche la sienne.

– C'est ton orteil ? chuchote-t-il.

Je ne réagis pas.

– Hé, insiste-t-il, plus fort. C'est ton orteil ?

Je hausse l'épaule pour lui faire comprendre que je n'ai pas de problème d'audition. Si parler aux autres faisait partie de mon plan de survie, je lui dirais d'aller au diable.

À la place, je fais semblant de me passionner pour le

questionnaire. En dernier recours, je me tiens prête à sortir mon casque de mon sac. Par une sorte de réflexe dont je n'arrive pas à me débarrasser, j'entortille mes cheveux autour de mes doigts.

– Ah, d'accord, dit-il.

Je me tasse encore plus sur ma chaise. Il hésite un instant, avant de redécaler sa table vers son rang.

Je jette un regard vers lui. Je profite de ce qu'il se concentre maintenant sur sa feuille pour l'observer. C'est un garçon plutôt petit à la peau foncée. Le rideau noir de sa frange se relève soudain et ses yeux sombres croisent les miens avant que j'aie le temps de réagir. Il lève le pouce dans ma direction. Je ne sais pas si je dois le prendre comme une blague cruelle ou comme un geste amical.

Je détourne les yeux.

Mentalement, je fais défiler ma liste des réactions classiques : regard insistant ? Pas vraiment. Il ne me fixe pas à s'en décrocher la mâchoire. Son enthousiasme pour mon pouce-orteil pourrait être une forme de gentillesse fébrile, mais ce n'est pas ça. Ce n'est pas non plus de la pitié. Et il ne fait pas non plus semblant que je suis invisible.

Je griffonne dans le coin de mon cahier, tâchant de trouver le mot juste pour décrire sa réaction.

~~Fascination~~

~~Curiosité~~

Naïveté du débile

Lorsque la sonnerie retentit, il me salue comme si on était de vieux potes. Je le foudroie d'un regard « C'est quoi, ton problème ? ». Il me sourit en retour. Un débile, c'est clair.

Ce type n'a aucune idée sur la manière dont il doit se comporter avec moi. Quelles que soient les réactions des gens, on retrouve toujours un point commun :

1. Tout le monde me regarde.
2. Puis tout le monde détourne les yeux.

Mais pas lui.

5

Je fais appel aux techniques de camouflage les plus éprouvées pour tenir le reste de la journée. Je rase les rangées de casiers, les yeux rivés sur mon téléphone, comme s'il n'y avait rien de plus intéressant au monde que les textos que Cora m'envoie toutes les demi-heures pour me demander si ça va. À chaque cours, je me réfugie au dernier rang et tente de me faire oublier.

Lorsque je longe le gymnase et que j'aperçois des filles en short, je remercie mentalement Cora d'avoir réussi à me faire dispenser d'EPS, si bien qu'aucun prof avec un sifflet et le pouvoir de me rendre malheureuse ne peut me lancer : « Allez, en tenue ! » Les vêtements compressifs ne sont pas les plus adaptés pour la course, le saut en hauteur ou le lancer de poids, sans parler du problème de mes glandes sudoripares brûlées. Mais surtout, il est hors de question que je me déshabille dans un vestiaire plein à craquer de lycéennes dont les pires angoisses concernent la taille de leurs seins ou de leurs cuisses.

Par chance, bien qu'on soit en milieu de trimestre, je ne me sens pas trop larguée, parce que j'avais au moins un an d'avance dans mes cours en ligne.

Mais à la fin de chaque heure, je dois affronter les couloirs. À un moment, je croise un groupe de filles qui parlent toutes en même temps, et elles me rappellent mes amies d'avant. Comme les oies sauvages qui volent en V, nous avions chacune une place bien définie. Emma marchait en reculant, avec de grands gestes, nous régalant avec sa dernière histoire de garçon – ce senior qui, en TP de chimie, lui avait effleuré la main, exprès, elle était prête à le jurer… À côté d'elle, Stacy marchait en pianotant sur son téléphone, tête baissée, les pouces hyperactifs, tandis que Blake suivait quelques pas derrière, le nez dans ses fiches Bristol, stressant pour une interro ou un oral d'espagnol. Chloé et moi, nous occupions le centre, son énorme tignasse et son rire encore plus énorme emplissaient tout l'espace.

On était une bande

On avait nos habitudes, nos manies, nos secrets partagés.

J'avais ma place.

À la pause de midi, quand je vois la horde d'élèves affamés qui prennent d'assaut la cafétéria, je pars illico en sens inverse. Même avec un visage normal, entrer dans une cafète de lycée est aussi périlleux que d'entrer dans la tanière d'un lion.

Ce n'est pas un endroit pour un animal blessé et vulnérable.

Je suis à deux doigts de tomber dans le pathétique absolu en me calfeutrant dans des toilettes, mais j'aperçois une flèche indiquant l'auditorium et je me ravise. Au bout d'un long couloir, je pousse les battants d'une double porte et découvre une salle silencieuse, plongée dans la pénombre, avec des rangées de fauteuils rembourrés et une scène au rideau soigneusement tiré.

Un peu plus loin, je trouve une porte plus petite qui donne accès aux coulisses. Je traverse un labyrinthe de rideaux épais, dépasse le placard des costumes, une table de maquillage dotée d'un miroir, et me glisse dans un recoin sombre dissimulé derrière un tissu noir.

Je m'assieds par terre, dos au mur. Si je me penche, sous le rideau j'aperçois trois paires de rangers à l'autre bout de la scène. À en juger par les effluves qui arrivent jusqu'à moi, ce sont des élèves qui profitent de la pause-déjeuner pour vapoter en cachette. Mais grâce à l'épaisseur du rideau, ils n'imaginent pas un instant que je suis là.

Invisible, enfin.

Je pose mon sac en papier en équilibre sur mes cuisses. L'odeur d'un sandwich à la dinde me parvient, mêlée à celle de pop-corn grillé de mes camarades de planque.

À l'abri dans mon recoin, je me sens en sécurité pour la première fois de la journée. Dans ma vie d'avant, on aurait été là, moi, Chloé et les autres, à rire du dernier crush d'Emma et à réciter nos rôles pour la prochaine comédie musicale.

Le ciel pouvait s'écrouler, on avait la scène – et on était là les unes pour les autres.

Je sors mon téléphone pour lire le dernier texto de Cora.

Tout va bien ?

Je lui envoie le GIF d'un Viking levant le pouce.

Puis j'enfile mon casque, je compose le numéro de ma messagerie et, pour la millième fois, j'écoute le message de maman. Sa voix dissipe un instant le brouillard de ma solitude – ça ne dure pas, mais c'est déjà ça.

« Chérie, je suis en train de faire les courses, et je ne me souviens plus si tu préfères le déo avec les fleurs roses ou celui avec les concombres. Rappelle-moi ! Bisous. »

OK, ça n'a rien d'un message existentiel et profond qu'elle m'aurait envoyé d'outre-tombe. Mais je ne vais pas faire la difficile. Tout ce qui me reste d'elle, c'est un bout de métal noirci – une de ses clochettes anglaises à moitié calcinée.

Je réécoute son message, savourant ce petit moment de répit. Plus que neuf jours et demi.

J'appuie la tête contre le mur et étire mes jambes

fatiguées sous le rideau noir qui me fait face.

Mais ma solitude ne dure pas. Un groupe de filles envahit les coulisses. D'instinct, je replie les jambes pour qu'elles ne me voient pas.

À travers la fente des rideaux, j'en aperçois trois agglutinées autour de la table de maquillage, qui tentent de se regarder dans le miroir toutes à la fois. Une quatrième ouvre le placard des costumes et fouille dans une pile de tissus colorés.

Inquiète à l'idée qu'elles me découvrent, je serre mes genoux contre moi. La pression exercée sur ma peau trop tendue m'arrache une grimace. Il y a un mois, le docteur Sharp a tracé sur mes genoux des Z à la Zorro pour renforcer leur mobilité, mais j'ai toujours l'impression que ma peau a perdu deux tailles au sèche-linge. Malgré la douleur, je serre mes genoux plus fort.

Le trio vide le contenu d'une trousse à maquillage rose sur la table de la coiffeuse. Un arsenal d'eyeliners et d'anticernes est rangé en ordre de bataille, comme si les filles allaient se livrer à une opération à cœur ouvert à coups de blush et de rouge à lèvres.

Tandis que celle du milieu brosse ses longs cheveux noirs, sa voix résonne dans l'arrière-scène.

– Vous avez vu ce *truc* ?

– Sois pas méchante, Kenzie, lui lance la fille depuis le placard à costumes. C'est pas un truc, c'est une fille.

– Je sais que c'est une fille, débilos. Je parle de son

visage. Vous avez vu *son visage*? Je l'ai juste aperçu, mais franchement, ça m'a suffi.

– C'est à ce point?

Elle claque la porte du placard, de sorte que je n'entends que les deux derniers mots de la réponse :

– ... Freddy Krueger.

La fille qui vient de parler essuie le rose qui déborde de ses lèvres.

– Je n'exagère pas, les filles. Ça fait un choc. Évidemment, je ne le dirais jamais devant elle, mais vous imaginez aller au lycée avec une tête pareille?

Sa voisine se tapote le front avec une brosse à poudre.

– La semaine dernière, j'ai raté les cours deux jours à cause d'un bouton. Si j'avais sa tête, je crois que je me mettrais dans un trou pour ne plus jamais en sortir.

Les autres approuvent tout en rangeant leurs affaires dans leur sac. À travers la fente, je les vois jeter un dernier regard au miroir.

Cheveux : c'est bon. Petit coup d'œil aux fesses. Vérifier qu'on n'a pas d'épinard coincé entre les dents. Mais les filles de ce genre n'ont jamais rien de coincé entre les dents. Leur karma ne leur ferait pas un coup pareil.

Elles se dirigent vers la sortie quand je reçois un texto de Cora, et que mon téléphone vrombit. La fille qui m'a comparée à Freddy Krueger s'arrête et se retourne. Un bref instant, nos regards se croisent à travers la fente du rideau. Je serre mes genoux encore plus fort tandis qu'elle fait voler ses longs cheveux noirs.

– Les filles, déclare-t-elle en tendant le doigt dans ma direction. On n'est pas seules.

Mes genoux gémissent tandis que je les presse contre ma poitrine, priant pour qu'elles partent. Elles ne peuvent pas me découvrir là comme ça.

La dingue qui joue au Fantôme de l'Opéra pour son premier jour de classe.

Le « truc », planqué dans les coulisses.

La fille s'approche encore.

– C'est qui, là ? Ça se fait pas d'espionner les gens !

La peau de mes genoux se craquelle. Je me mords les lèvres tandis que le sang tache mon pantalon.

Pitié. Pas comme ça.

– Laisse tomber, Kenz. C'est sûrement un petit freshman mort de trouille.

Oui. Laisse tomber !

Ses pas s'arrêtent face à moi, ses chaussures touchant presque les miennes sous le tissu noir. Elle attrape le rideau qui ondule, et j'assiste, impuissante, au désastre.

6

Elle tire d'un coup le rideau, et j'apparais, recroquevillée sur moi-même, l'air aussi surpris qu'elle, sans doute.

– Oh, dit-elle, portant la main à sa bouche. On ne savait pas que c'était toi.

Je continue à serrer mes jambes, pour la bonne raison que je ne vois rien d'autre à faire. Je ne vais pas me lever et quitter la salle, comme si c'était parfaitement normal que je sois là, à essayer de disparaître dans le mur.

Je détourne les yeux et redresse la tête, mais trop tard. Des larmes débordent de mes paupières trop lâches, rendant encore plus laid ce moment pathétique.

La fille aux cheveux noirs laisse retomber le rideau. Je les entends parler entre elles, à moitié chuchotant, à moitié pouffant nerveusement.

– Dis-lui, toi, murmure une fille à une autre, qui s'empresse de crier :

– Désolées ! Bienvenue à Crossroads High !

Elles se dépêchent de fuir, comme s'il y avait le feu dans l'auditorium. J'attends que s'estompent leurs rires et le bruit de leurs pas avant de tendre les jambes.

Mon genou droit me lance. Je retrousse le tissu compressif pour constater les dégâts. Du sang suinte le long du petit carré de peau rose bébé qui recouvre la rotule. Le docteur Sharp va m'en vouloir d'avoir saboté son œuvre.

La sonnerie retentit, mais je ne bouge pas, je tamponne lentement le sang avec mon sachet en papier marron. Je laisse passer la moitié du cours suivant, puis je jette un bref regard par la fente pour vérifier qu'il n'y a personne avant de m'aventurer dehors... En passant, je ramasse un gloss oublié sur la table, un rose brillant – exactement le genre que je portais avant.

Dans le miroir, mon reflet me regarde avec des yeux de merlan frit. Ma peau durcie tire sur mes paupières inférieures, découvrant l'intérieur rose – on a l'impression que mes yeux sont à moitié révulsés. Cora prétend que ça me donne l'air d'un petit chiot attendrissant. Je trouve surtout que je ressemble à un figurant dans *The Walking Dead*.

Du bout des doigts, je relève mes paupières tombantes.

Ces filles ne se rendent pas compte que j'ai été une fille normale, avec une bande de copines et une trousse de maquillage, qui se remettait du gloss entre les cours et qui cachait ses taches de rousseur estivales sous une couche de fond de teint. Elles se sont moquées de moi sans rien savoir.

Si ma vie avait été une tragédie grecque, j'aurais été une fille cruelle à qui la vie donne une leçon bien méritée, pour m'apprendre la valeur de la gentillesse.

Mais je n'étais pas une fille cruelle. J'étais une ado de quinze ans ordinaire, qui allait voir des matchs de foot le week-end et qui passait tout son temps libre à répéter la comédie musicale de l'année. J'étais la fille de mes parents. Une amie loyale. Une apprentie chanteuse.

Il y avait trente-six mille façons de me définir.

Je relâche mes paupières, et retrouve mon visage défiguré.

Aujourd'hui, il n'y en a plus qu'une seule : *la fille brûlée.*

Et entre le psychodrame des divas en coulisse et le débile du cours de sciences, j'ai clairement surestimé mes capacités à disparaître.

Quand Glenn vient me chercher, je suis éreintée par les efforts de la journée. Mes muscles protestent lorsque je me hisse à l'avant du pick-up.

– Alors, comment ça s'est passé ? s'enquiert-il, d'un ton plus que jovial (sans doute coaché par Cora).

– Bien.

– Tu t'es fait de nouveaux amis ?

– Des tonnes. Si ça continue, je vais devoir créer une liste d'attente.

Glenn sourit et pose la main sur mon bras.

– C'était si dur que ça ?

On arrive devant un groupe de gars de l'athlétisme en train de flirter avec les filles du hockey sur gazon. Je me tasse sur mon siège. Glenn et moi, on fait semblant de ne pas remarquer qu'ils tournent la tête sur mon passage.

– Normal, je réponds. Le lycée, quoi. J'ai besoin de rentrer à la maison.

Sauf que ce n'est pas ma vraie maison. Ma vraie maison aurait été un havre de paix après un jour comme celui-ci. J'aurais tourné le coin de notre rue et je serais rentrée dans ma petite tanière. Juste papa, maman et moi, et la certitude apaisante de ne plus avoir à jouer de rôle.

– Je veux bien te croire, dit Glenn. Ça me fend le cœur de te le rappeler, mais c'est aujourd'hui, le groupe de soutien.

Je grogne. J'avais oublié que Cora m'avait collé ça en plus de mon Grand Retour à la Vie.

– Je suis vraiment obligée ?

– Cora pense que c'est important. Elle dit que tu as besoin de soutien pour ta réintégration.

Le mot sonne bizarrement dans la bouche de Glenn, qui évite en général le jargon psycho-truc. Il fait partie du Comité et tout le bazar, mais c'est surtout Cora qui détient le pouvoir exécutif. Glenn joue plutôt un rôle figuratif en tant qu'oncle maternel.

– Ouah, t'as super bien assimilé tout leur baratin, je dis. Cora t'a promis des bons points si tu lisais son classeur ?

Son gros rire remplit l'habitacle.

– Je sais qu'elle peut être un peu…

– Un peu ?

– OK, beaucoup, mais tu comprends, vu qu'elle n'a pas pu…

Sa voix se fissure. Je regarde par la fenêtre, refoulant la culpabilité.

– Elle n'a pas pu sauver Sara. Alors elle veille sur toi comme sur la prunelle de ses yeux.

Des flocons volettent contre les vitres. Une mouette solitaire tourne en rond dans le ciel, comme si elle avait raté la note du service de migration. Les sommets blanc immaculé de la chaîne de Wasatch se dressent derrière elle.

Glenn profite d'un arrêt à un feu pour me donner une petite tape sur la jambe.

– Qu'est-ce que t'en dis, la miss ? Tu essaies ?

Il pose sur moi son regard sincère. La vue de son nez – le même que maman – me donne envie que ce soit elle qui me ramène à la maison, me ramène dans ma vie normale, où les mots « réintégration » et « psychiatre » n'existent pas.

– Tu sais, Mme Layne ne cherche qu'à t'aider.

Mme Layne siège elle aussi au Comité. C'est la psy qui m'a suivie pendant les soixante jours que j'ai passés dans le service des grands brûlés de l'hôpital régional. Soixante jours et soixante pour cent de mon corps couvert de brûlures, sans compter les presque deux mois de coma pendant lesquels les médecins ont tenté de sauver tout ce qu'il y avait à sauver.

Depuis le jour où j'ai quitté le service, il y a huit mois, Mme Layne fait de son mieux pour me faire revenir dans son groupe de soutien. Jusque-là, j'ai esquivé, surtout parce que je ne voulais pas la décevoir une nouvelle fois. Tout le monde passait son temps à dégobiller ses malheurs d'enfance, embarqué sur des montagnes russes émotionnelles, mais moi, non, ça ne venait pas.

En outre, le principe d'une thérapie, c'est de traquer la souffrance, de l'épingler et de l'observer au microscope.

Pourquoi aurais-je envie de voir ma blessure grossie mille fois ?

Ce n'est pas un hasard si je fais tout pour oublier – c'est une question de survie.

– Ce qui est arrivé est arrivé, je dis. Partager mes terribles malheurs avec d'autres cinglés ne changera pas le passé.

– Tu n'es pas cinglée, proteste Glenn, me jetant un coup d'œil tout en conduisant. Tu connais la règle des cow-boys ? Quand un cheval te fiche par terre...

Je complète l'expression, très aimée dans la famille :

– … il faut remonter en selle tout de suite.

Glenn acquiesce.

– Sauf bien sûr si t'atterris dans un cactus. Là, t'as le droit de te rouler par terre et de crier tout ton saoul. J'espère que tu le sais, miss. C'est pas un problème.

Tu parles. Si je m'effondrais d'un coup, ça chamboulerait l'accord tacite qui s'est mis en place entre nous l'année dernière. Cora pleure derrière des portes closes. Glenn se noie dans le travail. Et moi, je me glisse sur la pointe des pieds dans l'ombre de Sara.

On réajuste sans cesse l'arrangement mais, grosso modo, on peut résumer ça comme ça : on a tous de la peine – pas besoin de la partager.

Lorsque le feu passe au vert, Glenn tourne à gauche – direction la maison de quartier. Le Comité a parlé.

– Où est Cora, en fait ? je demande.

Ça ne lui ressemble pas de rater un des « moments clés de ma guérison ». Je m'attendais à la voir sur le trottoir avec un groupe de cheerleaders. *Tous ensemble, tous ensemble ! Vive la psychothérapie ! Rah-rah, sis-boum-bah.*

– Elle aurait voulu venir, mais elle avait son deuxième entretien chez Smith's, m'explique Glenn, faussement enthousiaste à l'idée que Cora devienne gérante dans un supermarché.

Je m'enfonce dans mon siège.

– Ah.

Glenn serre le volant, ses ongles noircis et bousillés

par le travail à la carrosserie. Il rentre chaque soir de plus en plus tard, et Cora en fait des tonnes sur ce boulot de gérante parce que, dit-elle, elle « a besoin d'un nouveau projet ». À d'autres. Avant mon arrivée, elle ne travaillait pas et il leur restait assez d'argent pour payer les vacances, les colos de danse, ou tout ce qui faisait envie à Sara.

Mais dix-neuf opérations sont passées par là. Une grande collecte a été organisée dans mon ancienne ville, mais ça ne suffit pas. Derrière la porte fermée de leur chambre, je les entends qui parlent à voix basse de leur assurance-vie qui se vide ; j'entends Cora se disputer au téléphone au sujet de ticket modérateur et de franchises.

La tragédie coûte cher.

Glenn pose la main droite sur ses genoux, parce qu'il a surpris mon regard sur ses ongles abîmés.

– Ah oui, et Cora m'a dit qu'il y aurait une fille de ton lycée dans le groupe. Du même âge que toi.

Typique de Cora. Comme si me faire une amie allait résoudre mes problèmes. Si j'ai accepté de déménager dans cette ville à la con, c'est précisément parce que je ne veux pas d'amis. J'ai vu le regard paniqué de mes potes à l'hôpital. J'ai attendu en vain le gros rire de Chloé ou les confidences d'Emma sur son dernier crush. Elles restaient là à me regarder fixement, tentant de refouler leurs larmes. J'ai su que rien ne serait plus jamais pareil. J'étais devenue trop différente – aussi bien d'elles que de celle que j'étais.

Elles ont essayé de me contacter après mon déménagement, en particulier Chloé, mais je n'ai jamais répondu. Je sais que c'est une épreuve pour elles de me voir. Alors c'est mieux comme ça – elles n'ont pas à se fatiguer à faire semblant, et moi je n'ai pas à les regarder patauger.

Donc je ne cherche pas d'amis de remplacement, pas plus qu'une vie de remplacement.

Et puis, Sara était ma cousine – mon amie la plus proche, depuis toujours – et elle est partie.

J'ai survécu. Elle est morte.

Fin de l'histoire.

– Je n'ai pas besoin d'amis. Combien de fois faut-il que je le répète ? Je n'ai besoin de personne.

Glenn me donne une nouvelle tape sur les cuisses et me réaffirme que ce groupe va peut-être m'apporter ce qui me manque. Il m'adresse un sourire timide, plein d'espoir à l'idée que je vais enfin guérir – corps et âme.

Tout ce que j'espère, moi, c'est qu'il y aura des trucs à boire.

7

À peine ai-je fait un pas dans la salle de jeux que Mme Layne me tombe dessus et me prend dans ses bras.

– Je suis tellement contente que tu sois venue !

– Cora et Glenn ne m'ont pas vraiment laissé le choix..., je précise, pour ne pas qu'elle nourrisse de trop grands espoirs.

Une fois de plus, je me sens coupable à l'idée de lui faire perdre son temps. De tous les psys qui ont tenté de me réparer, armés de leur bloc-notes et de leur stylo qui fait clic-clic, c'est la seule qui semblait se préoccuper de moi au-delà de nos séances de trente minutes. Peut-être parce qu'elle aussi est passée par là. Mais elle, c'est une pro du maquillage, du coup on a juste l'impression que la peau, du côté gauche de son visage, est un peu irrégulière. Ses cicatrices tirent légèrement vers le bas la commissure de ses lèvres et ses bras sont couverts de sillons mais, à part ça, tout est normal chez elle. Deux enfants. Un mari. Un métier.

Cora espère sûrement qu'elle répandra sur moi sa poudre de guérison magique.

Je choisis une place parmi les chaises disposées en cercle au centre de la salle, démesurément grande, et assez neutre pour pouvoir accueillir tour à tour un groupe de grands brûlés et le bingo des petits vieux. Il n'y a que deux autres ados. Un garçon qui a l'air d'avoir cent ans se tient les bras croisés sur sa poitrine – un de ses bras est normal, mais l'autre est strié de plis et il se termine en cul-de-sac. La fille, en face, réajuste sa robe. Si elle a des cicatrices, je ne les vois pas.

Après quatre mois passés dans le service des grands brûlés, j'ai appris à lire l'histoire des gens sur leur peau. La fille sans cicatrices, j'avoue, je ne sais pas, mais le garçon devait tenir un genre d'engin explosif, car c'est son visage et son bras les plus touchés, et il n'a plus de main.

Ils m'observent, les yeux écarquillés, tentant de deviner ce qui a pu m'arriver. Gagné ! C'est moi qui décroche la timbale dans la galerie des monstres de foire.

Voilà ce qui m'est arrivé : le plafond s'est effondré avant que mon père ait pu me pousser par la fenêtre, ce qui explique que ce soit mon visage, mon cuir chevelu, mes bras et le haut de mon dos qui aient le plus morflé. Mes jambes sont un panaché : mes genoux et mes mollets ont brûlé, mais pas mes hanches, protégées par mon short, ni mes pieds, sauvés par mes chaussons Ugg. Mon haut de pyjama a préservé le milieu de mon corps – mon ventre, mes seins, le bas du dos.

Bien sûr, les prélèvements de peau pour les greffes ont saccagé les zones restées intactes, et vu qu'on m'a retiré un gros orteil pour ma main, il ne reste finalement aucune partie de mon corps qui n'ait pas souffert de l'incendie.

Parfois, je me laisse aller à rêver qu'un jour, le docteur Sharp me réparera *vraiment*. J'ai découpé tout un tas d'articles sur les implants de sourcils, les prothèses d'oreille et les expandeurs tissulaires – des sortes de ballons remplis d'eau qu'on glisse sous le cuir chevelu pour l'étirer, et ensuite retirer la zone chauve.

Bien sûr, ce qui vient en premier sur ma liste, c'est mes paupières tombantes. Mais je sais que c'est un rêve qui ne se réalisera jamais. Les assurances rechignent à payer pour la chirurgie esthétique. Et puis, après la greffe de mon orteil sur ma main, on a décidé de faire une pause. De laisser un peu de répit à mon corps et au compte bancaire de Glenn.

C'est vrai, ça m'a fait du bien d'arrêter le cycle interminable des opérations et des greffes, des réveils à l'état de momie, habitée par le secret espoir qu'une fois la fine gaze blanche retirée, je serai redevenue moi-même.

Il n'y a rien de plus usant que l'espoir.

Mme Layne se place au centre du cercle, vêtue comme il se doit de l'uniforme des psys : jupe crayon et chemisier sans manches qu'à sa place j'aurais évité, vu comme ça met en valeur ses cicatrices. Elle est en train de nous souhaiter la bienvenue lorsque les portes battantes s'ouvrent, livrant passage à une fille en fauteuil roulant.

– Désolée de vous interrompre !

Sa voix résonne dans la salle immense.

Sa haute queue-de-cheval brune balaie l'air, laissant voir de graves brûlures sur son cou. Les taches violacées s'étendent jusqu'à son visage, s'arrêtant juste à la lisière du menton. Une manche à rayures rose fuchsia couvre son bras droit. Je réalise d'un coup que c'est un vêtement compressif.

On retrouve les mêmes rayures sur sa jambe droite, tandis que la gauche est enveloppée d'un plâtre lui aussi rose vif et sans le moindre graffiti. On dirait l'enfant naturel d'un zèbre et d'un clown psychédélique.

Elle s'avance au milieu du cercle.

– Ah, mais...

Son regard fait le tour de l'assemblée.

– ... je crois que je me suis trompée... C'est pas les sélections pour le marathon ?

Lorsque je remarque que je suis la seule à trouver ça drôle, j'essaie de transformer mon rire en toux. La fille m'adresse un clin d'œil, tandis que Mme Layne lui sourit d'un air patient.

– On était justement en train de se présenter. On commence par toi, Piper ?

Elle se redresse dans son fauteuil roulant.

– Je m'appelle Piper. J'ai eu un accident le 31 décembre, il y a six semaines. J'ai surtout des brûlures au second degré sur le côté droit. J'ai toutes sortes d'os brisés dans la jambe, continue-t-elle en tapotant son plâtre rose. J'ai un léger traumatisme rachidien, donc le fauteuil n'est que provisoire, touchons du bois. Les cicatrices, par contre, je vais les garder. Quoi d'autre, quoi d'autre ? se demande-t-elle en se caressant le menton. Ah oui, j'aime les longues promenades en fauteuil roulant sur la plage, et je suis Taureau.

C'est ensuite au tour du garçon, mais il ne peut pas finir parce qu'il fond en larmes. Une histoire de feu de camp et de bonbonne de gaz qui a explosé.

La fille sans cicatrices parle pendant bien dix minutes de ses blessures invisibles, dues à une fuite de propane qui s'est brusquement enflammé quand elle était bébé. Je me demande ce qu'elle peut trouver encore à dire, depuis le temps.

Écouter toutes ces histoires me replonge dans l'ambiance de l'hôpital, où les patients brandissent le pourcentage et le degré de leurs brûlures comme des titres de gloire.

J'ai été brûlée à soixante pour cent, pour l'essentiel au troisième degré – le troisième degré, c'est quand les flammes dévorent tout sur leur passage, toutes les couches de la peau, les follicules pileux, les glandes sudoripares, les cellules graisseuses et les nerfs. Mes mains ont décroché le quatrième degré quand les flammes ont atteint l'os. J'ai aussi quelques brûlures au second degré mais, pour les grands brûlés, c'est de la rigolade. Elles sont rouges et suintantes, ce qui les rend très impressionnantes, bien qu'elles ne touchent que la couche supérieure du derme.

Le plus drôle, c'est que ces brûlures superficielles font un mal de chien au début, alors qu'avec les plus profondes, on ne sent rien. Avec quoi sentirait-on, privé de nerfs ? Pour ces brûlures-là, la vraie douleur ne commence que longtemps après, avec les greffes de peau et les soins, quand les infirmières vous arrachent la gaze à la pince à épiler.

Quand une brûlure est si profonde, c'est la guérison qui fait souffrir.

Je prends soudain conscience que tous les regards sont posés sur moi.

– Qu'est-ce que je dois dire, au fait ?

– Juste te présenter. C'est toi qui choisis ce que tu as envie de raconter, m'explique Mme Layne.

Une vague de chaleur remonte dans ma nuque. Tous semblent avides de connaître les détails de ma fresque cica-tristielle.

– Je m'appelle Ava. Je viens du centre de l'Utah… J'ai déménagé il n'y a pas longtemps… Je suis élève au lycée Crossroads High, et je suis junior.

Ils attendent la suite. Et comme je reste silencieuse, les

regards se tournent vers Mme Layne. Miss Zèbre Rose est la première à réagir.

– Huuuum... Tu ne dis rien sur tes cicatrices ?

Mme Layne intervient :

– Piper. On en a déjà parlé.

– Je crois qu'elle sait qu'elle est brûlée, madame.

Elle se tourne vers moi, la main sur la bouche, feignant la surprise :

– Oh mince... c'était un secret ?

– Piper ! Ça suffit ! s'exclame Mme Layne en tapant sur son bloc-notes. Dans les mois qui viennent, vous allez partager ce dont vous avez envie, pas plus, pas moins. Ça peut être beaucoup, ça peut être très peu, il n'y a pas de règle.

Son regard s'attarde sur la fille en fauteuil roulant, qui sourit d'un air innocent. Mme Layne nous explique alors qu'on va aborder à chaque séance un nouvel aspect de l'affirmation de soi.

– Aujourd'hui, nous allons discuter du poids des mots. Les mots ont du pouvoir parce qu'on les charge de sens. « Haine ». « Amour ». « Espoir ». « Colère »...

Elle se tourne vers nous.

– Commençons par voir quels mots vous utilisez pour vous décrire. Qu'est-ce qui vous vient spontanément à l'esprit ?

Un ange passe. Même la fille sans cicatrices, Miss Pipelette, ne pipe plus un mot.

Mme Layne semble agréablement surprise de me voir lever la main.

– Aujourd'hui, une fille m'a traitée de Freddy Krueger.

Piper se marre.

– Oooh… pas mauvaise, celle-là.

Mme Layne la tance du regard, tout en s'adressant à moi :

– Les insultes sont des mots aussi, mais aujourd'hui, on parle des mots qu'on utilise pour se décrire soi-même.

Elle écrit le mot « VICTIME » sur le tableau blanc qui se trouve derrière elle.

– Quels sentiments ce mot suscite-t-il en vous ?

– De la tristesse, dit la fille sans cicatrices.

– Du désespoir, ajoute le garçon.

Mme Layne écrit à nouveau : « BATTANT ».

– Et celui-là ?

– De l'espoir, suggère le garçon.

– Cette semaine, prêtez attention à la façon dont vous parlez de vous-même. Utilisez des mots qui vous donnent de la force, plutôt que des mots qui vous fragilisent.

Elle ajoute d'autres mots afin de nous faire réfléchir : « laid », « handicapé », « brûlé », « beau », « faible », « fort », « guérison »…

– Écrivez dans votre carnet tout ce que vous ne souhaitez pas dire à voix haute. Le plus important à comprendre, c'est que *vous* êtes aux commandes. Bien sûr, vous ne pouvez pas changer ce qui est arrivé, mais votre histoire vous appartient et c'est à vous de la prendre en main. Votre vie a changé. Mon but, c'est de vous aider à trouver une nouvelle normalité.

Mme Layne nous laisse nous servir à boire après nous avoir expliqué les règles au sein du groupe. Qu'on doit se sentir respecté… À quel point c'est important de parler de notre traumatisme… Le blabla habituel.

Devant la table des rafraîchissements, Piper approche de moi son fauteuil.

– C'est ta première séance ?

Je secoue la tête.

– Je me suis trompée de salle, en fait. Je venais pour le deuxième tour du casting Elite.

Son rire retentit dans la salle vide.

– Oh oh. Si Layne entend que tu fais des blagues…

Son visage s'assombrit d'un coup.

– C'est sérieux, ici. C'est un groupe de psychothérapie pour grands brûlés. Ou, comme j'aime l'appeler, la TDM ou Thérapie De Merde.

Piper remplit de cookies l'assiette posée sur ses genoux.

– Si je comprends bien, toi, t'es déjà venue ? je demande.

– Ouaip. Je suis une fidèle parmi les fidèles. Tant que mes parents pensent que je « fais des progrès » (elle mime des guillemets), ils sont contents.

Elle tend la main vers une tasse, mais ne peut l'atteindre depuis son fauteuil. Je la lui donne. Elle n'a aucune réaction lorsque mes doigts effleurent les siens.

– Merci. Alors t'es à Crossroads, toi aussi ?

Je réalise d'un coup que c'est la fille dont Glenn m'a parlé, celle que Cora voyait déjà comme ma meilleure amie.

– On peut dire ça. C'était mon premier jour aujourd'hui.

– Oh purée ! Avec la tronche que t'as, j'ose même pas imaginer. C'était pas trop dur ?

Je repense aux regards, aux murmures, au garçon qui a lâché son stylo comme s'il avait vu un fantôme.

– Si, violent.

Piper croque dans un cookie et continue à parler en même temps.

– Ouais, on est nuls pour accueillir les nouveaux. T'as vu notre mascotte ? Le Viking xénophobe en colère ?

Je hoche la tête.

– Difficile de le rater. Mais je ne vais pas rester longtemps. C'est un bref essai de retour à la vie réelle. Dans deux semaines, tout le monde pourra oublier que j'existe.

Piper penche la tête sur le côté en faisant la moue.

– Je crois que j'ai jamais rien entendu d'aussi pathétique…

Elle sort son téléphone – du même rose flashy que ses rayures.

– Puisque moi, je suis au courant que tu existes, c'est quoi ton pseudo ?

– J'en ai pas.

– Hein ? Mais *qui*, aujourd'hui, n'est pas sur les réseaux sociaux ?

– Je ne voudrais pas avoir l'air d'enfoncer une porte ouverte, mais... (je désigne mon propre visage)... quelqu'un qui n'a aucune raison de poster des photos en ligne...

Piper pose le téléphone sur ses genoux, croise les bras et me dévisage des pieds à la tête.

– Je retire ce que j'ai dit : c'est ça, le truc le plus pathétique que j'aie jamais entendu !

– Hé, on est en thérapie, là ! T'as pas le droit de juger mon degré de pathétiquité !

Piper sourit.

– Touché. Bon, à part que t'y connais rien en réseaux sociaux, moi, je suis contente que tu nous aies fait grâce de ta pathétique présence, Ava.

Elle roule sa serviette en boule, la lance en l'air, puis l'envoie dans la corbeille à papier d'un smash efficace.

– Excellent ! s'exclame-t-elle, avant de se tourner vers moi : Tu fais quoi après le groupe ? T'es libre ?

– Pour quoi faire ?

– Rien de spécial, juste traîner ensemble, dit-elle, comme si on avait déjà synchronisé nos agendas.

Je scrute son visage à la recherche d'une explication.

– Est-ce que Mme Layne t'a demandé d'être mon amie ?

C'est tout à fait le genre de trucs dont serait capable le Comité. Cora et Mme Layne ont dû se concerter sur mon statut social, et cette folle aux vêtements compressifs rose fluo est le mieux qu'ils aient pu trouver.

Elle lève les mains.

– Houla, qu'est-ce que t'es méfiante ! Non, elle ne m'a rien demandé, et je ne l'aurais pas fait, de toute façon. Pardon d'avoir envie d'être amie avec toi...

– Je n'ai pas besoin d'amie. Je ne suis là que pour deux semaines.

Piper réfléchit un instant, puis elle se penche vers moi.

– Qu'est-ce que ça change, deux semaines ou quatre ans ? Personne ne peut survivre au lycée seul !

Le soleil de fin d'après-midi jette des losanges de lumière sur le sol, tandis qu'un rayon fait étinceler le petit pendentif en or que Piper porte autour du cou. Je reconnais un phénix, cet oiseau mythique qui renaît de ses cendres, indemne.

– Tu me jures que ce n'est pas par charité ? Parce que, franchement, j'ai pas besoin de ça !

Piper pose une main sur son cœur et lève l'autre main en écartant les doigts du milieu pour faire le salut vulcain de *Star Trek*.

– Parole de scout !

Je repense à ma journée, aux filles qui m'ont trouvée planquée dans les coulisses, à la foule dans les couloirs qui s'écartait devant moi comme si j'étais lépreuse, au débile qui ne pouvait détacher son regard de mon pouce-orteil.

Je dois avouer qu'avoir une amie n'est pas la pire idée du Comité.

– Oui, je dis, je suis libre.

Piper sourit, puis lève en l'air sa tasse de jus de fruits.

– À notre nouvelle normalité. Si toi, tu sais ce que ça veut dire…

8

Cora manque de s'évanouir quand elle apprend que je ramène une amie à la maison. Elle tente de voler quelques moments complices avec moi avant que la mère de Piper ne la dépose.

– Je veux tout savoir, déclare-t-elle en tapotant le coussin à côté d'elle sur le canapé.

Je sens qu'elle aimerait que je m'asseye près d'elle et que je lui raconte en détail ma nouvelle vie, mais après avoir passé la journée à faire semblant d'être plus forte que je ne le suis, je suis trop vidée pour me lancer dans la chronique de mes faits et gestes. Si c'était maman, je me blottirais contre elle, je respirerais son parfum à la vanille pendant qu'elle me caresserait les cheveux, et je lui déballerais tout. C'est sans doute ce que Sara aurait fait aussi.

– Allez ! insiste Cora. Le lycée. Le groupe. Raconte !

– Tout s'est bien passé.

– Je n'ai pensé qu'à ça toute la journée!

– Eh bien... Le proviseur est un pion. La plupart des élèves sont des cons. Et moi, je suis un thon.

Cora fronce les sourcils.

– Je suis sûre qu'ils ne sont pas *tous* cons. Et cette fille qui vient tout à l'heure? Elle a eu un accident de voiture, c'est ça?

– C'est ça.

– Elle n'est pas sympa, elle?

– Elle est bizarre.

– Bizarre sympa?

– Bizarre bizarre.

Cora m'observe depuis le canapé. Son optimisme forcené m'agresse. Je fuis dans la cuisine.

Elle hausse la voix.

– Alors, tu vas rester?

– C'est trop tôt pour le savoir.

– Quand est-ce que tu le sauras?

– Quand ça deviendra supportable.

Cora m'intercepte alors que je me dirige vers ma chambre. Elle me serre doucement contre elle et, lorsqu'elle s'écarte, ses yeux brillent.

– Tu es une battante, Ava.

On frappe à la porte. Je m'arrache à son étreinte.

– Il paraît...

Glenn soulève le fauteuil de Piper pour franchir les marches du perron. Arrivé à l'intérieur, il jette un regard dubitatif à l'escalier qui mène à ma chambre.

Piper remue dans son fauteuil, forçant son sourire.

– Pas de souci. Je préfère le rez-de-chaussée, justement.

Il secoue la tête, les sourcils froncés.

– Oh, je vais te monter, t'en fais pas...

Il examine l'escalier, puis de nouveau Piper.

– T'es d'ac pour que je te porte ?

Elle acquiesce. Il l'extirpe de son fauteuil, son plâtre rose pendouillant dans le vide, et il la monte à l'étage, un bras sous les genoux et l'autre dans son dos, comme il le faisait avec moi au tout début, quand l'escalier était aussi dur à gravir que l'Everest.

Je porte le fauteuil de Piper, et Glenn l'y repose une fois dans ma chambre.

– Dis donc, t'es une vraie fan de Barbie, toi ! s'exclame Piper, avant même que Glenn ait refermé la porte.

L'immense collection de Sara se dresse face à nous derrière les vitrines.

– Elles appartiennent à ma cousine.

Piper essaie d'ouvrir l'une des vitrines, mais elles sont fermées à clé.

– Pourquoi elle ne les garde pas dans sa chambre ?

– C'est sa chambre, en fait. Enfin, c'était. Sara est morte dans l'incendie.

Piper renonce à ouvrir la vitrine. Elle ramasse un des chaussons de pointe.

– C'est tout à elle ?

D'anciennes affaires de Sara sont disséminées un peu partout : la couette aux grosses marguerites jaunes, l'armoire du coin avec les photos de son groupe de danse, la boîte de ses pointes...

– En grande partie, je dis en rangeant le chausson dans son sanctuaire. Mais ça ne me dérange pas. Toutes mes affaires ont brûlé, de toute façon.

Piper remarque la frise de papillons décolorée qui court au milieu du mur.

– Tu devrais refaire la déco, au moins. Sinon, tu vis dans la chambre d'une morte.

Je hausse les épaules. Ça ne me gêne pas tant que ça de vivre dans un mausolée, parce que ma chambre à moi a disparu et que celle-ci contient tous les souvenirs que le feu n'a pas emportés. Le lit qu'on partageait une fois par mois, blotties l'une contre l'autre. Le bureau sur lequel Sara a tenté en vain de m'apprendre à faire du *contouring*. La frise aux motifs de papillons sur laquelle on avait écrit nos initiales en minuscule sous une aile violette.

Piper montre un cadre où Sara, en tutu, lève gracieusement les mains au-dessus de la tête.

– C'est elle ?

– Ouaip.

– Jolie.

Sur la photo, ses longs cheveux blonds tombent sur sa taille fine – elle avait un corps menu, comme sa mère. C'était ce genre de filles qu'on pourrait détester, mais qu'on adore parce qu'elles sont trop sympas. On était aussi différentes l'une de l'autre que Barbie Campagnarde et Barbie Citadine (comme nous appelait Glenn), mais on se rejoignait sur un point : notre passion commune pour la scène. Enfant, chaque été, je m'emmêlais les pieds à sa colo de danse ; et elle supportait la colo de théâtre avec moi. J'étais au premier rang de tous ses ballets, et c'était la première à se lever pour applaudir mes soirs de première.

Piper désigne un poster de *Hairspray* qui couvre tout le mur et que Cora m'a dégoté dans un vide-greniers.

– C'est à toi ou à elle ?

– À moi. Enfin... J'aimais bien chanter, avant, j'étais fan de comédies musicales, tout ça...

Ma voix paraît indifférente, comme si je n'étais pas tombée dans la marmite de Broadway quand j'étais bébé – mes parents étaient des passionnés.

Mais c'était une autre vie, dans laquelle les chorégraphies improvisées et les happy ends paraissaient plausibles, et même probables.

Arrive un jour où on réalise que la vie n'est *pas* une comédie musicale.

– À toi ou à elle ? demande Piper, soulevant la clochette calcinée sur la commode.

Sur l'un des côtés, la surface autrefois brillante est d'un noir verdâtre, mais c'était la seule chose à sauver sur tout « le site », d'après Glenn. Je n'ai pas eu envie d'aller vérifier. Voir ma maison en cendres ne fait pas vraiment partie de ma *to-do list*.

– À ma mère, je dis. Donc à moi, maintenant.

Piper la repose pour s'intéresser à une photo où je suis sur scène, avec la perruque de Rizzo de traviole et la veste des Pink Ladies. Ma mère me serre dans ses bras, tandis que mon père lève le pouce, un peu ridicule à vouloir imiter les mecs cools de la pièce.

– Tes parents sont morts aussi ?

Elle pose sur moi un regard insistant. Je ne sais jamais ce que je suis supposée dire. Que c'est horrible d'être orpheline ? Que plus personne ne m'aimera comme mes parents m'ont aimée, d'un amour inconditionnel et sans limites ? Que depuis, je suis comme un radeau flottant à la dérive, sans ancre ni port d'attache ? Assise sur le lit, je croise les jambes, l'oreiller sur mes genoux.

– Je n'ai pas très envie d'en parler, je t'avoue.

Piper replace la photo au milieu des autres cadres – des souvenirs que j'essaie d'oublier.

– Message reçu. J'avais bien senti ça, tout à l'heure. Mais je préfère te prévenir, Layne a un don pour te faire parler.

Elle pose ses doigts les uns contre les autres en pianotant d'un air diabolique.

– Laisse-nous t'aider, Ava. Laisse-nous te guérir.

Puis elle s'empare du carnet de la thérapie sur mon bureau.

– Crois-moi : la meilleure façon de t'en sortir, c'est de faire ta gentille, de dire ce qu'on attend de toi et de prétendre découvrir des trucs hyper importants toutes les trois, quatre semaines.

Elle agite le carnet dans ma direction.

– Et remplis bien les pages de charabia sur tes émotions, sinon Layne va te prendre en tête-à-tête.

– Sur quoi j'écris ?

– N'importe quoi. Moi, j'écris pas mal de listes et de poèmes, parce que ça prend plus de place, et puis ça me vaut des bons points, parce que j'utilise l'art pour « transcender » ce qui s'est passé.

– Qu'est-ce qui s'est passé, au fait ?

– Conduite en état d'ivresse. Enfin, moi, j'étais passagère.

– Qui c'est qui conduisait ?

– Une fille.

Piper s'empare d'une nouvelle photo et pivote sur elle-même.

– T'étais dans cet hosto? Moi aussi !

Sur la photo, je suis entourée d'une flopée d'infirmiers et de médecins, ainsi que de Cora et de Glenn. On est tous alignés comme pour un salut final. C'était le jour où j'ai quitté le service des grands brûlés.

– Terry le tortionnaire ! s'écrie Piper. Ce type est un total sadique !

Terry (kiné de son vrai métier) a les bras autour de mes épaules. Il venait me voir avec des instruments de torture qui avaient l'air de sortir tout droit du Moyen Âge et qui devaient empêcher ma peau de rétrécir comme du plastique fou. Il sanglait mes bras dans la position de « l'avion », m'écartelant comme un faisan empaillé en plein vol.

– PT : pure torture, j'approuve.

Piper jette le cadre sur mes genoux.

– T'as l'air plutôt heureuse, là-dessus !

Sur la photo, c'est vrai, je fais un immense sourire. Je quittais l'hôpital après plus de quatre mois de prison. Fini les séances de déshabillage dans la salle de douche thérapeutique, où les infirmières arrachaient ma peau morte. Fini les cris dans les couloirs. Fini de regarder Nickelodeon en boucle. Fini d'être auscultée et examinée sous toutes les coutures. Je rentrais à la maison.

J'allais vite découvrir que « la maison » était devenue aussi méconnaissable que mon visage.

– J'étais bête, je dis.

Je tiens les deux photos l'une à côté de l'autre. Sur l'une, je suis entourée par mes parents, sur l'autre par des professionnels formés pour me maintenir en vie.

– Ava Avant l'Incendie et Ava Après l'Incendie.

Je m'observe sur la première – une ado normale.

– Je ne sais même plus qui était cette fille.

Piper hoche la tête.

– L'instant d'avant, tu kiffais la vie, et puis tu franchis une petite ligne blanche sur la route, et *bam* !

Elle frappe des mains.

– Bye-bye, tes jambes.

– Avant ta naissance, un électricien installe un câble défectueux dans ton mur et, seize ans plus tard, ta vie part en fumée.

Je m'allonge sur mon oreiller et donne un petit coup dans l'attrape-rêves indien que j'ai accroché au-dessus de mon lit il y a quelques mois.

Piper regarde le cercle de cordes et de plumes chargé d'attraper mes mauvais rêves.

– Tu fais des cauchemars ?

– Ouaip…

– Moi aussi. Je rêve de trucs bêtes, genre un accident de vélo. Layne dit que mon cerveau transpose le traumatisme dans un contexte familier pour mieux pouvoir le gérer, et patati et patata.

– Oui, moi aussi, je rêve de trucs comme ça.

Je ne dis pas qu'il m'arrive aussi de revivre l'incendie. La chaleur me brûle. Je sens le goût de la fumée dans ma bouche. Je vois mon père courir au milieu des flammes.

Et puis je fais aussi des rêves où je suis celle d'Avant, où je saute sur le trampoline avec Sara ou encore j'aide ma mère à arracher les mauvaises herbes du jardin. Mon visage n'a pas une seule cicatrice. Ma main ne ressemble pas à une nageoire. Mon oreille est intacte.

Je ne sais pas quel est le pire. Lorsque je me réveille d'un cauchemar, j'éprouve un profond soulagement, parce que l'incendie n'est pas réel.

Mais avec les rêves d'Avant, le cauchemar commence quand j'ouvre les yeux.

Piper retire le couvercle d'une boîte à chaussures remplie à ras bord de cartes de vœux. Elle ouvre la première et lit à voix haute :

– « Nous sommes bouleversés par ton courage et nous te souhaitons une guérison rapide. »

Elle enfonce le doigt dans sa bouche et fait semblant de vomir, puis elle lève la boîte au-dessus de la poubelle.

– Je peux ?

Je l'attrape avant qu'elle ait pu passer à l'acte.

– Cora pense que c'est un soutien.

– Ça ? se moque Piper. C'est des conneries. Au début, tout le monde est là à t'entourer avec des ballons, mais ils sont où quand tu te retrouves sur les toilettes et que ta mère doit t'essuyer parce que tes épaules ne sont plus assez souples ?

Je pose la boîte sur mon bureau.

– Ah bon, il n'y a pas de carte Hallmark pour te féliciter d'avoir réussi à te torcher les fesses ? C'est clair que ça manque...

Piper se met à rire.

– Genre : « Félicitations pour avoir réussi à te vider les intestins pour la première fois depuis ton opération! J'espère que tout est bien sorti ! »

– Ou encore : « Bravo, tes greffes sont moins purulentes ! Joyeuse année sans infection ! »

– Et, imagine...

Piper s'adosse à son fauteuil, les bras croisés, le visage sérieux et impassible.

– Une carte avec Zac Efron qui dit : « Hé, chérie, ces vêtements compressifs sont super moulants... J'adore ! »

– Je l'achèterais, celle-là, j'approuve en riant. Au moins, c'est drôle.

– Bien d'accord ! s'exclame Piper. C'est comme tout à l'heure, quand Layne essayait d'être super sérieuse et que t'as sorti ton histoire de Freddy Krueger. J'ai failli mourir de rire. Qui t'a balancé ça, au fait ?

– Je ne sais pas. Une fille à l'auditorium. Keira ou Kenzie, un truc comme ça.

Piper grimace.

– Kenzie King ?

– Je ne sais pas.

– Cheveux noirs et longs ? L'air constipé ?

J'essaie de me souvenir du visage de la fille. J'étais si inquiète à l'idée qu'elle me trouve que je n'ai pas fait très attention à ce genre de détails.

– Peut-être...

– Ça m'étonne pas. Kenzie est la pire. La. Pire. Évite-la

soigneusement. Que tu sois pas dans les parages le jour où elle se décidera enfin à lâcher ce qu'elle a dans le ventre.

Je ris.

– Dégueu.

– C'est clair. Maintenant que je sais que c'est elle, je trouve ça beaucoup moins drôle.

Je fais tourner l'attrape-rêves en lui donnant un coup de patte.

– Un jour, une fille à la caisse a carrément hurlé à l'oreille de sa mère que mon visage ressemblait à des Chamallows fondus. J'étais à trente centimètres d'elle. Mais bon sang, je suis brûlée, pas demeurée !

Piper se met à rire.

– J'ai entendu un vieux me traiter de « toast sur roulettes » parce que je suis légèrement grillée. Au moins, il avait le sens de la mesure. T'imagines pas les trucs que peuvent sortir les gens…

– Je suis sûre que j'ai eu pire, je proteste, un peu vexée que Piper croie pouvoir rivaliser avec moi – la fille aux cent mille surnoms.

– Comme quoi ?

– Je suis pas sûre que tes oreilles puissent le supporter, je rétorque.

Piper s'adosse à son fauteuil, un sourire espiègle aux lèvres.

– OK, alors je commence par un classique mais qui fait toujours son effet : Crapaud écrasé.

– Pas mal, je reconnais. Tranche de lard grillé.

– Zombie tétraplégique.

Je tombe à genoux sur le lit, secouée de rire :

– Scarface !

Piper doit lutter pour ne pas tomber tellement elle se penche en avant pour crier à son tour :

– Peau de serpent !

– Écrevisse grillée !

– Balafrée à roulettes !

– Gueule de mutante !

– Face de porc !

Piper porte la main à sa bouche, réalisant qu'elle m'a insultée au lieu d'utiliser une des insultes qui lui ont été adressées. On s'écroule de rire toutes les deux, moi sur le lit en me tenant le ventre, Piper pliée en deux sur son fauteuil. La porte s'ouvre soudain à la volée et Cora surgit, le visage rouge.

– Les filles !

Piper se mord la lèvre pour se calmer. Le regard de Cora passe de moi à Piper.

– Ça suffit.

Lorsqu'elle referme la porte, Piper et moi, on laisse échapper un petit rire. Elle roule jusqu'à mon lit et me fait signe de m'écarter pour lui laisser de la place, puis elle se hisse hors de son fauteuil et s'allonge sur le matelas, sa jambe inerte contre la mienne.

– Alors, qui a gagné ? demande-t-elle.

– Je crois qu'on a perdu toutes les deux.

Piper respire plus lentement.

– Les insultes, je m'en tape. Comme on disait quand on était petites, c'est celui qui le dit qui l'est.

Elle désigne la boîte de cartes sur mon bureau.

– C'est eux, là, qui me font du mal.

Elle pose la main à son cœur et se met à parler d'une voix de fausset :

– « Quelle leçon de vie ! », « Ton histoire m'a donné une sacrée claque ! », « Tu m'as fait prendre conscience qu'il fallait savoir profiter de sa vie ! » Super, je suis ravie que ma tragédie personnelle ait pu t'aider à gérer ta merde.

– Et « C'est un miracle ! », comme si c'était la volonté de Dieu que je sois en vie ! Mon père m'a poussée par la fenêtre. J'ai survécu, il est mort. Ce n'est pas un miracle : la gravité, ça s'appelle.

– Les gens, c'est ça le pire, dit Piper à voix basse.

– C'est clair.

– À part toi. Toi, t'es pas totalement naze.

– Tu devrais vraiment écrire des cartes Hallmark.

Piper rit.

– Non, sérieux. Au moins, avec toi, j'ai plus envie de me faire lobotomiser... Je te jure, j'exagère pas !

La manche à rayures de Piper est appuyée contre ma propre manche compressive. Elle n'a pas de geste de recul et n'a pas l'air de remarquer qu'elle me touche. Elle n'est ni infirmière, ni ma tante, ni un psy obligé de m'approcher.

– Tu comprends ce que je veux dire, hein ? reprend-elle. C'est difficile de trouver les mots.

– Cherche pas. On accorde trop d'importance aux mots.

Côte à côte, on regarde l'attrape-rêves se balancer au-dessus de nos têtes.

Pour la première fois depuis longtemps, je n'ai pas à affronter le cauchemar seule.

Ava Lee
Journal (ou TDM)
26 février

Mots que je déteste
(par ordre croissant)

dégueu
grillée
pince de crabe
le pingouin
Scarface
face de pizza
zombie
bien fait pour toi
Freddy Krueger
courageuse
modèle
miracle
chanceuse
battante

battante
battante

Comment appelle-t-on quelqu'un qui n'a pas choisi de survivre?

Quelqu'un qui, parfois, le regrette?

9

Si marcher dans les couloirs du lycée, c'est passer par les baguettes, entrer dans la cafète, c'est la guillotine direct.

Lorsque la sonnerie de midi retentit, le jour suivant, je cherche des yeux le fauteuil de Piper au milieu de la cohue, décidée à ne pas y aller seule. Je n'aurais même pas imaginé y déjeuner si elle ne m'avait pas envoyé un texto à la fin de la première heure.

Tu sais déjà où tu vas manger ?

Pas encore

Attends-moi près des distributeurs

Je vais y réfléchir

Ne joue pas les héros

Les filles en rangers d'hier passent devant moi, direction l'auditorium. J'hésite à retrouver la clandestinité des rideaux, moi aussi, quand Piper m'envoie un nouveau message :

Tandis que je soupèse mes différentes options, mon regard est attiré par une affiche devant les toilettes : une annonce de casting pour la comédie musicale de l'année. Autrefois, j'aurais auditionné avec mes amies, j'aurais fait partie d'une bande. Maintenant, je suis condamnée aux traversées en solitaire.

Mais Piper a peut-être raison : la seule façon de tenir bon pendant ces deux semaines, c'est justement de ne pas rester seule.

Le brouhaha de la cafétéria s'entend depuis le couloir, accompagné d'une odeur de friture et de sueur.

Je pousse les portes malgré la démangeaison qui gagne mes bras. À la table la plus proche, les filles se retournent toutes en même temps. Je fais comme si je ne les voyais pas se pencher sur leur téléphone avec de drôles de mimiques, leurs doigts textotant à toute allure.

La démangeaison s'accentue. Je me gratte le bras à la limite de la manche compressive. Où est Piper ? Je dois avoir l'air complètement paumée. Si certains avaient des doutes sur mes capacités mentales, ils doivent maintenant penser que mes neurones sont aussi bousillés que le reste de ma personne. Le vacarme de la cafétéria monte autour de moi, je regrette de ne pas avoir mon casque. Je suis sur le point de tourner les talons et de fuir vers l'auditorium quand…

– Ava !

Je n'ai jamais été aussi soulagée d'entendre mon nom. Piper me fait de grands gestes, assise à une table du fond. Je me fraie un passage vers elle.

– Bienvenue parmi les cassos !

Ses voisins n'ont pas l'air de partager son enthousiasme. Ils jettent un regard rapide à mon visage avant de continuer leur repas. Un garçon, une clarinette à la main, essuie l'anche sur son tee-shirt, puis la repositionne sur le bec. Une fille est plongée dans son manuel de maths, tandis qu'une autre mâche son sandwich, les yeux rivés sur son téléphone.

Piper tapote la chaise à côté d'elle.

– Bon, en vrai, c'est pas mes potes, je les connais à peine, chuchote-t-elle. Mais ma bande s'est comme qui dirait désintégrée, et on a tous besoin d'une meute pour survivre.

Même si je suis consciente des regards qui s'attardent sur moi, déjeuner à table est bien plus agréable que planquée derrière un rideau. Avec Piper, on parle de la TDM, puis elle me briefe sur les profs et les élèves à éviter, et la pause de midi passe sans que je m'en rende compte.

Alors que Piper est en plein milieu d'une phrase, un garçon s'approche de notre table. Il lève le pouce vers moi, et je reconnais alors le type d'hier, celui qui n'a aucune pudeur et qui n'a rien capté à mes regards qui lui disaient d'aller se faire cuire un œuf au pôle Nord.

Tout mon naturel s'évanouit d'un coup. Je ne sais plus où mettre mes bras et finis par m'appuyer sur l'accoudoir de Piper pour me donner une contenance. La chaleur me monte aux joues. Pour une fois, je suis contente que mon visage couvert de cicatrices ait perdu la capacité de rougir.

– La fille qui a une main du futur ! s'écrie-t-il par-dessus le vacarme de la cafète. On ne t'a pas fait fuir, alors ?

Il s'accroupit entre Piper et moi. Je tire mon bandana sur mon oreille, terriblement consciente de son absence.

– J'ai bien failli, j'avoue.

– Mais bon sang, elle parle, en fait !

Piper nous observe tout en continuant à mâcher. Elle hausse les sourcils.

– Vous vous connaissez ?

– On était ensemble en sciences, hier, explique-t-il. Mais on n'a pas eu le temps de faire connaissance.

Piper nous présente tout en farfouillant dans son sac de repas, sans même nous regarder.

– Asad, Ava. Ava, Asad.

Il me serre la main si fort que je tressaille. Puis, dessinant une grande arabesque du bras, il s'incline. *En plein milieu de la cafétéria*. Ses cheveux noirs lui tombent sur les yeux tandis qu'il me sourit et que ses fossettes se creusent.

– Asad Ebrahim, à ton service.

Piper lève les yeux au plafond.

– Ne fais pas attention. Il croit que le monde entier est une scène de théâtre.

– « Et nous n'en sommes que les acteurs », ajoute Asad, rayonnant.

Je tente de retenir un sourire, en vain. Crispée, je revérifie que mon bandana cache bien le trou de mon oreille.

– Shakespeare à la cantine ? je dis. Faut oser.

Piper éclate de rire.

– T'as vu ? Asad, c'est simple, c'est un vieillard ringard enfermé dans un corps à peine pubère. Et il a tous les défauts des deux âges !

– Je ne vais pas m'excuser d'aimer les classiques, se défend Asad en souriant. Désolé de penser qu'il y a plus intéressant que la nouvelle saison de *The Real Housewives of Atlanta*[1].

– Je ne regarde pas ça ! proteste Piper en froissant son sachet et en le lançant sur lui. Je regarde *The Real Housewives of New Jersey*. À part ça, j'ai vu des films de Bollywood et t'as vraiment de drôles de goûts.

Asad lui renvoie la boule en papier.

– Si tu veux essayer d'être raciste, sois au moins exacte. Ma famille est d'origine pakistanaise, pas indienne.

– C'est la même, rétorque Piper.

– Pas vraiment, en fait. Mais je te pardonne ton ignorance, parce qu'ils n'ont pas encore sorti *The Real Housewives of Lahore*.

Asad fait une courbette.

1. Émission de télé-réalité.

– J'accepte tes excuses les plus humbles.

Elle secoue la tête.

– Ah là là, ces théâtreux…

– Justement…, déclare-t-il en se redressant. C'est de ça qu'il faut que je te parle.

Mon cœur se serre légèrement. Bien sûr – c'est à elle qu'il est venu parler.

– Une vilaine rumeur prétend que tu ne vas pas passer les auditions.

– C'est pas une rumeur, mon pote. C'est la vérité vraie.

Son sourire s'affaisse en même temps que ses épaules.

– Tu nous laisses tomber ? C'est ça, être loyale, pour toi ?

Piper fait brusquement pivoter son fauteuil pour lui faire face. Elle jette un quartier de clémentine dans sa bouche et parle tout en mâchant.

– Bonne question. Si tu trouves la moindre preuve de loyauté dans ce groupe, je serai ravie de le savoir. D'ici là, c'est sans moi.

Asad commence à protester, mais Piper l'interrompt :

– Sans moi !

– OK, OK. Message reçu, dit-il en levant les mains.

Il recule lentement et ne s'arrête que pour saluer dans ma direction.

– Ava… Content d'avoir pu mettre un nom sur ce visage…

Pour la deuxième fois, je ne sais pas si je dois le prendre

comme une pique ou si Asad est juste le roi des gaffeurs. Je n'ai pas le temps de trancher qu'il a déjà disparu, emporté par la marée d'élèves rassasiés qui se dirigent vers la porte.

– Quel crétin, dit Piper.

– Il a l'air gentil…

– On est au lycée, Ava. Être gentil, c'est se condamner à mort.

Le regard de Piper se plante sur une fille près de la poubelle de recyclage, qui m'observe avec insistance.

– On peut t'aider ?

La fille secoue vivement la tête et se précipite dehors, son plateau encore à la main. Quelques filles pouffent. La chaleur me monte à nouveau au visage, la nuque me brûle.

– C'est pas le meilleur moyen de passer inaperçue, je dis, tout en suivant Piper vers la sortie.

Elle arrête brusquement son fauteuil et pose sur moi un regard interrogateur.

– Qui a parlé de passer inaperçue ?

10

Les jours suivants, Piper et moi, on passe par les baguettes ensemble. Au début, j'avais peur qu'on attire deux fois plus les regards – deux grandes brûlées, l'une en fauteuil avec une peau à rayures rose fluo, et l'autre sans cheveux, sans oreille et sans main –, mais notre duo a plutôt l'effet inverse. Peut-être se sont-ils maintenant habitués à Piper ?

Peut-être n'est-ce qu'une question d'accoutumance ? Une fois qu'ils ont vu la Grande Brûlée, ils passent à autre chose, et quelqu'un va bientôt me remplacer en tête d'affiche... Je n'existerai même plus.

À moins que ce ne soit parce que Piper se défend bec et ongles ?

Lorsqu'un garçon tout maigre me montre du doigt, sans aucune gêne, un après-midi de la deuxième et dernière semaine, Piper lui roule exprès sur le pied.

– Tu veux une photo pour te branler le soir dans ton pieu ? lui lance-t-elle en plaçant la main derrière la tête, comme dans les calendriers de pin-up.

Il plonge dans la foule pour lui échapper.

Enfin, quelle qu'en soit la raison, arpenter Crossroads High devient bien moins intimidant grâce à Piper, et je me coule peu à peu dans la routine du lycée – lecture, exercices, leçons interminables ponctuées de brèves scènes de chaos dans les couloirs. Je réussis la plupart de mes devoirs haut la main et, sans que je m'en rende compte, ma période d'essai touche à sa fin.

Le samedi suivant mon dernier jour, je trouve Piper assise sur les marches du perron, un pot de peinture dans une main, le téléphone dans l'autre.

– Je suis venue m'occuper de ta chambre. Enfin, de tes murs.

Elle me tend son téléphone.

– Et je t'ai fait une playlist.

Je lis avec incrédulité le nom de l'album.

– « Incendie » ?

– Ouaip. Un mix des meilleures chansons jamais écrites sur la combustion.

Alors que je hisse son fauteuil en me cognant à chaque marche, elle pousse le son à fond.

– T'es sérieuse ? T'as pas mis ça ! je proteste en entendant la voix d'Alicia Keys envahir le salon, criant à pleins poumons « Girl on Fire ».

– On dit qu'il faut combattre le feu par le feu, non?

Sortant un pinceau de son sac, elle s'en sert comme d'un micro pour reprendre avec le chœur :

– *This girl is on firrrrrrrre!*

Elle tient la dernière note si longtemps que son visage devient cramoisi, puis elle fait un petit salut sur son fauteuil tandis que j'applaudis lentement. Billy Joel enchaîne avec « We Didn't Start the Fire », et elle baisse le volume.

– Ça fait du bien d'évacuer un peu, dit-elle.

Elle sort deux rouleaux de son sac à dos et me tend le pot de peinture, du même rose flashy que ses vêtements compressifs.

– On y va?

– Il faut que je demande à Cora et Glenn d'abord.

– C'est ta chambre, non?

– En principe, oui. Mais quand même.

Glenn monte Piper à l'étage, et je leur explique le projet. Je suis tentée de renoncer quand je vois la lèvre de Cora trembler. Glenn s'appuie contre le chambranle de la porte, et Cora s'appuie contre lui. À côté de sa carrure de rugbyman, elle paraît aussi petite que les Barbie de Sara. Son esprit a l'air de flotter ailleurs, loin. Elle effleure le mur du bout des doigts.

– Sara a bien dû prendre une centaine d'échantillons dans le magasin de peinture avant de choisir cette teinte de turquoise...

Je caresse à mon tour la frise papillons, qui a servi

d'arrière-plan à un nombre incalculable de pièces et de ballets qu'on inventait ensemble. Une part de moi voudrait préserver cette chambre à jamais.

Une autre part – que j'essaie de refouler – voudrait défoncer le placo jusqu'à la structure.

– On n'est pas obligés de la repeindre, je dis. Je l'aime bien, ce bleu.

– Non, non, c'est ta chambre maintenant, déclare Cora en souriant, mais sans son assurance habituelle. On aurait sans doute dû le faire depuis longtemps.

Sans un mot, Cora prend les chaussons de pointe sur l'étagère du coin, mais elle ne peut cacher son émotion lorsque Piper donne le premier coup de pinceau sur le mur.

– Rose ? s'exclame-t-elle, cherchant le regard de Glenn, prête à tout arrêter.

– J'adore, je dis, même si je ne suis pas certaine que ce soit vrai.

Le rose de Piper est très flashy, et je ne l'aurais pas choisi, mais il est différent et ça, ça me plaît.

Cora s'apprête à dire quelque chose, puis elle se ravise et sort de la pièce en serrant les chaussons de Sara contre son cœur. J'entends le petit clic de sa porte qui se ferme, tandis que Glenn part chercher de vieilles couvertures et des bâches au garage.

Pendant qu'il en recouvre le sol et les meubles, Piper et moi, on se charge de décrocher les affiches de Broadway.

Glenn me montre comment utiliser un couteau à mastic pour décoller la frise, puis il nous demande de nous arrêter à mi-hauteur, car il ne veut pas me voir en haut d'une échelle et Piper, sur son fauteuil, ne peut pas lever le bras plus haut.

Piper transfère sa liste sur mon téléphone et, pendant une bonne heure, on peint en écoutant toutes les chansons jamais écrites sur le feu, de « Set Fire to the Rain » d'Adele à « Great Balls of Fire ». Vient alors une musique saturée de synthé, et Piper s'arrête de peindre pour chanter à tue-tête les paroles : l'histoire d'une fille qui vole en se servant de ses cicatrices comme des ailes.

– C'est quoi, cette chanson ? je demande en forçant ma voix pour me faire entendre.

– Ça s'appelle « Un phénix en flammes », d'un groupe qui s'appelle Atticus. C'est devenu mon hymne. Je me le suis même mis en sonnerie.

Piper continue à chanter tandis que je me mets de côté pour attaquer la frise avec le bon angle, car il me faut ma bonne main pour utiliser le couteau à mastic. Je peux me servir de ma main-pince comme d'une tenaille mais, même après des mois d'entraînement avec Terry le tortionnaire, je n'ai pas assez de force pour tenir le couteau et gratter en même temps.

Quand la chanson se termine, c'est au tour de Piper de rencontrer des difficultés : elle essaie vainement d'atteindre le mur sans le cogner avec son fauteuil, puis elle finit par renoncer, se laisse glisser sur le sol et peint en poussant sur ses pieds.

– Alors, c'est lundi le grand jour, c'est ça ? Tu vas retrouver ton pyjama et ta caverne sans soleil ?

– Tu noircis un peu le tableau…

Ayant enfin réussi à décoller un pan de la frise grâce au couteau, je tire dessus. Le papier se déchire au milieu, coupant les papillons en deux.

Piper peint le coin par petites touches.

– Si ça te plaît de t'enterrer vivante... Mais sincèrement : c'est si horrible que ça, le lycée ?

Je lui jette un regard, tout en tentant de décoller le papillon suivant en le gardant intact.

– Le premier jour, j'ai déjeuné seule dans les coulisses, cachée derrière le rideau.

– Aïe.

Elle siffle.

– Ça, c'est dur.

– Tu vois. C'est plus facile de vivre sans qu'on me rappelle tout le temps ce que je suis.

– *Qui* tu es.

– C'est pareil.

Piper remonte dans son fauteuil et gratte un bout de papier peint à moitié déchiré avec son ongle.

– Alors pourquoi tu es revenue ?

Je vérifie que personne n'écoute à la porte.

– Par culpabilité, je crois. Cora s'est donné comme

mission de faire de moi une ado normale. Si elle me laisse repeindre la chambre, c'est sûrement parce qu'elle a dû découper un article «Comment refaire votre déco peut vous aider à guérir».

– OK, dit Piper. Faisons un test. Ces deux dernières semaines, as-tu dû lutter contre un sentiment d'infériorité et de haine de toi ?

– Je coche.

– As-tu eu l'impression qu'au lycée tout le monde te regardait et ne parlait que de toi ?

– Je coche.

– Quand tu t'es comparée aux autres, as-tu toujours conclu que tu étais moins bien ?

– Je coche.

Piper dresse les bras au-dessus de sa tête, son pinceau à la main, faisant gicler de petites gouttes de peinture partout.

– Félicitations, tu es une ado normale !

Je lève les yeux au plafond. À l'autre bout de la pièce, j'aperçois mon reflet dans les vitrines de Sara. La bâche en plastique transparent accentue encore mes difformités.

– Ça n'a rien à voir, et tu le sais très bien.

Elle recule pour admirer notre travail.

– Bon, c'est pas terrible.

En séchant, le rose devient moins criard, mais on dirait que le Chapelier fou n'a pas réussi à se décider entre rose Malabar et bleu turquoise.

Lorsque je demande à Glenn si Cora veut voir le résultat, il me répond qu'elle est déjà couchée. Je glisse le seul papillon que j'ai réussi à sauver dans un tiroir de mon bureau.

Glenn descend Piper au rez-de-chaussée. On passe du pop-corn au micro-ondes et on fuit dans le jardin pour échapper aux odeurs de peinture, malgré le froid. Piper avance son fauteuil jusqu'au bord du trampoline enterré, puis se laisse tomber sur la surface élastique noire. Je m'allonge à mon tour en essayant de le faire rebondir le moins possible. C'est la première fois que je viens ici sans Sara. Le soleil nous brûlait le visage en été. En hiver, on se laissait tomber bras écartés dans la neige. On faisait des projets, on s'échangeait des secrets.

C'est étrange comme tout disparaît – vos rêves, vos discussions – en même temps que votre confident.

La main en visière, je cache la lumière qui vient de la maison pour mieux distinguer les constellations dans le ciel. Je tends le doigt vers l'étoile du Nord et le manche de la Grande Ourse, comme je le faisais avec Sara quand on venait squatter le trampoline.

– Je me souviens qu'au collège on nous a appris que les étoiles qu'on voit sont déjà mortes, déclare Piper en mâchant son pop-corn. C'est trop génial.

Avec mon père aussi, on regardait les étoiles dans le jardin. Elles étaient plus visibles depuis notre coin paumé.

– Disons plutôt qu'on les voit telles qu'elles étaient.

Si une étoile se trouve à cent années-lumière, on voit comment elle brillait un siècle plus tôt.

– On voit le passé, alors ?

– En quelque sorte. Mon père disait que le passé est partout autour de nous. Il disait aussi que les étoiles sont de petites fenêtres sur le paradis, pour que nos proches puissent nous regarder vivre…

Piper manque de s'étrangler avec son pop-corn.

– C'était le roi lion, ton père ?

Ça me fait rire, et mon haleine s'envole en volutes. Piper et moi, on regarde le ciel, bercées par les oscillations du trampoline. L'air de la nuit est mordant mais, à travers ma seconde peau, je ne sens presque rien.

Piper se redresse, en appui sur ses coudes.

– Et s'il avait raison ? Si tes parents étaient là-haut, en train de t'observer ?

Mes yeux fixent l'immensité noire et vide entre les étoiles.

– J'espère bien que non.

Elle me donne un grand coup dans le bras.

– Alors, reste avec nous au lycée. Arrête de jouer les Quasimodo en quarantaine et essaie vraiment de retrouver une vie normale.

– Pas question. J'ai fait mon petit numéro à Crossroads, et maintenant, je suis libre.

J'ai purgé ma peine. Pourquoi ferais-je du zèle ? Pourtant, Piper pose sur moi un regard si plein d'espoir que je me sens coupable à l'idée qu'elle arpente seule les couloirs lundi.

– T'inquiète, tu t'en sortiras très bien sans moi.

Piper fait entendre un rire moqueur.

– Je m'en sors toujours. C'est pour *toi* que je m'inquiète. Il y a deux semaines, tu m'as montré la photo d'une fille affublée d'une horrible perruque de Rizzo. C'est clair que cette fille-là te manque. Franchement, je doute que tu la retrouves en restant enfermée dans la chambre d'une morte, à faire semblant d'être morte avec elle dans l'incendie.

– Précisément. Cette fille-là a disparu dans les flammes.

Piper se met en position assise. Le blanc de ses yeux est à peine visible dans la nuit.

– Alors, partons à sa recherche.

Elle sort une feuille de papier de sa poche, la déplie et la pose entre nous sur la toile du trampoline.

– Les auditions ont lieu jeudi.

– Club de théâtre de Crossroads High, je lis à voix haute.

« Comédie musicale » a été entouré avec un marqueur noir.

– Tu te fiches de moi ? je m'exclame.

– Écoute-moi d'abord, déclare-t-elle d'une voix rapide et excitée. La première étape, c'est de recommencer une des activités que tu faisais. Pour renouer avec cette part-là de toi.

Je me revois avant l'incendie, sur la scène de mon

ancien lycée. Ma mère brandit son téléphone et mon père m'acclame en sifflant avec ses deux doigts, de toutes ses forces. Mais le théâtre fait partie de cette liste, qui ne cesse de s'allonger, de toutes les choses que les flammes m'ont volées : le chant, les queues-de-cheval, les maillots de bain, le maquillage...

– Ce visage n'a pas sa place sous les projecteurs, je rétorque. Sauf si le but, c'est de terrifier les petits enfants.

Piper rit.

– C'est clair que ton visage a plus sa place à la radio.

– Mon visage a sa place au fond d'une grotte. Est-ce qu'il y a un club pour ça ?

Piper désigne le milieu de la page.

– Là ! Le club des antisociaux. On déjeune caché derrière un rideau et on s'échange des trucs et astuces pour disparaître, avec l'espoir qu'un jour on pourra totalement s'enfoncer dans les murs.

– Inscris-moi !

– Ah non, attends...

Elle fait semblant d'être déçue.

– T'es déjà la présidente du club.

Je lui jette une poignée de pop-corn. Piper en attrape quelques-uns au vol et les fourre dans sa bouche.

– Et toi ? je demande.

– Quoi, moi ?

– Pourquoi tu ne fais plus de théâtre ? J'ai entendu Asad te relancer.

Elle hausse les épaules.

– Euh… j'étais amie avec certaines des filles du théâtre avant, mais elles ont pris la grosse tête. Je peux plus les blairer.

– Et tu crois que moi, je pourrais ?

– Toi, c'est différent, t'es nouvelle. Elles n'ont aucune raison de te détester.

Je me rallonge sur le trampoline et regarde la nuit étoilée. Mon souffle s'évapore dans l'air froid.

J'entends mon père dire à la petite fille de huit ans que j'étais que la vie est aussi vaste que les galaxies. « Vise les étoiles les plus hautes, Ava, tu en décrocheras forcément une. Mais d'abord, il faut viser. »

Que penserait-il s'il me voyait maintenant, claquemurée dans ma chambre, à rêvasser sur des affiches plutôt qu'à viser les étoiles ? Même si mon essai de deux semaines est terminé, il me dirait de remonter sur scène.

Il me dirait de viser.

Je me relève d'un coup, faisant vivement bouger le trampoline, et arrache la feuille des mains de Piper.

– Si je reste au lycée…

Je n'ai pas le temps de finir ma phrase qu'elle lève déjà les bras en signe de victoire. Je brandis la feuille.

– *Si* je reste, c'est à une condition : que tu viennes avec moi.

Piper baisse les bras en grimaçant.

– Au théâtre ? Pas question.

– Alors autre chose. Tu faisais quoi avant l'accident ?

– Du volley, mais là, c'est clairement plus possible, dit-elle en désignant de la tête le fauteuil roulant resté sur l'herbe.

– Mauvaise excuse. Si je m'inscris au club de théâtre avec mon visage, tu peux trouver un moyen de revenir sur le terrain avec tes jambes.

Piper me regarde, les yeux plissés.

– Et tu resteras ?

– Je resterai.

Tandis qu'un sourire éclatant lui monte aux lèvres, elle me serre la main avec force.

– Marché conclu.

9 mars

Presque aucun souvenir.
Juste la chaleur.
Et la fumée.
Partout.
Qui m'engloutit.

Et puis elle disparaît.
Mais pas pour de vrai.
Elle s'est juste déplacée.
À l'intérieur de moi.

Chaque bouffée d'air
me brûle et me consume.
J'essaie de crier.
Pas de voix.
Juste la douleur.
J'ai avalé le feu.

Tombée sur le dos.
Je me souviens de l'odeur.

Moi.
En train de brûler.

Mon cerveau hurle.
Fuis !
Mon corps n'obéit pas.
Seul mon bras,
bouge lentement
comme si l'air était du béton humide.
Où est ma main ?
Juste
des lambeaux de peau
et
d'os
là où devraient se trouver mes doigts.
Que m'arrive-t-il ?

Puis
douleur infinie.
Des vagues
roulent sur moi, m'écrasent.
Jusqu'à
ce que je ne sois plus
que souffrance.

« Reste avec moi. »
Une voix.

Un visage.
Ma voisine
secoue mon corps

d'avant
en arrière

me secoue
                    me secoue
                                        me secoue

Elle
Éteint
Mon corps
En feu.

Ses lèvres parlent :
« Tout va bien. »
Ses yeux contredisent ses mots.

Le noir
                    se rapproche
                                        comme un télescope.
                                                                        Silence.

« Tiens bon, dit-elle. Accroche-toi! »
À quoi?

À
la douleur
la chaleur
la panique?

Le noir m'appelle.

Je me sens partir
loin
de la douleur
de la chaleur
de la panique.

«Accroche-toi! Pour tes parents.»
Maman.
Papa.
Pour eux, il faut
que je reste.

J'ouvre les yeux.
Dans le noir,
des étoiles.

Épargnées
par la fumée
et
par la douleur.

Je m'accroche
aux étoiles
tandis que la sirène se rapproche,
des pas
crissent,
des voix crient.

À des millions de kilomètres,
de minuscules lumières
me retiennent
à la Terre.

Des mains
me soulèvent.

Non.
            Non.
                        Non.

Ne prenez pas les lumières.
Laissez-moi
ici.

Seules les étoiles
peuvent me garder
entière.

11

Notre plan est simple : je postule pour un petit rôle au fond de la scène – du genre arbre ou autre – tandis que Piper négocie auprès de son ancienne entraîneuse une place de porteuse d'eau ou quelque chose de compatible avec un fauteuil roulant. Rien de super glamour, mais à la réaction de Cora, on croirait que j'ai remporté un oscar et que Piper a été sélectionnée pour les JO.

– Je n'en reviens pas, murmure-t-elle à travers ses larmes, dimanche soir, lorsque je lui annonce que je vais continuer à jouer les Vikings à Crossroads High une semaine de plus. C'est un vrai miracle !

– Les miracles n'existent pas, je rétorque en glissant mon manuel de maths dans mon sac. Tu peux remercier Piper.

Lorsque la dernière sonnerie retentit, vendredi, Crossroads High se transforme tout à coup en centre de loisirs. Avant de gagner l'auditorium, je laisse Piper près des vestiaires pour qu'elle puisse parler avec la responsable.

Poussant son fauteuil, je zigzague au milieu des sportifs en train de boire des boissons protéinées et d'asperger de Febreze des maillots de foot condamnés à sentir la sueur pour l'éternité.

– Merde ! me crie Piper par-dessus le vacarme.

Alors que je me dirige vers l'auditorium, je vois un garçon et une fille pieds nus en train de sauter bras dessus, bras dessous dans le couloir, évitant de justesse les épreuves du dernier numéro de *La Voix de Crossroads* étalées par terre. Un peu plus loin, j'entends des instruments en train de s'accorder.

Tout le monde appartient à un groupe ou un autre dans cette ménagerie extrascolaire.

Lorsque je pousse l'une des portes latérales, l'auditorium bruisse de mille voix. Je me glisse discrètement jusqu'au premier fauteuil libre. Quelques lycéens sont assis, mais la plupart sont disséminés dans la salle – certains, assis sur le bord de la scène jambes pendantes, chantent à tue-tête des airs de comédie musicale tandis que d'autres parlent fort dans les allées.

Moi aussi, j'ai été comme eux, accro à l'adrénaline de la scène. Le frisson des premières, l'électricité qui court dans les veines tandis qu'on s'avance en pleine lumière. La chaleur des projecteurs sur son visage. Le noir de la salle. Je savais que mes parents étaient là – maman en train de maudire son téléphone qui n'avait pas assez de mémoire et papa qui ne pouvait s'empêcher de réciter mes répliques en même temps que moi.

Le théâtre était ma seconde maison Je m'y sentais en sécurité. Vivante. Sûre de moi.

Une fille bondit sur scène pieds nus et je reconnais immédiatement celle qui m'a traitée de Freddy Krueger. Piper a raison : elle a l'air constipé.

Elle exécute un petit saut (rien à voir avec la grâce de Sara), puis fait une révérence devant un garçon qui l'applaudit pour de faux. Elle lui ébouriffe les cheveux, très droite, et croise mon regard avant que j'aie le temps de me détourner. Elle chuchote quelques mots à l'oreille du garçon, qui se tourne lui aussi vers moi.

La nouvelle de ma présence se répand comme une traînée de poudre, à en juger par les têtes qui se tournent tour à tour sans la moindre discrétion : *Alerte ! Alerte ! Drame en direct ! La Grande Brûlée est là. Dans* notre *théâtre !*

Je me recroqueville dans mon fauteuil en velours, gagnée par la peur – une émotion que je n'avais jamais associée à ce sanctuaire qu'était pour moi le théâtre.

Comment vais-je réussir à monter sur scène, si le simple fait d'être assise dans la salle me donne la chair de poule ?

L'incendie m'aura volé mes deux maisons.

Tandis que les rangées se remplissent, sauf – exception notable – la mienne, je m'empare de mon sac à la recherche de mon casque. Je suis sur le point de l'enfiler quand un garçon surgit tout à coup près de moi. Levant la tête, je découvre des yeux sombres et une peau caramel.

– Asad, c'est ça ?

Il tend le doigt vers le couloir, derrière les portes battantes.

– Là-bas, je suis juste Asad. Mais ici, je suis Asad Ebrahim, l'incroyable, le fabuleux, l'extraordinaire chef lumières.

Il termine sa phrase en écartant grands les bras, mains ouvertes, comme Fred Astaire. Son bras frôle le mien sur l'accoudoir, mais – et c'est le plus alarmant – il ne s'en écarte pas d'un air horrifié.

– Et toi ? Tu es venue pour l'artistique ou pour la technique ?

La technique ? Piper et moi, on avait décidé que j'allais auditionner pour un rôle, mais je n'avais pas pensé à la technique. Ça revient au même, après tout.

– La technique, je décide, tout en rangeant mon casque dans mon sac. Clairement.

– Cool. Moi aussi.

Il me montre une sorte de cabine équipée de gros spots ronds braqués sur la scène.

– C'est moi qui commande les lumières donc, en général, je suis enfermé là-dedans.

Il jette un regard alentour et, un bref instant, son sourire disparaît.

– Alors Piper n'est pas venue, finalement ? Je croyais que vous étiez attachées à la hanche comme des sœurs siamoises…

– Elle ne veut plus faire de théâtre.

– Pas cool, dit-il. C'était la seule des comédiennes qui avait fait l'effort de retenir mon nom. Je te jure, certaines croient sincèrement que je m'appelle « Plusdelumière ».

Je ne peux pas m'empêcher de rire, ce qui – évidemment – ne fait que l'encourager.

– Alors en vrai, tu sais sourire ! s'exclame-t-il d'un ton triomphant. OK, trouve-moi le nom de la comédie musicale où il y a cette chanson : « You're Never Fully Dressed Without a Smile ».

– *Annie.*

Asad se renfonce sur son fauteuil, un sourire aux lèvres.

– Je suis impressionné. En général, mon répertoire de citations de Broadway n'a pas beaucoup de succès auprès du public lycéen. Il faudrait plus de gens comme toi.

Je me raidis.

– Des gens comme moi ?

Asad continue à parler d'un ton tranquille, sans avoir conscience que j'attends la suite, l'estomac noué.

– Tu vois bien ce que je veux dire, des gens qui aiment vraiment le théâtre.

Je me détends lorsque je comprends que ce n'était pas une allusion à mon visage.

– Toujours partante pour me faire tous les *Real Housewives*.

Asad sourit.

– Je suis content que tu sois là, Ava.

Je jette un regard à la rangée vide qui s'étend à ma gauche.

– Tu es bien le seul. À part Piper, tu es la première personne de ce lycée à me parler, sauf bien sûr si tu comptes ceux qui parlent *de moi*... ce qui n'est pas vraiment la même chose...

– Il faut dire que tu fais tout pour décourager les gens. Même quand tu marches dans les couloirs avec Piper, tu gardes les yeux rivés au sol.

Réalisant que je suis précisément en train de fixer mes chaussures, je me force à le regarder. Les iris d'Asad, presque noirs, sont si sombres que je peux y voir mon reflet.

– C'est *tellement* pas vrai !

Il sourit.

– OK. Tu te rappelles le premier jour, quand j'ai essayé de te parler ?

– Oui ? Eh bien ?

– Tu m'as superbement ignoré.

– Je pensais que t'essayais juste d'être gentil. Que t'avais pitié de la pauvre petite brûlée…

Asad lève les yeux au plafond.

– *J'essayais* d'être gentil ! Et toi, tu m'as complètement ignoré.

« Débile ». C'est comme ça que je l'ai appelé. Une insulte griffonnée à la hâte dans un coin de ma feuille. Je regrette déjà.

– Franchement, je te conseille de relever les yeux de temps en temps, reprend-il. On ne sait jamais, tu rates peut-être quelque chose…

Son culot me laisse sans voix. Il ose m'expliquer que c'est ma faute si je n'ai qu'une seule amie dans tout le lycée ! Je l'aurais pris pour un connard s'il n'avait pas eu ce sourire adorable.

Et si je n'avais pas eu le pressentiment que ce garçon sans filtre pourrait bien devenir le deuxième sur ma liste.

Un type long et mince, tout en noir, traverse la scène pieds nus, puis frappe dans ses mains pour renvoyer les aspirants comédiens à leur place. Asad se fige, soudain attentif, tandis que le type en noir arpente la scène en se tenant le menton d'un air profond, comme s'il allait se lancer dans un monologue digne de Hamlet.

– Si vous êtes là pour avoir des points en plus ou pour pouvoir frimer dans votre dossier de fac, vous n'avez pas frappé à la bonne porte. Il n'y a pas de place pour les imposteurs ici.

Il s'interrompt pour balayer la salle du regard. Sa haute taille lui donne une autorité naturelle. À en juger par son bouc soigneusement entretenu et son catogan, ce garçon a dû passer pas mal de temps à potasser son manuel du parfait metteur en scène, et je serais prête à parier qu'il a un poster de Lin-Manuel Miranda dans sa chambre.

– Pour reprendre les mots célèbres de Polonius : « Surtout, sois fidèle à toi-même ! » Maintenant, à vous de faire votre choix : vous partez ou vous restez ?

Malgré le brouhaha qui règne dans l'auditorium, un remue-ménage attire l'attention. Tout le monde suit des yeux un petit freshman qui rassemble rapidement ses affaires et se dépêche de disparaître.

– Ceux qui restent, sachez que ce n'est pas un club comme les autres. Le théâtre est un mode de vie. Le théâtre *est* la vie.

Il se tourne avec grandiloquence vers une fille du premier rang.

– Sur cette scène, vous allez découvrir qui vous êtes. Les feux de la rampe peuvent vous révéler à vous-mêmes, si vous acceptez leur lumière.

Mais qu'est-ce que je fais là, moi ? Je fuirais à la suite du pauvre imposteur si je n'étais pas clouée à mon fauteuil par la peur de déranger le monologue de monsieur.

– Cette année, nous allons donner vie au…

Il s'interrompt pour l'effet. Toutes les têtes se tendent

vers lui, pleines d'attente. J'ai même peur qu'Asad finisse par tomber de son fauteuil, tant il est penché en avant.

– *Magicien d'Oz* !

De vifs murmures se répandent dans la salle.

– Comme Dorothy, nous allons prendre la route de brique jaune, nous enfoncer au cœur de la forêt sombre, dont nous ressortirons triomphants – et métamorphosés !

Il désigne la fille du premier rang.

– Prête pour le grand voyage ?

Il lui tend la main et, d'un geste leste, l'aide à grimper sur scène. Les fauteuils se vident, rangée après rangée. Tout le monde monte les rejoindre.

– Tu viens ? me lance Asad, déjà debout.

Je serre ma sacoche contre moi.

– On est obligés ? Même ceux de la technique ?

J'espère qu'il y a erreur et que nous, petit peuple des coulisses, nous allons nous glisser discrètement derrière les rideaux noirs.

– Ouaip. C'est la tradition. Suis-moi.

Je secoue la tête.

– Je... je crois que j'ai changé d'avis...

Son regard se pose brièvement sur moi, puis sur la file de gens qui chuchotent derrière nous, attendant de voir si la fille aux cicatrices va monter sur scène. J'ai l'impression qu'il les remarque pour la première fois.

Ses yeux sombres croisent les miens.

– « Fortune Favors the Brave », dit-il.

Je réfléchis.

– *Les Misérables* ? Non, attends, *Aïda*. Oui, c'est ça, *Aïda*.

Un sourire lui monte aux oreilles.

– T'es trop forte ! Allez, reconnais que tu es comme eux, tu as le théâtre dans le sang !

Il me tend la main, paume offerte.

– J'y vais avec toi.

L'assurance que je lis dans son regard apaise la démangeaison de ma peau. Je glisse ma main dans la sienne et tente de ne plus entendre les messes basses. Lorsqu'on arrive près de la scène, Asad interpelle le type en noir :

– Je te présente Ava. Elle est nouvelle.

Quand le type me tend la main, je veille à lui donner la bonne et à garder ma nageoire cachée le long de mon corps. Il hésite un bref instant lorsqu'il aperçoit mes vêtements compressifs, mais avant même que j'aie pu m'expliquer, il m'attrape et me hisse sur scène.

– Salut, Ava-la-nouvelle. Bienvenue à Oz !

16 mars

Je me réveille au son des bips.

Face à moi, un ballon de baudruche.
« Remets-toi vite ! »
Quelqu'un est malade.
Mais qui ?

Bip.

Bip.

Bip.

Une femme en blouse bleue.

« Tu es à l'hôpital. »

Mais pourquoi ?

La mémoire me revient.

Il s'est passé quelque chose.

Quelque chose de grave.

Mais quoi ?

Un accident de voiture ?

« On t'attendait. »

Où étais-je passée ?

Pourquoi est-ce si pénible de respirer ?
Quelque chose de dur m'empêche de parler.
Je suis muette.
Un voile blanc me couvre le visage.
Je suis momifiée.
Pourquoi je ne peux pas bouger ?
Je ne vois pas mes mains, juste de petits ballons
de rugby blancs
au bout de mes bras.
« Tu as été prise dans un incendie »,
me dit une infirmière.
J'ai été brûlée à soixante pour cent.

Soixante pour cent?

Que reste-t-il?

Cora près de mon lit
pleure
pleure pleure.
La douleur
ne cesse pas.
Puis le sommeil
divin sommeil.
Tu as été prise dans un incendie.
Tu as dormi
Deux mois entiers.

La réalité s'éloigne à tire-d'aile
comme un papillon.
Ne restent que des flashs :
Le feu
La fumée
La chair
Papa me pousse.
Les étoiles me sauvent.
À travers le brouillard, je comprends une chose :
Ma vie a changé.
Pour toujours.

12

Pour la première fois depuis l'incendie, je me réveille pleine d'élan.

La maison est silencieuse, comme hier soir lorsque Glenn m'a ramenée du lycée. Cora s'est couchée très tôt – il faisait encore jour – et je n'ai pas pu lui dire que j'étais officiellement membre du club de théâtre de Crossroads High.

Autre grande première : je suis vraiment impatiente de lui annoncer la nouvelle. J'ai besoin que quelqu'un sache que je vise une étoile, même toute petite.

Je trouve Glenn assis sur la balancelle du porche, le regard sur les pics enneigés au loin. Il se balance lentement avec ses pieds, le talon, puis la pointe, le talon, la pointe.

– Tu n'es pas très matinale, dit-il alors que je me laisse tomber à ses côtés. On a eu le temps d'aller et de revenir du cimetière. J'ai pensé que c'était une bonne façon de commémorer la journée.

Je m'apprête à demander ce qu'il faut commémorer quand je réalise d'un coup : 17 mars. C'est l'anniversaire de Sara.

– Je suis vraiment désolée, j'ai oublié...

Je m'en veux terriblement. Le club de théâtre a pris tellement de place dans ma tête que j'ai complètement zappé. Même si, de toute façon, je ne les aurais pas accompagnés. Je ne vais pas au cimetière pour la même raison que je ne veux pas voir ma maison brûlée : je sais déjà ce que j'ai perdu.

– Je sais que t'aimes pas trop les cimetières, reprend-il. C'est juste pour te prévenir. Cora le vit assez mal.

– Où elle est ?

Glenn me désigne la maison d'un signe de tête.

– Tu te rappelles l'année dernière ? On ne l'avait pas vue de la journée.

– Je n'étais pas là l'année dernière.

Il se tait un moment, le regard sur les montagnes, happé par ses souvenirs. J'étais toujours à l'hôpital à l'époque, plongée dans le coma, perdue quelque part, tout au fond de moi.

Depuis mon lit d'hôpital, je voyais ces mêmes montagnes – la chaîne de Wasatch. Leurs sommets abrupts s'élèvent bien plus haut que les collines autour de notre maison, que j'avais fini par connaître par cœur à force de les regarder par la fenêtre de ma chambre. Les montagnes d'ici sont différentes, mais leur présence est rassurante : elles sont comme une étoile du Berger rocheuse – immuables, fiables, indiquant l'est, me reliant à ma maison.

– Tu me rendrais service ? s'enquiert Glenn.

– Bien sûr.

– Tu peux aller voir comment va Cora ? Je préfère qu'elle ne reste pas seule, mais cette matinée m'a lessivé.

Je laisse Glenn sur la balancelle. Il pose la tête en arrière, les yeux fermés, le menton grisé par sa barbe pas rasée. Je me plante devant la porte de la chambre de Cora, hésitant à la déranger. Cora a toujours géré ses « coups de déprime » derrière des portes closes, ne laissant jamais échapper son chagrin en public.

Je frappe. Au léger froissement, je comprends qu'elle ramasse des mouchoirs.

– Entre, dit-elle.

Lorsque j'ouvre la porte, elle me sourit d'un air fatigué. Sans maquillage, ses yeux paraissent plus creux, et quelques taches de vieillesse parsèment ses joues. Une photo de Sara est placée de travers sur sa table de chevet, et ses chaussons de pointe sont posés à côté d'elle.

Cora s'essuie le coin des yeux avec un mouchoir roulé en boule, se force à esquisser un grand sourire et tapote le lit.

– Raconte-moi comment s'est passé le club de théâtre !

Je meurs d'envie de lui parler du *Magicien d'Oz*, du metteur en scène qui fait son cinéma, de ce garçon qui m'a aidée à remonter sur scène, mais je ne peux pas, pas aujourd'hui.

Aujourd'hui, ce n'est pas *moi* qui compte.

– Tu n'es obligée de te forcer, je dis.

Cora se dégonfle comme un ballon de baudruche qu'on aurait piqué avec une épingle.

– Je suis désolée, murmure-t-elle. Je reste enfermée à m'apitoyer sur moi-même...

– Tu as le droit d'être triste !

Elle prend la photo de Sara sur la commode.

– C'est tellement bizarre de se retrouver le jour de l'anniversaire de son enfant alors qu'il n'est plus là... C'est une date qui devrait être rayée du calendrier... Mais elle continue à exister et elle reviendra tous les ans me rappeler ce jour où je suis devenue mère.

Cora tire vers elle son édredon bleu aux motifs Paisley. J'ai envie de la prendre dans mes bras, mais j'ai peur d'être mal placée pour la consoler.

Moi qui ne peux que lui rappeler la fille qu'elle a perdue.

– Tu es toujours sa mère, tu sais.

Cora soupire.

– Ça fait plus d'un an, Ava. Douze mois que je vis sans elle, et il m'arrive encore de me lever le matin en ayant oublié. Quand la mémoire me revient, c'est comme si je la perdais à nouveau. Et...

Elle s'interrompt un instant.

– Je suis fatiguée de la perdre. Je suis juste… fatiguée…

Elle fait entendre un rire maigrelet.

– Je ne devrais pas te raconter tout ça.

Je secoue la tête. J'aimerais lui dire que je la comprends, qu'il m'arrive, quand je me réveille d'un cauchemar, de longer le couloir pour retrouver la chaleur et la sécurité du lit de maman, avant de revenir d'un coup à la réalité : mes parents ne sont plus de ce monde. Chaque fois, cette découverte m'anéantit comme au premier jour.

Oui, je voudrais lui dire tout ça, mais les mots ne franchissent pas mes lèvres. Si je les prononce à voix haute, j'ai peur de ne plus être capable de les enfouir à nouveau au fond de moi. Alors je passe maladroitement le bras autour de ses épaules et je lui ressors cette formule creuse qu'utilisaient les gens pour me réconforter : « Je suis là si tu as besoin de quoi que ce soit. »

Je referme la porte derrière moi.

Je prends mon manuel de maths et le pose sur mon lit. J'essaie de me concentrer sur les chiffres et d'oublier les Barbie de Sara qui, je suis prête à le jurer, me regardent avec animosité. J'écoute le message de maman sur les déos en fermant les yeux très fort, me laissant bercer par son ton chantant quand elle dit : « Rappelle mo-oi ». Mais aujourd'hui, même sa voix ne parvient pas à m'apaiser.

Après l'avoir écouté trois fois sous le regard hostile des Barbie, je ne supporte plus cette chambre à moitié bleue et à moitié rose. Je gagne la cuisine et je sors des œufs, de l'huile et une préparation à gâteau presque périmée que Sara et moi, on gardait en réserve au fond du placard pour nos soirées pyjama, au cas où on serait prises d'une soudaine envie de pâtisserie – même si, en réalité, on finissait toujours par manger la pâte à la spatule, jusqu'à s'en rendre malades.

Je fais beaucoup de dégâts à cause de la maladresse de ma main gauche, mais je ne m'en tire pas si mal – je fais juste tomber une fois le bol mélangeur. Quand le gâteau a fini de cuire, je le saupoudre de vermicelles arc-en-ciel comme l'aurait fait Sara, puis je lèche la spatule en sa mémoire et je plante seize bougies.

Alors que j'enfonce la dernière dans le gâteau, je réalise d'un coup que chaque bougie est censée représenter une année.

Une année de vie.

Je viens de faire le gâteau le plus déprimant de toute l'histoire de la pâtisserie.

J'arrache les bougies et jette le gâteau dans l'évier, laissant les lames du broyeur détruire les preuves de ma naïveté – comme si des vermicelles colorés pouvaient réparer une famille.

Incapable de chasser la douleur, je reste, impuissante, devant la porte close de Cora – cloison de bois et de souffrance infranchissable.

13

– S'il te plaît, dis-moi que c'est une blague, m'interrompt Piper alors qu'on longe les couloirs, lundi matin, et que je lui raconte comment s'est passé le théâtre. Tu es une mite de coulisse ?

Je m'arrête devant la salle de maths de Piper.

– Une quoi ?

– Ces petits insectes qui restent cachés dans le rideau, parce qu'ils n'ont pas le courage de passer les auditions...

– Ouah, t'as vraiment la grosse tête !

– J'avais la grosse tête, c'est fini. Ce que je dis, moi, c'est que c'était pas ça, notre accord, et tu le sais très bien.

Je me balance d'un pied sur l'autre tandis que des élèves entrent dans la salle. Personne ne dit rien, mais quelques-uns sourient timidement en contournant le fauteuil campé en travers de la porte.

– La technique, ça fait partie du théâtre, je proteste. Je sens que ça va me plaire…

Je suis seule avec moi-même depuis si longtemps que j'ai oublié ce que c'était de faire partie d'un collectif – de quelque chose de plus grand que moi.

– Et puis, un des mecs…

– Un mec ! m'interrompt Piper.

Elle se penche en avant, le menton appuyé sur ses mains, battant des cils.

– Je veux *tout* savoir !

– Il n'y a rien à savoir !

Vu sa réaction, je préfère taire qu'il s'agit d'Asad.

– Un mec a été gentil avec moi. C'est tout.

Piper me donne une tape d'un air malicieux.

– Oh, arrête ! Cette discussion classée X me fait rougir !

Je hisse ma sacoche sur mon épaule pour partir, mais Piper m'attrape par le bras.

– Je suis sérieuse, je veux tous les détails croustillants pendant la séance de groupe de demain !

D'un geste de la main, je désigne mes cicatrices.

– Tu as vu mon visage ? Qu'est-ce que tu veux faire croustiller ?

– En tout cas, s'il y a un mec dans l'histoire, c'est toujours mieux que de rester enfermée à double tour dans ton donjon. De mon côté, on ne va pas se leurrer, je ne vais pas faire des smashs entre deux allers-retours à la fontaine…

Piper me sourit – au même moment, la sonnerie retentit.

– T'as vu comme on est redevenues des ados normales ? Je fais à nouveau partie d'une équipe et toi, t'es amoureuse…

– Je ne suis pas amoureuse !

– Prochaine étape, aller voir des matchs de foot et traîner au centre commercial le samedi… Layne va être trop fière de nous !

– T'emballe pas. On n'est pas redevenues des ados normales. C'est une *nouvelle* normalité. Rien à voir.

– Ava ! me lance-t-elle alors que je m'éloigne dans le couloir. Ma nouvelle normalité était complètement nulle avant que t'arrives !

– Alerte info : elle est toujours nulle, je rétorque, forçant ma voix pour qu'elle m'entende malgré le groupe bruyant qui est en train de me dépasser. Mais j'avoue, la mienne aussi !

À peine suis-je entrée dans l'auditorium, à la fin des cours, qu'Asad me fait signe de le rejoindre sur le plateau. Je monte l'escalier en coulisse plutôt que de tenter d'escalader la scène avec mes vêtements compressifs, sans parler de mes cicatrices qui me bloquent les genoux aussi solidement que de la super-glue.

Le temps de rejoindre Asad, quelques personnes sont déjà en train de former un cercle.

– Qu'est-ce qu'ils fabriquent ?

– Un cercle de confiance, chuchote-t-il, comme si c'étaient des mots sacrés. On le fait chaque fois avant de commencer. Tony prétend que ça renforce les liens entre nous.

– C'est qui, Tony ?

– Le gars qui s'occupe de la mise en scène. Celui qui t'a dit : « Bienvenue à Oz », tu ne te rappelles pas ? C'est le portrait craché de Lin-Manuel Miranda, en plus grand et en plus extraverti. Enfin bref, on se donne la main et on dit tous un truc sur quelqu'un du groupe.

Je lève les yeux au plafond d'un air agacé, alors qu'en vrai je suis totalement paniquée. Je ne le savais pas, mais j'ai mis les pieds en enfer.

D'un pas décidé, Tony rejoint le centre du cercle. Dépassant tout le monde d'une bonne tête, il tourne sur lui-même, bras écartés. Il est vêtu tout en noir, cette fois encore. Je ne peux pas m'empêcher de me demander s'il se change après la dernière sonnerie ou s'il garde son costume de demi-dieu des planches toute la journée.

– Le cercle de confiance, déclare-t-il d'un ton solennel. Commençons.

Il prend la main de la fille qui se trouve près de lui, laquelle prend la main de son voisin, et ainsi de suite. Je regarde la vague des mains se rapprocher avec l'espoir secret qu'en arrivant à moi elle va atteindre son apogée, déferler et m'envoyer tout au fond de l'eau.

Quand c'est à mon tour, Asad s'empare de ma main droite et me fait signe de donner la gauche à mon voisin. Ce que je fais.

Sauf que ce n'est pas une main.

C'est ma nageoire. Ma patte. Mon aile de pingouin revue et corrigée par Frankenstein, avec mon gros orteil et mes doigts fusionnés qui ressemblent à un gant à four couleur chair.

Mon voisin s'apprête à la prendre quand il se fige soudain. Tous les yeux se fixent sur ma main. Les doigts du garçon restent suspendus en l'air comme si quelqu'un avait appuyé sur le bouton « Pause ». Ô que j'aurais aimé pouvoir appuyer sur le bouton « Pause » ! Et sur « Retour arrière », tant qu'on y est !

À la place, il attrape la main de sa voisine de gauche qui – malice du sort – se trouve être Kenzie, la fille dont Piper m'a conseillé de me méfier. Elle tourne vers moi son visage crispé.

– Tu dois lui tenir la main, insiste-t-elle. Ça porte malchance, sinon.

Le regard du garçon va de moi à Kenzie, à Tony, puis revient se fixer sur ma main. Ma nuque me démange soudain, et je la gratte, tant pis si ce n'est pas le moment – au moins ma main ne reste pas inoccupée.

– C'est pas grave, je dis. Ça me fait mal, de toute façon.

Je fais disparaître mon appendice mutant dans la

poche de mon jean. Le garçon pousse un bruyant soupir de soulagement et laisse retomber son bras.

Je regarde le sol tandis que la vague se poursuit le long du cercle.

– Ferme les yeux, me chuchote Asad.

Du coin de l'œil, je vois le garçon en noir entraîner le cercle et s'arrêter face à une fille à peine plus grande qu'une poupée Polly-Pocket. Je ne sais rien d'elle, à part qu'elle traîne souvent dans les couloirs avec Kenzie. Quand vient mon tour, je bredouille que j'aime bien sa coupe très courte.

En réalité, je me moque éperdument de ses cheveux. Je ne pense même pas à cette rupture du cercle de confiance, ce vide à ma gauche, ce garçon qui n'a pas voulu me toucher.

Je pense à l'autre, celui à ma droite, à la peau caramel, qui, lui, n'a pas hésité à prendre ma main dans la sienne.

14

Je maudis Piper intérieurement.

C'est elle qui m'a perturbée avec ses « détails croustillants ». Voilà pourquoi je n'ai pas voulu lui dire que c'était Asad le garçon gentil de la technique. Je savais qu'elle se ferait tout un roman, alors qu'il n'y a pas de roman possible, *jamais*.

Les garçons sont sur la Liste des Choses De Ma Vie Parties en Fumée.

Mon copain de troisième aura été le premier et le dernier. Josh et moi, on se faisait de longs câlins dans les couloirs, on se parlait au téléphone jusque tard dans la nuit et on a même échangé un vrai baiser sous les gradins, après un match de foot – un baiser avec la langue aux parfums de Malabar et de maladresse, mais ce sera le seul baiser que je connaîtrai de toute ma vie, alors dans mon souvenir, j'en ai fait un baiser parfait, fougueux et tendre, enflammé juste ce qu'il faut.

Quand Josh est venu à l'hôpital, j'ai refusé de le voir. J'avais peur de ce que j'allais lire dans ses yeux. Je voulais garder intact le souvenir de cette soirée sous les gradins, du trouble qu'exprimait son regard lorsqu'il a doucement dégagé mes cheveux de mon visage (moi qui essayais de cacher ma nervosité derrière ma frange) et qu'il s'est penché vers moi pour m'embrasser.

Les flammes m'avaient pris tellement, elles pouvaient bien me laisser un souvenir.

Mais ce n'est rien de plus, un vague souvenir qui s'efface déjà. Les garçons ne me regardent plus comme une fille qu'on peut aimer.

Et moi non plus.

Pourtant, je ne peux m'empêcher de glisser un regard vers nos doigts noués, les miens tout fripés au sortir de la manche compressive. Puis je me détourne vite en espérant que personne ne m'ait vue en train de fixer avidement nos mains entrelacées.

Tony sépare l'équipe technique des comédiens, et je m'assieds en tailleur près d'Asad en attendant les consignes pour devenir La Meilleure Machiniste de Toute l'Histoire du Théâtre Lycéen. Asad s'appuie sur ses coudes, jambes étendues.

– Alors, Ava Lee, Piper m'a dit que tu faisais du théâtre dans ton ancien lycée ?

– Oui, sauf que...

J'aimerais lui demander en quel honneur Piper et lui

parlent de moi, mais je me contente de désigner d'un signe de tête les comédiens attroupés autour de la feuille de distribution qui vient d'être affichée.

– J'étais de l'autre côté.

Kenzie saute sur place et serre dans ses bras la fille aux cheveux courts, s'écriant – assez fort pour que tous l'entendent – qu'elle a décroché le rôle-titre. Je ressens un pincement au cœur : j'étais comme ça, moi aussi, avec ma bande.

– Pourquoi t'as viré de bord ? demande Asad.

Je ris.

– Tu te moques de moi ?

Devant son air perplexe, je lui montre mon visage.

Il se redresse et se rapproche de moi. À ma droite, deux filles se poussent du coude en nous regardant.

– Comment tu les as eues, au fait ?

– Mes cicatrices ?

– Oui.

La façon qu'ont ces filles de m'observer, suspendues à mes lèvres, me fait soudain basculer en mode Piper. Piper ne se serait pas laissé impressionner, ni par ces filles ni par un abruti qui aurait refusé de lui tenir la main dans le cercle de la honte. Elle leur aurait balancé un bon scud – un truc drôle et provoc qui aurait fait oublier son fauteuil et sa peau brûlée. Je me penche et, avec le sourire le plus inquiétant possible, je murmure :

– « Tu sais à qui je dois ces cicatrices ? »

Asad hausse les sourcils, un sourire aux lèvres.

– Je rêve ou tu viens de citer *The Dark Knight*?

J'acquiesce.

– Le Joker.

– T'es peut-être bien la fille la plus cool que je connaisse…

Je fixe la scène, troublée. Par chance, le type en noir surgit derrière le rideau. L'attention se porte instantanément sur lui, et la question d'Asad passe aux oubliettes – je n'avais de toute façon aucune intention de répondre avec ces filles dans les parages, prêtes à transformer ma tragédie la plus intime en potin de cafétéria.

– Alors comme ça, vous voulez faire partie de la technique? nous lance Tony. Je vous préviens : vous n'aurez ni les roses ni les applaudissements…

Il fait une pause pour observer nos visages.

– Mais sans vous, le spectacle s'arrête. Vous êtes les mains invisibles qui s'activent en coulisse… (Il brandit un tee-shirt noir.) Votre but est de vous faire complètement oublier. C'est bien ça dont vous avez envie?

Je hoche la tête. C'est *exactement* ça dont j'ai envie.

On se fait passer des tee-shirts noirs, qu'on enfile par-dessus nos vêtements. Je glisse ma tête dans l'un d'eux avec l'espoir de réussir à m'habiller toute seule comme une grande. J'avais oublié que ma vie était une succession de gags sans fin et je me retrouve la tête coincée dans l'échancrure de la manche. Entourée de toutes parts d'une obscurité cent pour cent coton, j'essaie désespérément de plier mon coude pour m'en sortir...

Mort de rire, Asad me propose son aide. Je n'ai pas le choix. Je laisse retomber mon bras le long de mon corps et j'accepte.

Il tire sur le tee-shirt et le remet en place. Mais alors que ma tête se fraie un passage à travers le col – parce que l'univers veille à ce que mon humiliation soit absolument complète –, mon bandana glisse.

Les yeux d'Asad tombent sur mon crâne avant que j'aie pu le protéger de mes mains et je le vois qui écarquille les yeux. Moi qui avais de longs cheveux bruns raides comme des baguettes, j'ai maintenant le crâne quadrillé de petits carrés chauves, là où les médecins ont prélevé la peau pour la greffer sur mon visage. Une partie des follicules ont brûlé et les cheveux qui ont survécu repoussent rêches et frisés. Même si le docteur Sharp prétend que cette croissance en tire-bouchon n'est que temporaire, je doute pouvoir un jour tourner dans une pub pour shampoing.

Avec ce crâne, j'ai l'air terrifiant d'un « gardien de la crypte », mais Asad ne s'enfuit pas en hurlant, il tend juste la main pour m'aider à remettre mon bandana.

– Bravo ! s'exclame-t-il. Tu as officiellement basculé du côté obscur du théâtre !

Il enfile son propre tee-shirt.

– Bientôt, tu seras aussi habile que moi pour te fondre complètement dans le décor.

– C'est mon rêve, j'approuve, tout en rajustant le bandana sur le trou de mon oreille, au cas où.

Tony nous emmène découvrir l'arrière-scène. On le suit en file indienne à travers le labyrinthe de rideaux noirs, tandis qu'il désigne tour à tour les perches, les rampes d'éclairage et les placards secrets.

Alors que Tony est occupé à nous expliquer le système de poulie du rideau, Asad se penche vers moi pour me parler à l'oreille. Une de ses mèches noires me chatouille le front.

– Tu veux voir où se passe la vraie magie ?

Lorsque le groupe repart vers les loges, Asad m'entraîne dans la direction opposée, vers la salle. On grimpe un escalier en colimaçon plongé dans la pénombre – j'essaie d'oublier mes genoux qui tirent douloureusement – et on débouche dans une petite pièce qui ressemble à la salle de contrôle d'un vaisseau spatial. Asad s'assied sur un siège à roulettes et glisse en arrière, ouvrant les bras vers les rangées de tirettes et de boutons.

– Bienvenue dans ma tanière ! C'est modeste, je sais, mais ça plaît beaucoup aux filles.

Je croise les bras et m'appuie contre un des tableaux. La douleur est si vive que je dois me retenir de me frotter les genoux ou de m'allonger par terre. Je préfère éviter d'avoir un comportement trop bizarre, de peur qu'il se demande tout à coup pourquoi il perd son temps avec la Grande Brûlée.

– Combien de filles tu as amenées ici, exactement ?

Asad enfonce un bouton, plongeant dans le noir l'auditorium, qu'on aperçoit en contrebas d'une grande vitre. Puis il active le projecteur du milieu de scène.

– Ce n'est pas la quantité qui compte, proteste-t-il.

Il rallume les lumières de la salle. Je baisse les yeux. Le sol me paraît à des années-lumière et mon estomac se contracte. Le souvenir fait irruption dans ma mémoire – je me tiens penchée à la fenêtre de ma chambre, mon père hurle : « Saute ! », mais mes pieds n'obéissent pas. Il me pousse, je bascule, le sol fonce à ma rencontre…

Je recule avant que le souvenir devienne trop envahissant. Au même instant, un groupe de filles entrent sur scène, Kenzie en tête. Son expression tendue lui donne l'air encore plus constipé que d'habitude.

– Cette fille ne se prend pas pour n'importe qui…

– Kenzie King ? Elle est chez elle, ici.

Asad me désigne un écriteau au fond du théâtre. J'arrive tout juste à le déchiffrer en plissant les yeux : THÉÂTRE DE LA FAMILLE KING.

– Littéralement. Sa famille donne chaque année des sommes faramineuses au club, alors Kenzie trouve normal d'avoir tout le monde à ses pieds.

Il se frotte les mains d'un air excité.

– Et si on les écoutait ?

Il tourne un bouton sur le panneau de commandes. Le bruit des pas des filles résonne soudain dans la cabine.

– Hum… t'aurais pas un petit côté glauque et voyeur ?

Asad rit, avant de pousser le volume.

La voix de Kenzie sort des enceintes murales.

– … c'est plutôt *elle* qui m'inquiète. C'était trop gênant, tout à l'heure… même si on ne peut reprocher à ce mec de ne pas avoir voulu toucher ce… *truc*. Et puis, j'imagine qu'elle ne s'en rend pas compte mais, franchement, elle sent aussi fort qu'une maison de retraite à elle toute seule !

Je me crispe et m'écarte légèrement d'Asad, au cas où il aurait l'idée de humer l'air pour vérifier. Il se contente de tourner le bouton, mettant un terme à la conversation.

– Je suis désolé, je ne pouvais pas savoir que…

Je hausse les épaules.

– Je suis habituée.

– Ce n'est pas normal !

Asad fronce les sourcils tout en activant un interrupteur, ce qui a pour effet d'allumer et d'éteindre une petite lumière au fond de la scène. Je me recule encore. Ce n'est plus le vide que je redoute, mais que Kenzie remarque la lumière, lève les yeux vers la cabine et me découvre en train de l'espionner.

– Il faut lui dire quelque chose. Tu devrais aller la voir…

Je m'appuie contre le tableau de commande, tâchant d'avoir l'air détendu alors que je n'ai plus qu'une seule envie : sortir de cet espace confiné, soudain envahi par l'odeur de ma lotion.

– Bonne idée. Tu crois qu'un « Tu voudrais bien m'aimer, Kenzie ? S'il te plaaaîîît ! ! » suffirait ? Il y a des filles de son genre dans tous les lycées, c'est une loi universelle – comme la gravité. Quoi que je fasse, il y en aura toujours.

Alors que Kenzie et sa garde rapprochée sortent de scène, je vois leurs lèvres continuer à articuler, bien qu'Asad ait momentanément fait taire leurs moqueries.

– Et puis, si je me révolte à chaque injustice, quand est-ce que je trouverai le temps de regarder *The Real Housewives* ?

– Mais elle n'a pas le droit de dire des trucs pareils, proteste-t-il avec un maigre sourire. Même si tu es amie avec Piper !

Je me redresse – je ne suis pas sûre d'avoir bien entendu.

– Qu'est-ce que Piper vient faire là-dedans ?

– Tu sais bien...

Asad s'interrompt et déglutit péniblement.

– Ce qui s'est passé au Nouvel An...

Il attend, comme si j'étais supposée comprendre de quoi il parle. Je le fixe d'un air stupide.

– Piper et Kenzie ont été des super copines, c'est fini, et toi, tu arrives et tu prends sa place... J'ai beau ne presque rien comprendre aux filles, je sais une chose, c'est que ça, en général, c'est pas possible...

Je lève la main pour l'interrompre.

– Piper et Kenzie, copines ? Dans un univers parallèle, alors !

Asad pousse un long sifflement en secouant la tête.

– Piper ne t'a rien raconté ?

– Non. Avec Piper, la règle, c'est motus et bouche cousue.

Asad plonge l'auditorium dans l'obscurité en éteignant tous les interrupteurs d'un coup.

– Il est peut-être temps de poser des questions…

15

Le soir venu, je fais ma petite enquête sur mon téléphone. Première étape : afficher ce profil que je ne consulte plus jamais.

Quand j'ai dit à Piper que je n'étais pas sur les réseaux sociaux, ce n'était pas vraiment un mensonge. Je n'y suis pas. Du moins, cette version-là de moi n'y est pas.

Dans le petit rond à selfie, Ava Avant l'Incendie sourit devant l'énorme érable de notre jardin. Je n'ouvre pas ma page. J'ai commis cette erreur, une fois, alors que j'étais encore à l'hôpital. Ça m'a pris une heure de faire défiler tous ces ordres impérieux : « Remets-toi vite ! » et les commentaires du style « Tu es une héroïne/un modèle/une battante ». Je n'ai pas répondu à un seul. Qu'aurais-je pu dire ?

En outre, j'aime bien l'idée que mon ancien moi continue à exister quelque part, préservé des flammes, de la mort et de la réalité. Ava Avant l'Incendie, avec sa peau parfaite et son sourire heureux. Je veux qu'elle reste intacte à jamais dans les limbes d'Internet.

Je ne clique donc pas sur mon nom, ni sur le petit 153 dans le coin, qui indique le nombre de messages envoyés par mes anciens amis. Je préfère qu'ils se souviennent de Moi Avant, eux aussi.

C'est une photo de Chloé qui s'ouvre en premier sur mon fil d'actu. Elle a lissé ses cheveux rebelles et perdu tant de poids que je la reconnais à peine, assise sur le bord de la scène du lycée, entourée d'Emma et de Stacy.

D'un coup, je bascule de l'autre côté du miroir. Dans cet univers parallèle, mes amis font des tas de trucs ensemble, vont à Tommy's Burgers & Shakes, font de la rando dans les canyons, saluent sur ma scène.

Ma vie, mes amis, qui continuent sans moi.

Je me fige quand je tombe sur Josh sur le parking du lycée, le bras passé autour des épaules d'une fille aux longs cheveux savamment ondulés.

Je me dépêche de faire disparaître la photo.

Voilà pourquoi je ne consulte jamais mon compte. De toute façon, cette petite enquête ne concerne pas *mon* passé.

Je tape le nom de Piper. J'ai tout de suite l'œil attiré par le rose flashy de ses vêtements compressifs sur sa photo de profil. Le reste est typique de Piper – des photos noir et blanc des rayons de son fauteuil pris sous des angles bizarres, des gros plans de ses brûlures, des poèmes angoissés sur le thème des cicatrices et un nombre incalculable de tatouages d'ailes de phénix. Mais rien qui date d'avant la mi-janvier, rien sur l'accident du Nouvel An, rien sur Kenzie.

J'essaie «Kenzie King» et clique sur la photo d'une fille aux cheveux qui volent dans le vent, la plage en arrière-plan.

Bingo.

Son compte est privé, mais je ruse et, à travers les comptes de ses amies, je trouve des photos d'elle et de Piper avec des chapeaux hauts de forme sur la tête, en train de brandir d'immenses flûtes à champagne, tout sourire face à l'appareil photo. En remontant le temps, je tombe sur une photo d'elles où elles sont avec la fille aux cheveux courts, blotties sous des couvertures dans les gradins d'un stade, ou encore en robe scintillante pour *homecoming*, et enfin debout, bras dessus, bras dessous, à l'avant-scène.

Dans quelle vie Piper et Kenzie ont-elles été amies ?

Mystifiée, je fais défiler les photos de ce passé que Piper a clairement cherché à effacer. Si je veux pouvoir survivre dans le théâtre de Miss Kenzie King, je dois découvrir pourquoi.

L'après-midi suivant, Mme Layne n'en finit plus de disserter sur le pouvoir de la peur dans nos vies. Je n'arrive à penser qu'à une chose : comment réussir à parler à Piper en tête à tête.

Elle lève les yeux au plafond quand le garçon – je crois qu'il s'appelle Braden – fond en larmes en avouant qu'il a peur de ne plus jamais pouvoir jouer de piano à cause de sa main perdue. Puis il enchaîne sur les problèmes avec sa copine : elle aimerait avoir des relations intimes avec lui, mais il a peur que ses cicatrices la dégoûtent.

– Merci d'avoir partagé ça avec nous, conclut Mme Layne par-dessus ses sanglots étouffés. Je veux maintenant que vous pensiez à votre plus grande peur. Comment pourriez-vous la surmonter ? Mettez-vous par deux pour en discuter.

Piper se tourne vers moi. D'un signe de tête, elle désigne Braden, qui s'essuie les joues avec un mouchoir.

– Son vrai problème, c'est pas les cicatrices. Il est capable de gâcher sa première fois en pleurant du début à la fin. Pleurnicher, c'est pas très sexy.

Elle appuie son menton entre ses mains, un grand sourire aux lèvres.

– À ce propos, d'ailleurs, il est temps de parler de ton Roméo…

– Il n'y a rien de spécial à dire ! Il fait partie de la technique et il n'a pas tourné de l'œil quand il m'a vue.

Piper hoche la tête, les yeux aussi brillants que si je venais de lui lire une page de roman érotique.

– Chaud, les amis, chaud ! Encore un peu, et vous allez vous rouler des pelles derrière le rideau !

Le feu me monte au visage. Je jette un regard vers Braden, qui parle à travers ses larmes, terrifié à l'idée que sa copine s'enfuie en courant quand il se déshabillera.

– C'est ça, oui. Les mecs, c'est fini pour moi.

Piper hausse les sourcils.

– Alors le docteur Sharp sera le dernier homme à t'avoir vue nue ? J'espère que c'était aussi bien pour lui que pour toi...

– Bon, Piper, là, t'es dégueu.

– Hé, on peut faire pire que le docteur Sharp, avec ses fossettes super sexy, rétorque Piper. J'essaie juste de te dire de ne pas fermer la porte si vite.

– Et moi, je te répète que la porte est déjà fermée.

Je me demande pourquoi on perd notre temps avec ces bêtises alors que l'essentiel, pour moi, c'est de comprendre pourquoi elle m'a envoyée, sans me prévenir, dans un théâtre dirigé par sa nouvelle ennemie jurée.

Elle fait semblant d'écrire sur sa paume avec un stylo imaginaire, une expression malicieuse sur le visage.

– Dirais-tu que vivre une vie de célibat est ta plus grande peur ? demande-t-elle, haussant la voix sur le dernier mot.

Mme Layne sourit, satisfaite de nous voir aborder nos angoisses les plus profondes.

– Pour le moment, ma plus grande peur est Kenzie King, ton ex-meilleure amie.

Piper laisse tomber sa main, et son sourire.

– Qui t'a dit ça ?

– Asad, je réponds, passant sous silence ma petite enquête sur les réseaux sociaux.

– Il ferait mieux de s'occuper de ses affaires !

– Mais c'est vrai ?

– Oui.

– Comment c'est possible ?

Piper hausse les épaules et, pour la première fois depuis que je la connais, elle évite mon regard.

– Je n'ai pas très envie d'en parler. On était amies, on ne l'est plus. Fin de l'histoire.

– Oui, mais *pourquoi* vous ne l'êtes plus ? C'est clair qu'elle me déteste parce que je suis ton amie. Tu ne peux pas m'envoyer au massacre sans me mettre au courant d'abord !

Piper tend le doigt vers moi, les narines frémissantes.

– Qu'on soit amies ne te donne pas le droit de fouiller dans mon passé ! s'écrie-t-elle, haussant le ton.

Autour de nous, les conversations s'interrompent et les regards se tournent vers Piper, qui tente frénétiquement de s'écarter de moi. Dans son énervement, elle se cogne contre une chaise, dont le pied se coince dans les rayons de sa roue.

– Piper, pourquoi tu réagis si mal ?

Elle essaie en vain de dégager sa roue et répond sans me regarder :

– Parce que je ne veux pas en parler. Je ne veux pas y penser. S'il y a quelqu'un qui peut comprendre ça, c'est bien toi, non ?

Mme Layne s'avance alors vers nous.

– Il y a un problème, les filles ?

– Non ! Tout va très bien ! lui lance Piper.

Elle réussit enfin à délivrer son fauteuil, repousse violemment la chaise sur le côté, puis recule loin de Mme Layne.

– On est en thérapie, là… Tout va toujours très bien !

– Piper, je veux juste…

– Je sais je sais, vous voulez juste connaître ma plus grande peur pour pouvoir me guérir. Alors prenez votre bloc-notes, parce que vous allez tout savoir : j'ai seize ans et je dois recommencer ma vie à zéro à cause d'une microseconde d'inattention sur l'autoroute. Mais chaque fois que je commence à kiffer ma nouvelle vie, il y a quelqu'un pour fouiller dans mon passé et m'obliger à le revivre. Je veux juste aller de l'avant. Et ma plus grande peur, docteur Guérit-tout, c'est de ne pas y arriver.

Tournant le dos au groupe, Piper fonce vers la sortie. Les lourds battants de la porte claquent derrière elle.

16

Je la retrouve près du rond-point devant le centre, des traînées de mascara sur les joues, les roues avant de son fauteuil en équilibre précaire sur le bord du trottoir. Je tape lentement dans mes mains tout en m'asseyant près d'elle.

– T'es vraiment prête à *tout* pour décrocher des bons points ! Tu aurais dû voir Mme Layne en train d'écrire frénétiquement sur son bloc-notes !

Les commissures des lèvres de Piper se relèvent à contrecœur, mais ses yeux continuent à fixer le sol. Elle avance ses roues au maximum sur le bord, puis recule brusquement.

– Il n'y a pas des trucs dont tu es fatiguée de parler ? demande-t-elle.

De l'autre côté du parking, Cora nous observe depuis le siège conducteur du pick-up de Glenn. Elle doit se demander pourquoi je suis assise sur le trottoir à côté d'une Piper en larmes, et pas en thérapie en train de « me reconstruire ».

– C'est juste que je ne comprends pas comment tu as pu devenir amie avec une petite peste prétentieuse !

Piper s'essuie les joues avec le dos de sa manche compressive.

– Ça a commencé en CM1.

Elle se tourne vers moi, les yeux presque aussi roses que sa manche.

– Mais elle m'a effacée de sa vie, avec le souvenir de ce qu'elle a fait.

– Qu'est-ce qu'elle a fait ?

Piper regarde les montagnes sur lesquelles s'étend l'ombre rosée du soleil couchant. De là où je suis, assise au pied de son fauteuil, je distingue plus nettement les brûlures de son cou, qui remontent vers son visage comme la fumée d'une bougie.

– Ça, répond-elle en désignant sa jambe. Enfin, pour être précise, elle a foncé dans le feu rouge qui a bousillé ma jambe.

– C'est Kenzie qui conduisait ?

Piper hoche la tête.

– Oui. Elle est rentrée dans le poteau.

Elle m'explique alors qu'avant, Kenzie et elle étaient inséparables, mais que Kenzie avait un peu trop bu le soir du Nouvel An et qu'elle avait eu un accident sur le chemin du retour. Elle n'est pas venue la voir à l'hôpital, pas une seule fois, et quand Piper a repris le lycée, elle a découvert que Kenzie avait monté toutes ses amies contre elle. Même lorsqu'elle la croisait dans les couloirs, elle faisait semblant de ne pas la voir.

– Elle m'a rayée de sa vie.

Je secoue la tête, larguée.

– Mais si c'est sa faute, pourquoi elle te déteste ?

– Qu'est-ce que j'en sais, moi ? Par culpabilité ? Je lui rappelle sans doute ce qu'elle veut oublier.

La culpabilité des bien portants. La première fois que mes amies m'ont rendu visite à l'hôpital, je l'ai sentie, moi aussi.

J'étais brûlée.

Pas elles.

Un abîme de culpabilité nous séparait.

Avec l'aide de mon gros pouce-orteil, je jette un petit caillou sur la route.

– Crois-moi, je connais.

– J'aurais dû savoir qu'elle te prendrait en grippe. Ça doit la tuer de voir que je ne suis plus seule.

Elle soulève le pendentif doré accroché à une cordelette noire autour de son cou et suit le contour des ailes du bout du pouce.

– C'est niais, je sais, mais je porte ce phénix pour me souvenir que je peux m'élever au-dessus de tout ça : de ce fauteuil, de ces brûlures, de mes amies perdues.

Elle frotte le phénix entre ses doigts, le regard toujours rivé aux montagnes.

– Je veux aller de l'avant et ne jamais regarder en arrière.

Je suis son regard. Est-ce possible d'aller de l'avant si facilement, de tailler sa route, libérée des cicatrices d'hier ? Je déplie mes doigts et je sens ma peau trop serrée qui résiste.

Et si on ne pouvait jamais échapper aux cicatrices ?

– Tu sais ce que je pense ? s'exclame-t-elle en se redressant soudain dans son fauteuil. Qu'on devrait suivre les conseils de Layne…

Je tripote le bord de ma manche, attendant anxieusement la suite. La dernière fois que j'ai vu cette lueur dans les yeux de Piper, je me suis retrouvée sur une scène, à jouer le rôle du lépreux dans un cercle de confiance.

– Comme quoi ?

Piper bascule la tête en arrière pour réfléchir, puis claque la langue contre son palais et se tourne vers moi d'un air décidé.

– Les photos pour l'album de l'année sont la semaine prochaine. Est-ce que tu penses ce que je pense ?

– Humm… si tu penses qu'il est hors de question que je pose devant l'objectif d'un appareil photo, alors oui.

Piper avance et recule son fauteuil en secouant la tête.

– Il faut *absolument* que tu aies ta photo dans l'album ! Et je vais t'aider !

Elle tape dans ses mains, tout excitée.

– Je sais ce qu'il te faut : un relooking !

Tout en moi crie non. Pourquoi, au nom du ciel, aurais-je envie de me souvenir de cette année avec une photo qui ne demandera qu'à être tournée en ridicule – en rajoutant des traces de sang de zombie dégoulinant de ma bouche ou en m'affublant du chapeau de Freddy Krueger ?

Mais la perspective de me relooker a chassé sa colère et quand elle me fait signe de me rapprocher, je n'arrive pas à refuser. Elle fait pivoter ma tête à droite, puis à gauche, scrutant mon visage avec attention.

– Cas désespéré, je dis.

– Pas du tout, ma p'tite, rétorque-t-elle en imitant l'accent du Sud. Je ne crois pas aux cas désespérés, par contre je crois dur comme fer au maquillage.

– Pas question. Pas de maquillage. Sauf si tu veux me faire la tête d'un clown assassin en cavale.

Piper grimace, puis insiste d'un ton suppliant :

– Juste une touche de mascara !

Je lui montre mes yeux.

– Pas de cils.

Piper pousse un gros soupir, puis tire sur mon bandana avant que j'aie pu l'en empêcher.

– Première étape : tes cheveux. Enfin, si on peut appeler ça des cheveux…

Je me cache le crâne de la main droite, tout en tentant

de récupérer le bandana avec mon pouce-orteil. Le regard de Piper tombe sur l'endroit où devrait se trouver mon oreille, mais elle ne fait aucune remarque.

– Bon, c'est clair que tu ne peux pas y aller comme ça, ni… (elle secoue le bandana) avec ce truc qui est un attentat contre le bon goût !

Je tente en vain de lui arracher le bandana.

– Précisément. Tu comprends maintenant pourquoi je ne veux pas être prise en photo…

– Pas si vite.

Elle désigne Cora, dont l'air faussement innocent ne tromperait personne. Elle a même coupé le moteur et baissé la vitre pour mieux nous écouter.

– Tu crois que ta tante peut nous emmener ?

Je fais signe à Cora, qui avance le pick-up jusqu'à nous. Sur le siège du passager, j'aperçois tout un tas d'enveloppes et de factures de l'hôpital, avec « DERNIER AVIS » en rouge.

– Ça va, les filles ?

– Vous pourriez nous déposer quelque part ? demande Piper.

– Où ça ? s'enquiert Cora en rassemblant son bazar.

Piper me sourit d'un air malicieux.

– Trouver de nouveaux cheveux à Ava.

17

– Je dois ressembler à une prostituée tout droit sortie des enfers…

Je chuchote parce qu'on est les seules clientes de ce magasin, le plus glauque de l'histoire des centres commerciaux. Une femme aux yeux soulignés de noir, piercée de partout, fait semblant de brosser une perruque brune frisée derrière le comptoir, mais elle nous observe à travers les rangées de têtes sans visage.

Piper me désigne un miroir en pied accroché au mur.

– Juge par toi-même.

Je me force à me regarder. La perruque que Piper m'a enfilée sur la tête est rose vif (évidemment) avec une frange qui me chatouille le front et un carré qui m'arrive au menton.

– C'est exactement ce qu'il te faut, déclare-t-elle.

L'arrondi du carré camoufle idéalement le trou de mon oreille et la frange attire l'attention sur mes yeux plutôt que sur la peau fripée qui les entoure.

Je m'approche du miroir.

– Tu ne crois pas que c'est un peu… *too much* ?

Piper rit, tout en lissant de la main la longue perruque blonde qui lui tombe sur la taille et qui fait très hippie de Coachella.

– Tu connais l'expression : aux grands maux les grands remèdes.

Je recule d'un pas et pose la main sur ma hanche d'un air que j'espère dégagé. *Oh yeah, comment je suis trop à l'aise avec ma perruque de clown et mon corps balafré…*

– Peut-être un truc un peu plus neutre ? Genre châtain foncé ?

Piper lève les yeux au plafond d'un air découragé, comme pour implorer Dieu de lui donner de la patience.

– Ava, une perruque châtain, c'est juste triste. Alors que ça, c'est une façon de t'affirmer.

Elle approche son bras rayé près du mien.

– C'est pareil pour nos vêtements compressifs. De toute façon, personne ne va croire que ce beige sinistre est ta peau… Autant s'amuser !

La femme gothique nous observe depuis son comptoir en entendant Piper hausser la voix. Celle-ci pivote sur son fauteuil, envoyant voler les longs cheveux blonds.

– Regarde, le ciel nous a distribué des cartes vraiment

pourries, alors c'est notre devoir de lui crier : « Bien joué, gros malin, mais tu ne sais pas à qui tu as affaire ! »

– Alors les rayures et les perruques roses, c'est ta façon de faire un doigt au ciel ?

Piper sourit et hausse les sourcils en me regardant dans le miroir.

– J'ai aussi repéré un joli tatouage dans la boutique d'à côté, alors si tu te dépêches, on aura peut-être le temps d'aller y faire un saut avant que ta tante revienne.

Je tourne vivement la tête.

– Un tatouage ? T'es pas sérieuse ?

Elle hoche la tête, les yeux écarquillés.

– Si. Et tu devrais t'en faire un aussi !

– Plus de la moitié de mon corps est couvert de tissu cicatriciel. Ça me suffit, j'ai pas besoin d'en rajouter. Pourquoi tu veux faire un truc pareil ?

Piper me donne un petit coup sur le nez et répond d'une voix chantante :

– Vous connaissez Miss Rabat-joie ?

Je me tourne vers mon reflet.

– Un cliché à la fois. Commençons par cette perruque de péripatéticienne zombie et *ensuite*, on parlera tatouage, OK ?

Elle se glisse à côté de moi dans le miroir, tandis que j'hésite encore.

– Alors tu la prends ?

– Tout le monde va me regarder.

Piper lève les yeux au plafond.

– Certes. Autant qu'ils en aient pour leur argent.

Avant que je puisse l'en empêcher, elle s'empare de mon téléphone, presse sa joue contre la mienne, crie : « Ouistiti ! » et déclenche l'appareil photo.

– Tu vois, c'est pas si dur que ça…

Je glisse le bandana dans le sac que me donne la femme gothique et je garde mes nouveaux cheveux jusqu'à la maison.

– C'est quoi ce machin sur ta tête ? s'exclame Glenn avant même d'enlever ses bottes, quand il rentre du travail.

– Tu aimes ? je demande en secouant la frange devant mes yeux.

Du coin de l'œil, j'aperçois Cora qui fait signe à Glenn de ne pas réagir, au cas où je ne serais pas au courant que je porte une perruque rose. Elle-même n'a pas quitté la route du regard pendant tout le trajet du retour.

– Et toi, répond-il, tu aimes ?

– Ça change, je dis en haussant les épaules.

– En bien ?

– Ça change. Piper pense que c'est une bonne chose.

Cora nous a préparé une table digne d'une émission culinaire, ce qui signifie qu'elle s'est reprise en main depuis l'anniversaire de Sara et qu'elle est repartie à fond sur le mode « Tout va très bien, madame la marquise ! ».

À la maison, on mangeait sur un coin de table, souvent dans des assiettes en carton, mais là, on a droit aux assiettes en porcelaine décorées de petits oiseaux jaunes et aux couverts en argent. La place de Sara reste vide, bien sûr. Personne ne s'y assied jamais, comme si on s'attendait à la voir surgir d'un instant à l'autre, faire trois pirouettes et se laisser tomber sur sa chaise.

– Cette Piper est un phénomène, commente Glenn.

– C'est clair, renchérit Cora, mais pas du même ton détaché et enjoué.

– Qu'est-ce que ça veut dire ? je demande.

– Comment ça ? Rien. C'est un numéro. Mais si tu l'aimes bien...

– Oui, je l'aime bien.

– Parfait, alors, conclut Glenn en faisant *cling* avec sa fourchette, à la façon d'un commissaire-priseur.

Cora mange en silence, les yeux baissés.

– J'ai lu un article, commence-t-elle (c'est reparti !), sur des camps de vacances pour grands brûlés...

Elle sort le magazine qu'elle gardait sur ses genoux et le pose sur la table à côté de moi. Sur la couverture, une fille noire, défigurée comme moi, se balance sur une corde par-dessus une mare.

– Tu y rencontrerais peut-être des gens qui prennent leur guérison au sérieux ?

Je pose ma fourchette, dont les pointes tintent contre la porcelaine.

– Ma vie est déjà *horriblement* sérieuse. Mais si tu as quelque chose contre Piper, dis-le !

Cora gigote sur sa chaise, mal à l'aise. Son regard va de moi, à Glenn, à son assiette.

– C'est juste que. Tu sais. Tout ça… cette perruque. Ces horreurs qu'elle a dites, l'autre jour, dans ta chambre…

– J'en ai dit moi aussi.

– Justement. Elle n'a peut-être pas une très bonne influence…

Je repousse ma chaise.

– C'est toi qui m'as obligée à aller à ce groupe. C'est toi qui voulais que je me fasse des amis. Et maintenant, tu trouves que ces amis ne sont pas bien. J'ai l'impression que rien ne va jamais !

– C'est juste que… Glenn a raison : Piper a une très forte personnalité, proteste Cora, fixant à contrecœur ma perruque rose. Je voudrais être sûre que tu restes toi-même.

– Ce n'est qu'une perruque, Cora. C'est toujours moi qui suis dessous. Crois-moi, je ne risque pas de l'oublier.

Glenn et Cora échangent un regard par-dessus la table, se concertant silencieusement sur la suite de la conversation. Je n'ai pas la patience d'attendre.

– Je peux sortir de table ?

Glenn hoche la tête. Je laisse le magazine près de mon assiette encore pleine.

Une fois dans ma chambre, j'ouvre le tiroir de mon bureau et je prends la chemise où je range des articles et des gros plans d'yeux, d'oreilles, de lèvres, tous découpés dans *La Revue des grands brûlés* de Cora. Des photos de gens qui ont eu la chance de bénéficier d'opérations de chirurgie esthétique. Je dispose les photos « après » sur mon lit, reconstituant un drôle de visage en collage. Au-dessus d'un petit nez parfaitement refait, je place des yeux du même bleu que les miens.

Je m'examine dans le reflet de la vitrine des Barbie. La peau de mon visage ressemble à un puzzle dont la découpe suivrait les contours des greffons. La blancheur de mon front contraste étrangement avec la teinte rosée de mon menton et de mon cou.

Mon nez est nouveau, lui aussi. Un nez en patate qui n'a rien à voir avec celui que j'avais avant, mais mon vrai nez a été dévoré par les flammes, comme mon oreille. Mes lèvres sont rouges et gonflées et ça déborde de partout, comme si j'avais appliqué un rouge à lèvres permanent alors que j'étais en train de rouler sur une route pleine de cahots.

Si les yeux sont les miens – c'est tout ce qui reste de moi –, le sillon de la paupière pend lamentablement sur la joue.

Je remonte le coin de mes yeux. Avec cette perruque, mon visage n'est pas si horrible. Ça me fait penser à ces moments où on enfile son costume avant d'entrer en scène, comme si les vêtements, le maquillage et la perruque vous offraient le droit d'être quelqu'un d'autre.

Quelqu'un de mieux.

Je laisse retomber mes yeux et je caresse les mèches roses. Je ne me raconte pas d'histoires. Je sais bien que cette perruque ne répare pas mon visage. Mais au moins, c'est quelque chose de réel, pas des chimères cachées au fond d'un tiroir.

Dans la vitrine, le rose fait ressortir le bleu de mes yeux.

C'est d'un goût douteux. C'est voyant. Ce n'est pas moi.

Piper a raison : c'est exactement ce qu'il me faut.

18

J'attends le jour des photos pour arborer ma nouvelle coupe.

Mes cheveux rose fuchsia suscitent un regain d'intérêt très net. En espagnol, une fille me dit qu'elle « aime bien mon look ». Mais lorsque je longe les couloirs avec Piper, un groupe de garçons sifflent et ricanent sur mon passage. Piper fonce « par accident » dans l'un d'entre eux. N'empêche, le mal est fait.

– Je crois que je vais l'enlever...

Je sors mon bandana de ma sacoche, mais Piper me l'arrache des mains et le jette dans une poubelle.

– Pas question. Tu es superbe.

En cours de sciences, je joue machinalement avec mes mèches et retiens difficilement un sourire quand Asad me dit qu'il « kiffe mes tifs ». Dans quel monde m'a entraînée Piper, où je m'entiche d'un garçon et où j'achète des perruques de rockeuse punk dans un magasin où les mannequins portent des bas résilles ?

Lorsque M. Bernard nous demande de nous mettre par deux, Asad me tire par la manche.

– Prem's, dit-il.

– J'ai rêvé ou t'as dit prem's ?

– Toutaf.

– Je ne sais pas ce qui est le plus perturbant : que tu utilises le mot « toutaf » ou que tu aies envie de te mettre avec moi !

– Hé, t'es à la technique, maintenant. C'est à la vie à la mort !

Côte à côte, on sort le matériel pour l'expérience du jour, qui nécessite des vers de farine et des boîtes de Petri. M. Bernard passe la moitié de l'heure à nous vanter tout ce que nous allons apprendre sur l'être humain grâce à l'observation de ces petites bestioles. J'ai quelques doutes, d'autant que je ne sais même pas distinguer quel bout est la tête, et quel bout… le bout.

– Chaque groupe d'êtres vivants s'organise en communauté et ces humbles vers de farine ne font pas exception à la règle, continue M. Bernard. Dans la vie, la communauté est essentielle, que vous soyez un arthropode ou un *Homo sapiens*.

Des ricanements se font entendre au fond, où trois grands gaillards de l'équipe de foot répètent le mot « *Homo* ».

– Les *Homo sapiens* sont des humains, précise M. Bernard.

– Si c'est votre truc, m'sieur…

M. Bernard le fixe pendant une minute, puis fait une nouvelle tentative :

– Non, littéralement. *Homo sapiens* est une espèce de la famille des hominidés, qui succède à l'*Homo erectus*.

Ses explications n'ayant fait que déclencher une nouvelle salve de rires, M. Bernard renonce à éclairer ces Cro-Magnon de l'âge moderne et se met à lire.

Tandis qu'on prépare notre luxueux habitat en plastique pour nos petits protégés, Asad me parle de scénographie et de sa mise en lumière, qui va me « faire halluciner ».

– Je considère la lumière comme un acteur à part entière, tu vois ? La façon dont j'éclaire la scène raconte quelque chose de l'histoire.

Je remplis la boîte de Petri de copeaux de bois pendant qu'il parle, c'est-à-dire à peu près non-stop. Il m'explique qu'il aurait préféré qu'on monte *Wicked* plutôt que *Le Magicien d'Oz*, parce que c'est sa comédie musicale préférée et que, depuis son arrivée au lycée, il fait des pieds et des mains pour qu'on la joue.

– Franchement, elle a changé ma vie.

Il me regarde droit dans les yeux, comme pour me faire comprendre qu'il me révèle une part intime de lui-même, mais tout ce que je sais, c'est que ses yeux noir café me reflètent si nettement que je préfère me détourner.

– Je ne l'ai jamais vue, je dis. Elle a été donnée à Salt Lake une fois, quand j'étais petite, mais on n'a pas pu y aller.

– Tu connais les chansons, bien sûr? *Tout le monde* connaît les chansons!

Je secoue la tête.

– Non. C'est un principe : je n'écoute jamais la musique avant de voir la pièce. Je veux pas la gâcher. C'est un genre de version du *Magicien d'Oz* sous acide, c'est ça?

Asad repose la poignée de copeaux dont il était en train de faire un petit lit, appuie ses coudes sur la table et laisse tomber sa tête entre ses mains, comme si je l'avais trahi.

– Ça n'a *rien* à voir avec *Le Magicien d'Oz*! Imagine que tu prends la route de brique jaune et que tu la tords, tords, tords... jusqu'à ce qu'elle casse en deux. Et alors, tu regardes à l'intérieur et tu découvres tout un univers, sombre, qui te plonge au plus profond de l'âme humaine, m'explique-t-il d'un air grave. J'ai une idée. On va aller la voir ensemble.

– Qui ça? Tous les deux?

Je m'étonne d'avoir réussi à poser la question, alors que le mot «ensemble» résonne en boucle dans ma tête. *Ensemble, ensemble, ensemble...*

Asad hoche la tête avec naturel.

– Bah oui, tous les deux. Elle passe à Salt Lake dans quelques semaines.

Un soupçon d'inquiétude traverse son visage.

– Je ne voudrais pas survendre le truc, mais après avoir vu cette pièce, tu ne seras *plus jamais la même.*

Il prend la boîte de Petri pour aller chercher des vers sur le bureau du prof. Au retour, il brandit la boîte, où trois petits vers se tortillent les uns sur les autres.

– Félicitations ! Des triplés !

Alors qu'il approche de notre table, un des gaillards du fond lui donne un coup dans le bras si violent que la boîte vole dans ma direction. Je tends la main pour la rattraper, mais trop tard, elle s'écrase par terre. Les vers, éjectés, retombent sur le sol comme des cascadeurs miniatures.

– Dis, la pédale, c'est pas toi qui devrais porter la perruque de drag-queen ? chuchote le type, assez fort pour que je l'entende.

Asad se penche pour ramasser les vers et les copeaux comme s'il n'avait rien entendu.

– Oh oh, dit son copain. Tu l'as touché, il devient *Homo erectus*.

Le gaillard tape dans la main de son copain en maillot de Viking. Asad pose la boîte sur la table devant moi.

– Je sais, je sais. Il faut être un bien mauvais parent pour laisser tomber ses enfants…

– C'est quoi, ce délire ?

Asad réinstalle les vers dans la boîte sans lever les yeux.

– C'est rien…

– Je trouve pas que c'est rien !

– C'est juste un jeu… Ça l'amuse de faire de ma vie un enfer, alors je le laisse faire.

Je prends la boîte de Petri pour l'obliger à me regarder.

– C'est pas toi qui m'as dit de me défendre ? Et tu laisses ces crétins de footeux te persécuter ?

Il hausse les épaules.

– Ava, je suis un des rares types à la peau foncée dans un lycée dont la mascotte ferait passer Attila pour Mère Teresa.

– Et moi, tu crois que je suis quoi ? Que je vais être élue reine du bal ?

– C'est pour ça qu'il faut se serrer les coudes dès qu'on quitte l'espace protégé de la scène – question de survie, rétorque-t-il.

Il soulève la boîte pour me montrer les vers qui creusent un trou dans les copeaux, leur corps pressé contre les parois en plastique.

– Bon, comment on les appelle, ces p'tits gars ?

On se décide pour trois personnages de *Cats*, Mr Mistoffelees, Rum Tum Tugger et Macavity.

– Voilà une communauté qui rendrait fier Andrew Lloyd Webber, dit Asad, avant d'ajouter : C'est des trucs comme ça qui leur font penser que je suis…

Il jette un regard autour de lui, avant d'ajouter à voix basse :

– Un *Homo sapiens*.

Je me mets à rire.

– Et peut-être quand tu fais des grands gestes à la Fred Astaire ?

– Hein ? Alors on ne peut pas s'exprimer avec son corps sans voir questionner sa sexualité ? Tu vois, c'est pour ça que je préfère la technique à la scène…

D'un geste de la tête, je désigne les gaillards du fond.

– Pour éviter les moqueries de ce crétin ?

– Et de mon père.

Asad me menace du doigt et ajoute avec un fort accent pakistanais :

– Le théâtre, c'est pour les filles, Asad. Les garçons font médecine.

Je pousse un soupir.

– « It's the Hard-Knock Life. »

– Trop facile – *Annie* ! s'exclame-t-il.

Puis il se dépêche d'ajouter :

– Je n'en suis pas un, au fait.

– De quoi ?

– D'*Homo sapiens*.

– Je ne t'avais pas demandé…

– OK, je voulais juste que tu le saches.

Mes cheveux roses tombent légèrement sur mon visage, juste à temps pour cacher mon sourire.

Piper voulait m'accompagner à l'auditorium pour la séance photo, mais le proviseur adjoint lui tombe dessus parce qu'elle n'a pas d'autorisation pour circuler dans les couloirs.

– Pas de traitement de faveur, les filles !

Je ne sais pas pourquoi ce type m'a prise en grippe. Peut-être que je lui rappelle son adolescence, en pire. Ou peut-être est-ce juste un sale con dont le col perpétuellement trop serré prive son lobe frontal d'oxygène. Lorsqu'il fait signe à Piper de retourner en cours, elle esquisse un salut militaire.

– *Ja, Kapitän.*

Puis elle crie dans ma direction :

– N'oublie pas de dire ouistiti !

– Oui, maman ! je hurle en retour.

Je crois qu'elle est aussi surprise que moi d'entendre ma voix résonner dans le couloir.

– C'est le pouvoir du rose ! me lance-t-elle avec un sourire de triomphe.

Je continue seule. Mais armée de ma perruque, je garde la tête haute plutôt que de fixer, comme d'habitude, les mouchetures du lino. Dans l'auditorium, une dizaine d'élèves attendent leur tour. Un drap de velours rouge a été tendu en fond de scène et un tabouret de bar fait face à un appareil photo sur trépied. Je me joins à la file, sans cesser de réajuster ma perruque. Le jour de la photo était déjà un supplice avant mais, maintenant, ça me gratouille sous mes vêtements compressifs, et de petits élancements remontent le long de mes bras.

Comme si être ado n'était pas assez atroce et qu'il fallait en plus fixer à jamais ce souvenir gênant au format portefeuille. Au collège, on s'échangeait les photos comme des cartes de baseball. Je signais la mienne à la façon des stars, transformant le *v* de Ava en cœur. À l'époque, plus on nous réclamait de photos, plus on était cool.

Je m'estimerai déjà heureuse si Piper veut la mienne cette année.

Quand vient mon tour, je me force à sourire. Je dois avoir l'air aussi détendue que si j'étais en train de manger du poisson avarié ou, au choix, si je me retenais de faire sur moi. Le sourire nerveux du photographe me confirme que c'est une catastrophe.

Je crois qu'il vit un vrai moment de panique. Il joue avec son flash pendant cinq bonnes minutes, alors qu'avec les autres, en deux temps trois mouvements, c'était réglé. Là, il sue à grosses gouttes et s'essuie le front avec sa manche.

– On peut essayer encore un truc, dit-il.

– Je suis sûre que ça va très bien.

On sait bien, tous les deux, qu'aucun réglage ne changera rien à l'affaire.

Il reprend sa position derrière l'appareil.

– OK, à trois. Un, deux...

Je pourrais jurer qu'il grimace en appuyant sur le bouton. Alors que je me lève pour partir, il me fait signe de derrière son trépied.

– J'ai une idée…

Ma photo s'affiche sur l'écran de l'ordinateur portable à côté de lui. Mes cheveux roses remplissent la moitié du cadre.

– C'est toi qui décides, bien sûr, mais on propose aussi une version retouchée, m'explique-t-il.

Il déplace la souris sur mon visage et s'arrête au niveau de mon nez.

– Tu vois…

Alors qu'il déplace le curseur, ma peau devient floue. L'effet halo fait disparaître les contours des greffons et atténue la rugosité de mes cicatrices.

Il retouche la moitié de mon visage, qui n'est certes plus très net, mais bien plus joli.

Il prend un nouvel outil de son logiciel.

– Et avec ça, on peut régler les… zones problématiques, dit-il.

Il clique autour de mes yeux et colorie le relâchement de ma paupière inférieure, puis il retrace la ligne de mes lèvres, de sorte que le rose ne bave plus sur le reste de mon visage.

Il se tourne vers moi, tout sourire.

– Qu'est-ce que t'en dis ?

– C'est incroyable.

– Tu veux, alors ?

– Quoi ?

Mon ancien visage ? Combien il coûte ?

– La version retouchée. On prendrait cette photo pour l'album.

Je fixe la fille sur l'écran. Ava Avant l'Incendie. Un peu floue, mais reconnaissable.

– Les gens font vraiment ça ? je demande.

– Oh oui ! Tout le temps. Les rides, les cicatrices, les grains de beauté disgracieux… La question, c'est : comment tu aimerais que les gens se souviennent de toi…

La fille sur l'écran me tente. Je veux que les gens se souviennent d'elle, pas de celle qu'ils croisent dans les couloirs. Celle des couloirs, je voudrais qu'elle sombre dans l'oubli.

– Mais ce n'est pas vraiment moi, je fais remarquer.

Le photographe me sourit d'un air complice.

– Oui, c'est le but… C'est toi en mieux.

J'entends des chuchotements dans mon dos. Je me retourne, réalisant tout à coup que les élèves de la file regardent eux aussi la fille imaginaire sur l'écran. Leur regard va de la fille photoshopée à la réalité, et retour.

Face à ce visage lisse, je me sens plus laide que jamais. Une bouffée de haine me remonte dans la gorge.

– Effacez-la, je murmure dans un souffle.

Le photographe penche la tête vers moi, comme s'il croyait avoir mal entendu.

– J'en veux pas, je répète.

– Ah, d'accord, dit-il, visiblement décontenancé. Juste la photo normale, alors ?

Je me dépêche de ramasser ma sacoche par terre. C'est trop bête.

– Non, supprimez tout. Je ne veux pas de photo.

– Tu es sûre ? Je…

– Effacez-la !

Ma voix résonne dans l'auditorium. Je me tourne vers lui et j'ajoute, plus bas :

– S'il vous plaît.

Il déplace le fichier vers la corbeille en bas de l'écran.

– Je voulais juste t'aider…

Des larmes me brûlent les yeux. Je les ravale tout en me dirigeant vers la porte.

– Je n'ai pas besoin de votre aide. Je n'ai besoin de personne.

19

J'aurais arraché ma perruque si Piper n'avait pas jeté le seul bandana que j'avais apporté. Hors de question que je me pointe au club de théâtre le crâne nu.

Barricadée dans une cabine des toilettes, je me défoule en donnant des coups de pied dans la porte. Je suis trop conne, trop conne, trop conne. Ce n'est pas une perruque et Photoshop qui vont changer la réalité.

Je traîne un peu, d'une part pour échapper au cercle de confiance, d'autre part pour laisser le temps au photographe de vider les lieux. Lorsque j'arrive, Asad est déjà occupé à peindre la route de brique jaune qu'on a dessinée en début de semaine. À côté de lui, Piper peint en vert les gratte-ciel de la Cité d'émeraude. Ça fait une semaine qu'elle squatte les répétitions, l'équipe de volley étant partie en déplacement.

– Hey ! Comment s'est passé le shooting ?

– Prends le plus catastrophique des scénarios, imagine dix fois pire, et tu ne seras pas loin de la réalité.

Je choisis un pinceau, avant de m'agenouiller près d'Asad. J'essaie de m'absorber dans ma tâche et de ne plus penser qu'aux lignes de brique jaune qui constituent l'arrière-plan.

– Ça n'a pas pu être si…

– Il m'a photoshopée, je dis à voix basse, désireuse de ne pas faire tout un pataquès devant Asad.

Piper s'interrompt, le pinceau en l'air.

– Qui a fait ça ?

Je lui raconte le photographe, sa nervosité et ses retouches.

– Je crois qu'il voulait juste être gentil…

Piper jette un regard à Asad, qui hausse les épaules, puis me regarde à nouveau, et sa voix aiguë et forte résonne dans la cage de scène vide.

– Ava ! Tu dois dire aux gens qu'ils peuvent se mettre leur gentillesse où je pense !

Elle me secoue par les épaules, m'éclaboussant de peinture.

– Si tu ne dis rien, qui le fera ?

– Dire quoi, exactement ?

– Que tu n'as pas besoin de Photoshop. Que sa définition de la beauté est dépassée et naze !

– Tu vois, c'est pour ça que j'avais besoin que tu sois là.

– Je ne peux pas me battre à ta place, Ava.

– Visiblement, je ne peux pas non plus, je dis en passant les doigts à travers mes cheveux roses. J'ai cru qu'avec cette perruque j'allais prendre un nouveau départ et affronter mes peurs, tout ça. Mais j'ai totalement perdu mes moyens.

Avant que Piper puisse me confirmer que je suis une grosse lâche, Kenzie traverse le plateau et se plante devant elle.

– Qu'est-ce que tu fais là ?

Piper ne relève pas les yeux, espérant sans doute qu'Asad ou moi justifie sa présence. Comme rien ne vient, elle jette un regard noir à Asad, soudain très concentré sur sa peinture.

– C'est un pays libre, que je sache, marmonne-t-elle entre ses dents. Je suis avec Ava.

Le regard de Kenzie m'effleure, avant de revenir se fixer sur Piper.

– Quand tu dis que tu ne veux plus faire de théâtre, en fait, tu ne veux plus en faire avec *moi* ?

– C'est à peu près ça, confirme Piper.

– Est-ce qu'on peut parler, au moins…

– Il n'y a rien à dire, la coupe Piper. Ne t'inquiète pas, je ne vais pas bouleverser ton petit monde en revenant dans ta précieuse troupe. Tu peux continuer à faire comme si rien ne s'était passé.

L'expression de Kenzie se radoucit légèrement.

– Ce n'est pas juste, Piper, dit-elle à voix basse, clignant des yeux pour refouler les larmes qui montent.

Piper se met à rire, tout en faisant semblant d'applaudir.

– Bravo ! Deux pouces pour cette performance qui vaut un oscar ! Bis ! Bis !

La douceur disparaît du visage de Kenzie, qui retrouve sa crispation habituelle. Elle croise les bras sur sa poitrine, puis me passe devant pour aller caler la porte des coulisses avec une chaise de classe.

– Ça sent la morgue, ici, déclare-t-elle en se tournant ostensiblement vers moi, avant d'ajouter en désignant ma perruque : Ne te fais pas d'illusion, Ava. Quand Piper se lassera de jouer aux déguisements, elle passera à autre chose, et je peux te dire que tu ne pèseras pas très lourd...

Elle s'en va, sans oublier de donner un coup de pied à la boîte de pinceaux en passant.

– Elle devrait garder son talent pour la scène, commente Piper une fois qu'elle est partie.

Je hoche la tête.

– Elle est gonflée ! C'est elle qui ne voulait pas que tu viennes, à la base.

Piper retourne à ses gratte-ciel verts.

– De toute façon, je vais me barrer. C'est pas mon genre de rester si on ne veut pas de moi... Je sais bien que personne n'a envie que la pauvre handicapée vienne gâcher l'ambiance.

Asad lève enfin les yeux de sa peinture.

– Personne n'a dit qu'on ne voulait pas de toi.

Piper laisse échapper un petit cri, puis lève les mains vers le ciel.

– Miracle ! Il est sorti de son mutisme ! C'est drôle, quand tu es avec nous, on ne peut pas te faire taire, mais il suffit qu'apparaisse quelqu'un d'un peu plus élevé dans l'échelle sociale pour que tu perdes ta langue.

Elle brandit son pinceau en direction de ma perruque.

– Et toi… je m'en contrefiche que tu portes ce truc ou pas, tu vois. Je voulais juste t'aider.

– Peut-être qu'on ne peut pas m'aider.

Je sors mon casque audio de ma sacoche et l'enfile par-dessus la perruque dans l'espoir d'effacer aujourd'hui. On passe le reste de l'heure à peindre sans presque échanger une parole – moi ruminant le désastre de la photo, Piper fulminant à cause de sa dispute avec Kenzie et Asad tentant de se faire oublier. Je peins la toile de haut en bas et termine le dernier virage de la route de brique jaune.

Suivre la route. Claquer des talons. Rentrer à la maison.

Si seulement la vie pouvait ressembler à un scénario de comédie musicale…

Quand il ne reste plus que nous dans l'auditorium, Asad et moi, on tire les toiles jusqu'au mur du fond. Au retour, on trouve Piper assise sur le bord de la scène, jambes pendantes, le regard fixé sur la salle plongée dans le noir, son fauteuil roulant derrière elle.

– Alors comme ça, tu voulais affronter tes peurs, aujourd'hui ? demande-t-elle, un demi-sourire aux lèvres, tandis que ses yeux continuent à lancer des flammes.

– Ouaip… et c'est raté.

Elle fait un grand geste vers l'auditorium vide.

– On a la scène pour nous.

– Et ?

– Oublie l'album photo. Affronte une peur encore plus grande !

– Quoi ? Chanter ?

Elle acquiesce. Asad bondit et ouvre le rideau en grand, sa bonne humeur retrouvée. Je proteste :

– Pas ques-tion.

Asad revient au centre de la scène à grandes enjambées.

– Allez, je me lance en premier. Je vais chauffer un peu la salle.

Il tend les mains vers un public invisible, le visage tordu par l'angoisse, et se met à chanter complètement faux « L'histoire de la vie » du *Roi lion*, en terminant par un vibrato tonitruant qui arrache une grimace à Piper. Lorsqu'il a fini, il salue en se penchant si bas que le rideau de ses cheveux lui tombe sur les yeux.

– Ça va, je dis. Ça ne met pas la barre trop haut.

– C'est clair, commente Piper.

– Gnagnagna. La bave du crapaud…

Il m'attrape les mains et me tire de force vers l'avant-scène.

Piper m'encourage d'un geste.

– Il n'y a que nous, Ava. T'as deux pauvres spectateurs, dont une qui t'adore et l'autre qui n'a aucune oreille.

Asad lui jette un regard noir.

– Dur.

Face à la salle obscure, je resserre mon sweat autour de ma taille. La dernière fois que j'ai chanté sur une scène, Sara était dans le public avec mes parents. Je ne pouvais pas les voir, mais je savais qu'ils étaient là.

Aujourd'hui, je n'ai plus face à moi que des fauteuils vides, et je ne suis plus la même.

– Chante la chanson de l'audition, suggère Asad. Tu la connais, non ?

Je hoche la tête. Pendant des années, on la chantait avec ma mère à l'heure du coucher, tandis qu'elle me caressait doucement le bras.

Mais depuis, j'ai changé de rituel du soir, j'ai troqué les berceuses pour de la lotion, et la lumière des projecteurs pour l'ombre des coulisses.

Je ne suis même pas certaine de pouvoir encore chanter.

Je m'avance vers le bord et risque le premier mot d'une voix tremblante et peu assurée :

– *Somewhere…*

Ma voix se fissure, incapable de tenir une note aussi aiguë.

– Ça fait trop longtemps…, je murmure.

– J'ai une idée, dit Asad. Un vieux truc contre le trac !

– Ne compte pas sur moi pour t'imaginer en caleçon !

– Personne ne te demande un truc pareil, espèce de cinglée ! Sérieux. Ferme les yeux.

Je plonge dans le noir.

– Maintenant, imagine-toi quelque part. Seule. À Abravanel Hall. Sur l'avenue de Broadway…

– Planquée derrière le rideau de scène, ajoute Piper.

– Silence, au fond ! je lance dans la direction de sa voix.

Sous mes paupières closes, je pars en voyage. Ailleurs. Dans un endroit où il n'y a ni cicatrices photoshopées, ni perruque, ni chaises vides autour de la table.

Un endroit où je suis en sécurité.

Où il suffit d'une chanson pour faire fuir les cauchemars.

Je suis dans mon lit, blottie sous ma couette, tandis que ma mère chante d'une voix douce et assurée.

La mienne n'est plus qu'un maigre filet que je reconnais à peine.

– *Somewhere over the rainbow…*

Je glisse un regard vers Piper, qui me fait signe de continuer. Je referme les yeux et force ma voix à prendre plus d'amplitude, tandis que je parle de ciel bleu et que je rêve d'étoiles.

Je sens vibrer le sol de ma chambre lorsque la porte du garage se relève. Je sais que papa rentre du travail. La voix de ma mère m'entraîne vers le sommeil, tandis que je l'entends refermer à clé la porte d'entrée.

Ma voix remplit l'espace, remplit ma tête, mes oreilles, ma mémoire, et les paroles me transportent dans un endroit où les problèmes s'effacent et où les merlebleus s'élancent dans le ciel. L'air gonfle mes poumons. Des frissons parcourent ma peau. C'est comme un réveil à la vie.

Pendant une seconde qui dure l'éternité, je suis à nouveau moi.

Je m'endors, en sécurité auprès de ma famille, dans notre petit coin de terre. On est à la maison, ensemble – quel malheur pourrait nous arriver ?

Ma voix se fait chuchotement.

– *Birds fly over the rainbow*

Why, then,

Oh, why

Can't I?

Mes lèvres ont soudain un goût de sel. Je comprends que je pleure, mais je garde les yeux fermés. Je ne veux pas les rouvrir, pas encore. Je savoure ce moment.

La scène, la musique, l'électricité sur ma peau.

Le son oublié de ma voix.

Le souvenir de ma maison.

Lorsque je rouvre les yeux, Piper lève son bras indemne.

– Tu m'as donné la chair de poule. Et si j'avais des poils sur l'autre bras, ils se seraient dressés aussi.

Asad me regarde, pensif, bouche entrouverte, sourcils froncés.

– Tu peux me réexpliquer ce que tu fais à la technique ?

Je désigne mon visage, mais il secoue la tête.

– Non, sérieux, Ava. Tu es meilleure que la plupart des filles du casting. Tu devrais tenter ta chance !

Je rassemble les pinceaux, les mains tremblantes.

– Même si je le voulais – ce qui n'est pas le cas –, les auditions sont déjà passées.

Asad pointe le doigt vers moi.

– Pas si vite. On vient d'apprendre que Cynthia Chang a attrapé la mononucléose le jour de la Saint-Valentin, du coup ils font passer des auditions de dernière minute pour le rôle de Glinda.

– Glinda, la bonne sorcière ? La jolie et angélique Glinda ? Tu te fiches de moi, là ?

Asad hausse les épaules tout en m'aidant à ramasser le matériel, mais Piper ne me quitte pas des yeux.

– Tout le monde n'a pas une voix comme la tienne, Ava, insiste-t-elle.

– Ni un visage comme le mien !

– Qui te parle de ton visage ?

Asad referme le rideau, faisant disparaître le public imaginaire.

– *Everyone deserves the chance to fly*, murmure-t-il, comme s'il se parlait à lui-même, avant de réaliser qu'on le regarde fixement. C'est ma réplique favorite dans *Wicked*, explique-t-il. Raah, comment vous faites pour vivre sans l'avoir vu ?

Quelques-uns des pinceaux glissent entre mon pouce-orteil et mes doigts fusionnés, s'éparpillant par terre comme des mikados. J'essaie de convaincre Asad et Piper que leur idée est vouée à l'échec, quel que soit le plaisir que j'ai pris à chanter.

– La vie n'est pas une comédie musicale, OK ? Je peux à peine me regarder dans le miroir et vous, vous voulez que je monte sur scène devant tout le lycée ?

Piper se penche pour ramasser les pinceaux à ma place.

– Je redis juste ce que je t'ai dit pour ce crétin de photographe. L'incendie ne t'a pas pris ta voix. Alors profites-en.

27 mars

Pendant deux semaines, personne ne me dit que mes parents sont morts.

Enterrés pendant que je dormais.

« Il fallait que tu te battes, m'expliquera une infirmière. On avait peur que tu baisses les bras si tu l'avais su. »

Elle avait raison.

J'aurais baissé les bras.

Je m'enfonce loin.
Loin de la vérité.
Loin d'un monde
sans mes parents.

Cora bavarde près de mon lit.

Les infirmières me posent des questions.

Je parle le moins possible.

Elles veulent que je regarde mon visage.

Pas encore.

Elles veulent que je marche.

Je ne suis pas prête.

Elles veulent que je dise où j'ai mal.

Partout.

Les infirmières me changent
Me lavent
Me prennent en charge.

Mais je suis déjà partie
Enfouie loin à l'intérieur de mon corps fracassé.
Une étoile
Qui tombe.

Ma voix a l'air cassée aussi.
Mais non.
C'est juste que je ne peux pas trouver les mots.

20

Toute la semaine, Piper et Asad se relaient pour me montrer la feuille scotchée sur la porte de l'auditorium.

Le dernier jour des inscriptions, Piper imite une poule en repliant les bras sous ses aisselles pour former des ailes.

– Cot, cot, cot !

– Pas mal, je dis. Tu les passes, les auditions, toi ?

Elle laisse retomber les bras.

– C'est différent.

– Pourquoi ?

– Parce que.

– Parce que tu penses que ça va embêter Kenzie de m'avoir dans sa pièce et tu te sers de moi comme d'un pion...

Piper s'arrête net en plein milieu du couloir, s'attirant un regard noir d'un garçon qui se prend les pieds dans son fauteuil. Elle lui fait un doigt.

– Je veux que tu le fasses parce que tu en es capable. Je ne peux pas marcher. Le mec pleurnichard du groupe ne peut pas jouer de piano. Tu ne peux pas te regarder dans un miroir. Mais chanter, ça, oui, tu peux.

Pendant la séance de théâtre, alors qu'on remet un peu d'ordre dans le placard à costumes, Asad sort une énorme robe à crinoline du même rose que le Doliprane en sirop. Il me la tend.

– Je pense vraiment que t'as tes chances.

– Être prise, c'est une chose. Monter sur scène, c'en est une autre, je rétorque en repoussant les multiples épaisseurs de tissu satiné. Et t'as vu cette robe ? Tu veux me convaincre de passer l'audition ou me faire fuir en courant ?

Il range la robe, puis il enfonce sur sa tête le couvre-chef du bûcheron en fer-blanc, positionne ses bras dans un angle de quatre-vingt-dix degrés et se met à danser. J'enfile un chapeau pointu de sorcière tandis qu'il troque son entonnoir pour un masque de lion à la crinière ébouriffée.

– *Courage cannot erase our fears*, s'écrie-t-il en prenant une pose qui n'a rien de féroce. *Courage is when we face our fears*.

– *Newsies*. Facile.

Je tire sur son masque en ajoutant :

– Et facile à dire quand on se planque dans la cabine lumières.

– Touché, mon amie. Touché.

Il plonge la main au fond du placard et en sort une paire de souliers rouge rubis, qu'il dépose entre mes mains.

Je fais claquer les talons. Trois fois et *pouf!* retour à la maison. Dorothy avait bien de la chance.

Un bruit de pas se fait entendre sur scène. Je jette vivement les souliers dans le placard. Asad porte un doigt à ses lèvres.

– Je suis *sûre* que c'est Piper qui est derrière, déclare la voix, facilement identifiable, de Kenzie.

– Ce n'est pas un grand rôle, répond une voix aiguë, dans laquelle je crois reconnaître la fille aux cheveux courts.

– Ce n'est pas la question, rétorque sèchement Kenzie. C'est sa façon tordue de se venger. Elle m'en veut pour l'accident, alors elle me balance sa nouvelle amie en pleine face.

Asad me montre la robe d'un geste, comme pour me demander si je me suis inscrite aux auditions. Je secoue la tête d'un air déterminé.

– Elle n'aura peut-être pas le rôle, insiste Cheveux Courts.

Kenzie s'étrangle.

– Bien sûr qu'elle l'aura; quel monstre serait capable de lui dire non?

– Toi, répond Cheveux Courts (pour un peu, je l'embrasserais).

– Ce n'est pas *moi* le monstre dans cette histoire ! s'écrie Kenzie. Franchement, je m'inquiète pour elle. Elle ne sait pas qu'elle est ridicule avec sa perruque, on dirait la marionnette de Piper ! C'est cruel de la laisser monter sur scène.

Elle baisse la voix, mais on l'entend parfaitement à travers le rideau.

– Sauf évidemment, si on lui donnait le rôle de la sorcière qui se fait écraser par une maison… Ah oui, *ça*, elle pourrait le jouer !

Les deux filles continuent à parler, mais mon attention est distraite par Asad, qui décroche une échelle fixée au mur le plus discrètement possible.

– Qu'est-ce que tu fais ? je chuchote.

– Ce que j'aurais dû faire la dernière fois.

Une fois l'échelle descendue, il gravit les échelons un à un. Il se fige lorsque le premier barreau fait entendre un fort grincement. On guette anxieusement une réaction, mais les filles continuent à parler. Asad reprend son ascension et, une fois tout en haut, tend la main vers la tringle à laquelle le rideau de scène est suspendu. Un grand sourire aux lèvres, il commence à compter sans bruit sur ses doigts – un, deux…

– Trois ! s'exclame-t-il en ouvrant une boucle métallique.

L'épais rideau en velours s'écroule sur la scène, ensevelissant les deux filles qui poussent des cris perçants.

Asad se dépêche de redescendre.

– Filons, dit-il en s'élançant dans l'escalier qui mène à la salle.

Je cours derrière lui le long de l'allée, la main sur ma perruque pour l'empêcher de tomber.

On se jette sur la porte de l'auditorium et on est presque en sécurité quand…

– Ava !

Kenzie se dresse au milieu de la scène, les poings sur les hanches, les cheveux en bataille.

Asad me tire par la main, me délivrant de ma soudaine paralysie. Une fois dans le couloir, il serre le poing en l'air, tandis que je me plie en deux pour retrouver mon souffle. Mon cœur résonne dans toutes les parties de mon corps. C'est la première fois que je cours si vite depuis l'incendie.

– Qui se planque dans sa cabine lumières, hein ? crie Asad dans le couloir désert. Tu n'as plus le choix, tu dois passer les auditions pour lui rabattre le caquet !

– C'est quoi, la logique, là ? je proteste entre deux halètements.

– Kenzie sait que tu l'as entendue, donc si tu recules, c'est elle qui gagne.

Je secoue la tête, mon cœur passant du triple galop à un petit trot.

– Elle gagne de toutes les façons, quel que soit le scénario. Et je ne peux pas reculer, puisque je ne me suis jamais inscrite. Tout ce que tu as fait, c'est peindre une énorme cible sur mon dos.

Asad grimace en fixant quelque chose derrière moi, puis il me prend par les épaules et me fait pivoter.

– Je crois que la cible était déjà là.

À la dernière ligne de la feuille des auditions, deux mots font redémarrer mon cœur au quart de tour : *Ava Lee*.

21

Je sais que c'est toi

No hablo inglés

J'irai pas

T'iras pas où ?

Tu sais bien !

Je sais rien du tout

Tu es impossible

Merci

Penses-y, au moins ! Tu te dois bien ça

Comme si je pouvais ne pas y penser. Je ne pense qu'à ça pendant que le docteur Sharp effleure chacune de mes cicatrices du bout des doigts, lors de ma visite mensuelle.

Je pense au plaisir que j'ai éprouvé en chantant, et à quel point cette part de moi m'a manqué. Relever le défi, rabattre le caquet de Kenzie, me battre – pour les mites de coulisses, pour Piper, pour toutes les filles qui portent des bandanas en lieu et place de cheveux.

Ne plus être seulement une grande brûlée.

Mais ensuite, je pense à ce qui m'attend si je remonte sur scène, à tous ces regards qui se poseront sur moi, qui me scruteront. Je peux rêver de voler par-dessus un arc-en-ciel, mais affronter un public, non. Pas avec ce visage-là.

Alors que le docteur Sharp s'installe à son bureau pour prendre des notes sur son ordinateur, je quitte la scène et réatterris dans la salle d'examen.

– C'est en bonne voie de cicatrisation, annonce-t-il.

Toujours en bonne voie, jamais cicatrisé.

– Comment se passe ta réintégration ?

– Eh bien, docteur, les espèces autochtones m'ont acceptée au sein de leurs rangs. Je dirais que l'infiltration a été un succès.

Il sourit en secouant la tête. Cora pose la main sur mon épaule.

– Elle s'en sort très bien. Elle s'est même fait une amie au groupe de soutien.

– Piper, c'est ça ?

J'acquiesce, mal à l'aise que Cora l'en ait déjà informé – comme sans doute le reste du Comité.

– C'est une vraie boule d'énergie, cette fille. Quand elle était ici, je devais rappeler aux infirmières de s'occuper aussi des autres patients. Il n'y en avait que pour elle.

– Oui, c'est Piper, dit Cora, qui a pris sa place habituelle à mes côtés, et posé son classeur ouvert sur le bureau. Mais elle a réussi à convaincre Ava d'aller au club de théâtre.

Le docteur Sharp relève la tête de son écran.

– De théâtre ?

– À la technique, je précise immédiatement. Je ne vais pas jouer un rôle ou quoi que ce soit de ce genre.

Il pose alors sur mon visage un regard différent de d'habitude. Comme s'il regardait au-delà de ma peau.

– Penses-tu que ton apparence physique te bloque ?

– Vu ce qu'elle est…

Je soulève les cuisses du papier, qui se froisse sous mon poids. Le docteur s'adosse à son siège et croise les bras tout en continuant à m'observer.

– Et si on pouvait la changer ?

À l'expression de Cora, je vois que cette question la surprend autant que moi. On sait toutes les deux que l'évolution de mes cicatrices nécessitera sans cesse de nouvelles opérations, mais il a été décidé qu'on laissait le scalpel de côté pour le moment. Le Comité a parlé.

Le docteur Sharp tapote son menton du bout de son crayon, puis il fait rouler son fauteuil jusqu'à moi.

– Il est peut-être temps d'envisager une reconstruction plus ciblée…

– De la chirurgie plastique ? je m'exclame, songeant immédiatement à la collection d'yeux, d'oreilles et d'«après» que je garde précieusement dans le tiroir de ma chambre.

Cora se tend, mais le docteur ne regarde que moi. Je fais enfin partie du Comité. Je *suis* le Comité.

– De la chirurgie plastique, confirme-t-il.

Je débite alors d'une traite, sans même reprendre mon souffle :

– J'ai tellement d'idées! J'ai un classeur à la maison – oh, j'aurais dû l'apporter, je ne savais pas qu'on parlerait de ça. Alors, le plus urgent, bien sûr, c'est mes yeux... et ensuite... j'ai entendu parler d'un truc incroyable, où on greffe sur l'arcade sourcilière le cuir chevelu d'un donneur, et ça ne fait pas un *vrai* sourcil, bien sûr, mais c'est bluffant, je ne sais pas...

Le docteur lève la main.

– Ouah, ouah, du calme! Pas tout à la fois.

Il relève légèrement la peau qui pend sous mon œil gauche, faisant disparaître la béance entre ma paupière inférieure et mon globe oculaire.

– On pourrait commencer par ça...

Il me tend un miroir et j'ai l'impression de me revoir sur l'écran du photographe, de remonter le cours du temps, de retrouver celle que j'étais.

– Ça resterait comme ça tout le temps?

– Oui. C'est une opération assez simple. Il suffit de te prélever une bandelette de peau derrière l'oreille et de combler l'espace. Tu resterais sous surveillance pendant une semaine environ et tu ressortirais avec des yeux réparés.

La dernière fois que le docteur Sharp m'a recousu les yeux, je flottais dans cet état brumeux qui suit le coma. Je me souviens des infirmières appliquant du gel dans mes yeux pour que je ne devienne pas aveugle. Après l'opération, je pouvais cligner des yeux parce que j'avais à nouveau des paupières.

Surtout, je me souviens de l'obscurité retrouvée.

– Je suis prête à recommencer, je dis.

Pour redevenir moi, je suis prête à tout.

Le docteur Sharp braque une lumière dans mes prunelles, m'enjoint de regarder vers le haut, vers le bas, vers les côtés. Puis il appelle une infirmière pour qu'elle tienne un tableau d'optométrie. Je déchiffre les lettres capitales presque jusqu'en bas.

Le docteur se tourne vers Cora.

– La bonne nouvelle, c'est que ses yeux sont stables. Pas d'ulcère de la cornée. Pas de baisse de la vue. La mauvaise nouvelle, c'est qu'à ce stade, une opération peut être considérée comme facultative, donc vous allez devoir en discuter.

– On va y réfléchir, répond Cora d'une voix précipitée et tendue, complètement différente du ton enjoué qu'elle emploie d'ordinaire quand elle s'adresse à quelqu'un du service.

– Bien sûr.

Cora me demande de l'attendre le temps qu'elle paie mais, depuis la salle d'attente, je la vois s'entretenir de façon animée avec le docteur Sharp, qui est monté en flèche dans mon estime depuis qu'il a osé faire du hors-piste et se passer de l'autorisation expresse du Comité.

J'examine les photos en noir et blanc d'anciens patients du service en train de faire de l'escalade, de nager, ou toutes sortes de trucs fabuleux. Chacun est accompagné d'un surnom. COURAGE pour la fille à la jambe couverte de cicatrices qui fait de la tyrolienne. BATTANT pour le garçon qui joue au baseball avec un seul bras.

Mon infirmière m'avait demandé si elle pouvait prendre une photo de moi avant que je quitte le service. Elle voulait l'intituler LUTTEUSE. J'avais refusé. Je n'avais pas ma place sur ce mur. Ces gens avaient mérité leur titre, ils avaient mérité leur victorieux « après », comme cet homme amputé d'une jambe qui franchissait une ligne d'arrivée sous le mot ENDURANCE.

Je me regarde dans le reflet du cadre et, du bout des doigts, je relève la peau sous mes yeux.

C'est un petit changement, peut-être invisible pour les autres. Mais c'est un premier pas.

Vers l'ancien moi.

Vers mon « après ».

22

Ni Cora ni moi ne parlons chirurgie pendant le trajet du retour.

Un bip m'avertit que j'ai reçu un message. Le demi-dieu des planches me fixe l'heure de mon audition : vendredi, 15h15.

Je ne réponds pas. Du moins, pas encore. Il y a deux heures, j'aurais dit que c'était absolument hors de question. Mais en relevant la peau de mes yeux, le docteur Sharp a fait ressurgir cette fille que je croyais disparue à jamais. Cette fille que rien n'aurait pu empêcher de monter sur scène.

Avant toute chose, je dois convaincre Cora et Glenn d'accepter l'opération. Je préfère attendre le retour de Glenn pour aborder la question. C'est quelqu'un d'incroyablement généreux. Il aurait suffi à Sara d'un câlin et d'un «Je t'aime, papa» pour qu'il lui donne un rein sans l'ombre d'une hésitation.

Mais avant que j'aie pu tenter quoi que ce soit, Cora l'entraîne dans leur chambre, dont elle referme la porte. Lorsqu'ils en ressortent, je comprends que la négociation est mal engagée.

– Hé, miss, tu veux que je t'aide à finir de peindre ta chambre ? me propose Glenn.

J'appelle ça un lot de consolation.

J'accepte même s'il est tard et que je n'ai pas commencé à réviser mon devoir de maths pour demain, car je garde l'espoir que tout n'est pas perdu. Alors qu'on peint ensemble, je ressors les mots mille fois ressassés pendant les séances de thérapie : je lui explique comment l'opération va aider ma *réintégration* et à réparer *mon image de moi*, et je lui rappelle que c'est Cora et lui qui m'ont incitée à essayer de me reconstruire une vie normale.

Lorsque je me tais enfin, je remarque Cora debout sur le seuil de la pièce.

– Tu as déjà traversé tellement d'épreuves cette année, me dit Glenn tout en suivant la ligne du plafond avec son pinceau. Ton corps a besoin de temps pour récupérer. Ça ne me paraît pas le bon moment pour une opération qui n'est pas indispensable.

– Si, c'est le bon moment. J'ai besoin de cette opération *maintenant*.

– Pourquoi ? demanda Cora.

Elle surveille l'avancement de la peinture – il est clair

qu'il est pénible, pour elle, de voir le bleu de Sara disparaître sous le rose.

– Il n'y a pas d'urgence, reprend-elle. Tu t'en sors déjà tellement bien au lycée !

J'essuie une goutte de peinture rose tombée sur la clochette de maman.

– Je voudrais postuler pour un rôle. Mais je ne peux pas, comme ça.

Glenn s'arrête en plein coup de pinceau.

– Qui a dit ça ?

– Moi !

Je sens que je suis en train de perdre le débat. L'opération s'éloigne à pas de géant. Je sais bien que je pourrais monter sur scène sans que personne ne remarque ni ne se soucie de mes paupières.

Mais *moi*, je m'en soucie. Dans tous mes rêves de scène, je ressemble à Ava Avant l'Incendie, celle qui chantait sous les projecteurs. Et cette opération me rapproche d'elle.

Glenn pose son pinceau en équilibre sur le pot en haut de l'échelle, puis il descend les barreaux un à un. Une fois en bas, il joint les mains comme s'il allait prier.

– Ava. Cette opération est facultative

Encore ce mot. Facultative égale cher.

Facultative égale non.

Glenn passe la main dans ses cheveux en fixant le sol.

– On peut pas se le permettre maintenant.

Le silence tombe. Le badge de gérante de Cora m'accable de reproches. Glenn n'est presque plus jamais à la maison et, même s'ils tentent de me le cacher, la banque appelle à toutes les heures de la journée.

– Et l'argent de la collecte ?

Cora secoue la tête.

– Pas pour ça. On ne sait pas de quelles opérations tu auras besoin à l'avenir – des opérations *indispensables*. Il faut garder l'argent pour celles-là.

– Je vais me trouver un job, je dis, désespérée. Je peux travailler après le lycée et le week-end. Je vous rembourserai en un rien de temps !

Glenn secoue la tête et tend vers moi sa main calleuse, couverte de taches d'essence profondément incrustées. Il les brosse longuement tous les soirs pour tenter d'effacer les heures sup.

Des heures sup qu'il fait pour moi.

– Ça suffira pas, dit-il. C'est trop cher pour nous, Ava. C'est tout. Si c'est pas une opération dont t'as absolument besoin, ça devra attendre.

Je pose la main sur la sienne et sens les larmes déborder de mes paupières tombantes. Hier, cette opération ne faisait même pas partie du royaume des possibles. Mais maintenant qu'on en a parlé, la douleur d'y renoncer me terrasse.

– J'ai *vraiment* besoin de cette opération. Je ne vous le demanderais pas si ce n'était pas le cas !

Les odeurs de peinture me font tourner la tête. Je me laisse tomber sur mon lit, lâchant ma sacoche sur le sol – cette sacoche qui était censée faire de moi quelqu'un de normal. Spoiler : ça n'a pas marché.

– On te dirait oui si on pouvait, dit Glenn, la voix tendue à se briser.

– Sans l'ombre d'une hésitation, ajoute Cora.

Je sais que c'est vrai. Ils font tout ce qu'ils peuvent. Mais dans cette chambre à moitié repeinte, qui n'est même pas à moi, un sentiment hideux remonte en moi. Un sentiment que j'avais pourtant essayé d'enterrer tout au fond…

Les deux seules personnes au monde qui m'aimaient inconditionnellement, qui auraient fait n'importe quoi pour moi, sont mortes.

Je ne suis plus la fille de personne.

Même si je sais que je ne devrais pas, je pose quand même la question :

– Est-ce que vous l'auriez fait pour Sara ?

Glenn se redresse en croisant mon regard.

– On le ferait si on avait l'argent. C'est tout. On n'a pas assez.

– Tu veux dire que c'est moi qui ne suis pas assez.

– Non, ce n'est pas ce que…, commence Cora.

– C'est bon, je la coupe.

Mais non, ce n'est pas bon. Ce n'est pas bon du tout. J'aimerais leur dire que je regrette.

Je regrette de leur demander tant de sacrifices. Je regrette que Sara soit morte, et pas moi. Je suis désolée qu'ils se retrouvent avec moi sur les bras.

Mais le truc, c'est que moi aussi, je me retrouve avec moi sur les bras.

Je ne dis rien de tout ça, juste que je veux me coucher.

Glenn ouvre ma fenêtre, puis sort l'échelle de ma chambre à moitié rose. Une fois seule, j'étale ma lotion n'importe comment. Des petits chaussons masquent un moment le rai de lumière sous ma porte, mais personne ne frappe.

Je n'aurais pas dû réclamer plus. Je devrais leur être reconnaissante. Ils m'ont accueillie chez eux. Ils sont restés à mon chevet à l'hôpital pendant des mois – Cora, toujours optimiste, tentant de me faire oublier que j'étais allongée sur ce lit comme une saucisse carbonisée.

Ils en ont déjà assez fait pour moi.

Sur le lit de Sara, j'ouvre mon ordinateur portable et j'affiche mon profil, que j'évite depuis si longtemps. Je me force à cliquer sur Ava Avant l'Incendie, et l'écran se couvre de photos – sorte de capsules temporelles numériques.

Moi avec mes amies du théâtre, bras dessus, bras dessous, adossées à nos casiers.

#bandethéâtre

Papa qui me tend un bouquet de fleurs après une représentation.

#monplusgrandfan

Josh, le bras autour de ma taille moulée par une robe de satin vert.

#troplaclasse

Séance de maquillage pour le dernier post. Sara est figée en plein rire et moi, à côté d'elle, j'essaie de prendre un air sexy pour mettre en valeur mes yeux charbonneux.

#meilleurescousinespourlavie

Peau lisse. Grands sourires. Rien ne peut laisser deviner que le matin suivant, ni l'une ni l'autre de ces deux filles n'existeront plus.

Alors que je regarde mon ancien moi, mon visage se reflète sur l'écran. Mon visage défiguré. Je ne vois plus que les cicatrices.

Je referme brutalement l'ordi.

Les ténèbres m'envahissent. La même douleur insidieuse que lorsque j'ai appris la mort de mes parents. La tentation du vide, comme lorsque j'étais étendue sur l'herbe et que je m'arrimais aux étoiles.

Le noir ne m'a jamais vraiment quittée; je le tenais juste à distance.

Pour ne pas couler tout au fond.

Les ténèbres sont paisibles.

Pas un bruit.

Pas une sensation.

Si je reste trop longtemps, je ne repartirai jamais.

Mais alors que s'éloigne l'espoir d'un plus beau visage, d'un rôle, peut-être même d'un copain, les ténèbres gagnent.

À l'autre bout de la chambre, je suis agressée à nouveau par mon reflet dans la vitrine des Barbie – les Barbie à la peau parfaite et à la silhouette impossible.

J'arrache ma perruque et je la jette à la tête de cette fille difforme.

Je ressens exactement la même chose que la première fois que je me suis vue : qui pourrait avoir envie de regarder un visage comme celui-là ?

Qui pourrait l'aimer ?

30 mars

Je savais que mon visage était très abîmé.
Comment ne pas le savoir?
Ce que je lisais dans les yeux des gens.
Les boursouflures violacées qui couvraient mon corps.

Je savais.

C'est pour ça que je n'ai pas voulu me voir.
Pendant un mois.
Jusqu'à ce que Cora et les docteurs décident que le temps était venu.

Dans le miroir,
une étrangère.

Un visage rapiécé.
Un personnage cauchemardesque de Tim Burton.
Couvert de croûtes, à vif,
méconnaissable.

Des morceaux blancs,
des morceaux roses,
des morceaux bosselés comme de la bougie fondue,
figée dans le temps.
La peau trop serrée ici,
trop lâche là –
un hybride entre squelette et zombie.

Comme dans les miroirs déformants,
tout est légèrement trop – trop petit, trop grand,

trop pas moi.

De grosses chenilles roses à la place des lèvres.
Des narines pointues avec
un soupçon de cartilage qui s'accroche.
Pas de paupière pour cacher l'intérieur rose et humide.

Pas de cils.
Pas de sourcils.
Pas d'oreille.

« Ce n'est pas moi. »
« Regarde-toi dans les yeux », me dit Cora.

Prisonnier de ce monstre,
un regard bleu familier me dévisage.

23

Lundi, Piper n'est pas là pour me soutenir. Je lui écris tandis que je parcours, seule, les couloirs.

Où es-tu ?

Maison

Malade ?

Mauvaise journée

C'est l'euphémisme du siècle
Chaque jour est un mauvais jour

On se parle au groupe

Moins deux points d'amitié

Mets-les sur ma note

J'arrive au contrôle de maths – que je n'ai pas révisé – à la dernière minute. Je mange sans Piper. Pendant tout le repas, ses bizarres compagnons de table gardent les yeux rivés sur leur téléphone. Asad me fait signe depuis sa table de potes de la technique, qui rient et parlent comme des gens normaux. Je sèche le club de théâtre, en partie parce que je ne veux pas affronter la colère de Kenzie sur l'histoire du rideau, mais surtout parce que je sais que Tony va me parler de l'audition. Je ne veux pas la passer, et en même temps je me sens incapable de dire non.

Piper ne vient pas non plus au groupe, me laissant supporter seule le laïus de Mme Layne sur le pouvoir de la douleur. Quand elle nous demande de nous remémorer notre souvenir le plus douloureux, je pense tout de suite à « la douche », alias la chambre de torture. Ce n'est pas vraiment une douche, plutôt une pièce stérile au sein de l'unité des grands brûlés, dans laquelle les infirmières lavent au jet les patients et retirent des lambeaux de peau morte de leur chair tendre calcinée. Le terme technique est « parage ».

Dans le langage courant, on appelle ça « l'enfer ».

Des cris étouffés provenant de la douche arrivaient jusqu'aux chambres, si bien que même quand ce n'était pas mon tour, je ne pouvais jamais oublier sa présence menaçante au bout du couloir. Les infirmières me shootaient à la morphine et me laissaient choisir la musique d'ambiance, comme si une bonne bande-son avait le pouvoir de rendre ce décapage moins infernal. Le seul moyen de survivre était de m'évader dans ma tête, de me détacher de mon corps.

Olivia, la fille sans cicatrices, blablate sur les souffrances qu'elle a endurées dans le passé.

– Il faut être plus fort que la douleur, conclut-elle. Sinon, on n'a rien compris.

Peut-être est-ce d'avoir ravivé le souvenir de la douche ou le choc de la veille d'avoir vu mon espoir de « nouvelle normalité » me filer entre les doigts, mais quelque chose en moi craque.

– Qu'est-ce que tu sais de la douleur, en fait ?

Olivia fait la moue et croise les bras en regardant Mme Layne.

– Ava, c'est la souffrance d'Olivia, pas la tienne, intervient celle-ci.

Je montre ma main-pince à Olivia.

– *Ça*, c'est de la souffrance.

Ma voix résonne en écho dans le vide de la pièce. Je désigne mon visage.

– Ça, c'est sérieux. Tu n'as même pas de cicatrices !

Le rouge lui monte aux joues.

– J'ai des cicatrices !

Elle se lève et commence à relever le bas de son tee-shirt, mais Mme Layne s'interpose.

– Non. (Elle pose la main sur celle d'Olivia.) Personne n'a à prouver quoi que ce soit. Pas ici.

Olivia laisse retomber son tee-shirt sur sa peau parfaite et s'assied alors que Layne me fait signe de la suivre dans le couloir.

– Que se passe-t-il, Ava ?

– Rien.

– Tu as le droit d'être en colère, dit-elle. Mais des cicatrices cachées font souffrir aussi et c'est Olivia qui choisit ce qu'elle a envie de montrer ou pas.

Je cogne doucement le bout de ma chaussure contre le mur en prenant garde à ne pas croiser le regard de Mme Layne.

– C'est exactement ça. Elle a le choix. Moi, je ne peux pas cacher mes cicatrices. Je ne peux pas choisir.

En fait, je n'ai rien choisi de tout ça. Mon père m'a poussée par la fenêtre. Les docteurs m'ont sauvée sans me demander mon avis.

– Je comprends.

Elle désigne la partie rugueuse de son visage, là où ses cicatrices tirent légèrement ses lèvres vers le bas.

– Crois-moi, je suis passée par là aussi. Ça m'a pris beaucoup de temps d'accepter. De m'accepter telle que je suis. Mais j'ai fini par y arriver. Ça demande juste du temps.

– Je n'ai pas le temps.

– Cora m'a raconté pour la chirurgie, dit-elle. Et pour le rôle.

– Ce n'est pas à cause de ce rôle débile.

Mme Layne recule d'un pas et me tient à bout de bras.

– Ava. Tu n'as pas besoin de cette opération pour monter sur scène si tu en as envie.

– Vous ne comprenez pas. Quand je me regarde dans le miroir, je ne reconnais même pas la personne que je vois. Je ne suis pas naïve, je sais que la chirurgie ne réglera pas tout. Mais ça pourrait me rendre un peu plus moi, celle d'avant. Peut-être juste assez pour me permettre de retourner sur scène.

Mme Layne pousse un long soupir.

– Écoute, je pense que ça te ferait du bien si, aujourd'hui, tu racontais un souvenir positif, heureux.

Je ricane.

– Je n'ai pas ça en magasin.

Elle me regarde, plus durement cette fois, et je réalise que je ne m'en sortirai pas sans faire pénitence.

– Creuse plus loin, dit-elle en désignant mon cœur. Tu peux en trouver, tout au fond.

Quand je reviens dans le cercle, je marmonne des excuses auxquelles je crois à moitié en direction d'Olivia, qui esquisse un maigre sourire.

– Nous allons maintenant aborder le pouvoir des pensées positives, déclare Mme Layne. Ava a proposé de commencer par un souvenir.

Olivia et Braden se tournent vers moi. J'aurais aimé que Piper soit là pour qu'on en rigole ensemble. Tout ça est tellement débile. Tous ces blablas, ces confidences, ces émotions... J'inspire profondément et essaie de trouver le souvenir idéal.

– Il y avait un gros érable touffu devant notre maison,

dont les feuilles devenaient jaunes, rouges et orange en automne. Mon père l'appelait notre buisson ardent. Bref, quand il rentrait à la maison après le travail, je courais dehors et il me soulevait à bout de bras sous cet arbre immense. Il me disait : «Tu es prête à t'envoler?» et il me lançait dans les airs, si haut que mon estomac se soulevait, comme dans les grands huit. C'était comme si la Terre et mon père étaient à des millions de kilomètres. Pendant une fraction de seconde, lorsque j'étais tout en haut, je paniquais. Mais voir le visage de mon père et ses bras tendus me rassurait instantanément. Il me serrait contre lui et chuchotait : «Je te rattraperai toujours.»

Mme Layne griffonne quelque chose dans son carnet.

– C'est très joli, Ava. Merci.

Médaille d'or de la thérapie aujourd'hui... une crise de colère *et* une participation active.

Layne nous demande de prendre quelques minutes pour raconter un bon souvenir dans nos cahiers.

Mais elle n'a pas réalisé que mon histoire n'était pas un bon souvenir.

Les pères ne rattrapent pas toujours leurs petites filles.

Quand je suis tombée de ma fenêtre en flammes, j'ai attendu ses bras.

J'ai attendu.

Et attendu encore.

Jusqu'à ce que je heurte le sol.

Il ne m'a pas rattrapée.

Il m'a projetée la tête la première dans une vie où il ne pourrait pas me protéger de la douleur.

Ce souvenir est un mensonge.

Comme tout le reste.

Comme mon orteil qui n'est pas un pouce et comme le rose fluo de mes cheveux. Comme le fait que Glenn et Cora sont mes parents.

Comme si un garçon pouvait un jour me regarder ou comme si je pouvais être autre chose que ridicule sur scène.

Comme si une chanson idiote pouvait chasser les cauchemars.

2 avril

Vous voulez un souvenir?
Que pensez-vous de celui-ci?

Une rencontre inopinée
dans le couloir de l'aile 5.
Josh.
Mon Josh.
Qui ne m'était plus rien.

Il serrait dans ses mains sa boîte de pop-corn
comme si elle avait pu le sauver
de ce moment,
de cette fille
qu'il avait autrefois connue.
Une fille
sans visage.

Ses joues soudain pâles.
Cette bouche que j'embrassais,
entrouverte.

Ses yeux, autrefois pleins d'amour,
écarquillés,
comme s'il avait vu un fantôme.

Il y avait bien un fantôme.
Le fantôme de ce qui avait été.
Un garçon qui regardait une fille.

Mais le feu a tout ravagé.
Comme tout ce qu'il touche –
même les souvenirs sont partis en fumée.

24

Glenn vient me chercher à la fin du groupe. Un blouson et des chaussures de marche m'attendent sur le siège passager.

– Partante pour une promenade ? me demande-t-il.

J'enfile les chaussures pendant qu'il conduit, sans bien comprendre pourquoi j'ai besoin d'un tel équipement pour une « promenade ». Le pick-up s'enfonce de plus en plus loin dans le canyon, au milieu des montagnes de Wasatch. Ce n'est pas une petite balade qu'il a en tête.

Une fois garé sur un parking de terre sur le côté de la route en lacets, il me montre du doigt un sentier escarpé qui disparaît entre les arbres encore nus. Plus les montagnes s'élèvent haut, plus le manteau neigeux s'épaissit.

– Je ne pense pas en être capable, je dis.

Ça fait plus d'un an que je n'ai pas fait de sport, si on

exclut les pathétiques flexions et levers de poids d'un kilo sous la houlette de Terry le tortionnaire.

Glenn saute du pick-up et enfile son blouson de travail.

– Bien sûr que si, tu en es capable.

Il part en tête sur un chemin qui n'en est pas vraiment un : tous les deux pas, il faut enjamber des rochers ou se baisser sous des branches basses. La pente devient de plus en plus raide, la neige plus profonde, et mes vêtements compressifs serrent mes genoux.

Je reprends mon souffle, adossée contre le tronc blanc et maigre d'un peuplier faux-tremble. Comme Glenn ne s'arrête pas, je suis ses traces. Mes pieds s'enfoncent profondément dans la neige, rendant chaque pas aussi laborieux qu'épuisant ; s'enfoncer, lever le pied, recommencer.

Je finis par me demander s'il ne veut pas me punir de ma petite crise d'hier soir quand il s'arrête enfin. Il me fait signe d'approcher d'une barre de rochers surplombant la vallée. Je m'assieds, haletante, exhalant de la buée blanche.

Glenn et moi contemplons la vallée qui s'étend en contrebas. Des voitures de la taille de fourmis avancent sans bruit sur l'autoroute et, bien qu'une épaisse couche de neige couvre encore les sommets, on sent que l'herbe se prépare pour le printemps. Une nuée de goélands s'envole, tournoyant sur elle-même comme une tornade, avant de bifurquer plein nord et de former à nouveau une ligne de petits points blancs.

En me tournant vers le sud, j'arrive presque à me persuader que je peux distinguer ma maison au-delà de la zone pavillonnaire découpée en parcelles régulières, là où s'étendent des prés verdoyants. Alors que je me penche au-dessus du vide pour mieux voir, Glenn tend le bras devant moi, exactement comme maman, en voiture, lorsqu'elle freinait un grand coup.

– Sara et moi, on venait randonner ici, me raconte Glenn, le regard au loin. Ça fait bizarre, parce que j'avais l'impression qu'on était chez nous, ici, que ce coin de montagne nous appartenait. Mais elle n'est plus là et les montagnes, elles, sont restées.

Il sort de sa poche un petit objet noir, que je reconnais immédiatement.

– Tu veux rejoindre un chœur de clochettes ? je demande.

Glenn me tend la clochette de maman avec précaution, des deux mains, comme si un geste maladroit pouvait la briser en morceaux. Le métal est froid, comme autrefois, mais la surface est maintenant d'un noir profond au lieu du bronze brillant.

Lorsque je la secoue, le battant fait entendre un bruit sourd. Le son est différent d'avant, plus grave, mais je suis surprise, chaque fois, de constater qu'elle fonctionne toujours.

– Tu sais pourquoi cette clochette a résisté ? s'enquiert Glenn.

– Si tu me parles de miracle, je te préviens, je redescends toute seule.

Glenn me reprend la clochette.

– Elle a résisté parce que le cuivre possède une température de fusion élevée.

Il retourne la clochette et suit du doigt la courbe noircie.

– L'étain, lui, ne supporte pas bien les flammes. C'est pour ça que son apparence a changé.

Je me crispe.

– J'ai compris. Je suis comme la cloche. Je suis moche, mais toujours là. Trop bien, j'ai survécu !

Je fais un geste de victoire avec le poing.

Glenn pose le souvenir calciné de ma mère sur sa paume ouverte sans prêter attention à mon ton sarcastique.

– Tu n'es pas moche, dit-il en continuant à examiner la clochette. Et puis ton corps, ce n'est pas toi.

Glenn est rempli de bonnes intentions, je n'en doute pas, mais j'ai l'impression qu'il est en train de me lire un passage du *Grand Livre des mensonges à l'intention des grands brûlés*. Si, mon corps, c'est moi. Je suis chaque partie de mon corps. C'est un lot complet. D'accord, on pourrait plutôt dire que je suis prise en otage par mon corps. Mais lui et moi, on est inséparables.

– Pourquoi tu gardes cette clochette sur ta commode si tu la trouves laide ? me demande-t-il.

Elle est si petite dans la main de Glenn. Dur d'imaginer

qu'elle puisse produire les riches harmonies qui, dans mes souvenirs, résonnaient à travers l'église, à Noël, quand ma mère jouait avec le chœur de clochettes.

– C'était à maman, je réponds, surprise par la boule qui se forme dans ma gorge. C'est tout ce qui me reste d'elle.

Glenn sourit et lève la clochette dans la lumière tombante.

– Je la vois encore avec ses gants blancs ridicules, à l'église, en train de faire sonner ces foutues clochettes qu'elle aimait tant !

Glenn s'interrompt, comme s'il cherchait ses mots.

– Oublie jamais qu'elle t'aimait plus encore… C'est toi, la part d'elle qui a survécu. Et maintenant, tu fais partie de notre vie à nous.

Ma culpabilité ressurgit et me serre la poitrine jusqu'à la gorge. Je voudrais retourner dans le passé et ravaler mes récriminations égoïstes, mes paroles si dures.

– Glenn, tu n'es pas obligé de…

– Si. C'est important que je te le dise. La vérité, c'est que tu ne remplaceras jamais Sara et qu'on ne remplacera jamais tes parents. Ce n'est pas ce qu'on cherche à faire. Mais, parfois, je me demande comment on aurait fait pour survivre, cette année, sans toi.

Glenn se racle la gorge en se redressant. Il pose la clochette sur le rocher entre nous et sa grosse main vient recouvrir ce qui reste de la mienne.

– On comprend que cette opération est importante pour toi.

– C'est bon, t'inquiète.

– Non, c'est pas bon. Tu n'es pas du genre à te plaindre et à réclamer. Tu ne l'as jamais été. À l'hôpital, les infirmières avaient compris que tu préférais serrer les dents plutôt que de demander de l'aide. Sûrement parce que tu as les gènes de ta mère, tu es dure à la douleur. Trop pour ton propre bien, parfois. Cora et moi, on sait que tu nous l'aurais pas demandé si c'était pas hyper important pour toi.

Je retiens ma respiration, redoutant que le plus léger souffle de vent fasse basculer l'univers et interrompe ce moment.

Nos regards se croisent.

– Alors on va la faire, cette opération.

Je me jette dans ses bras robustes avant qu'il puisse prononcer une parole.

– Merci, je murmure.

Je voudrais en dire plus, mais les mots me paraissent tous bien en deçà de ce que j'aimerais exprimer.

– Tu as conscience que tes cicatrices seront toujours là, n'est-ce pas ? Qu'il s'agit juste de tes yeux ?

– Oui, oui, juste mes yeux.

Je m'écarte légèrement.

– Mais l'argent…

– On a parlé à l'assurance, ils vont en prendre en charge une partie.

– Et le reste ?

– Tu connais ta tante Cora. S'il y a une solution, elle la trouve. Elle a passé l'après-midi sur eBay, à vendre des choses dont on n'a plus besoin à des gens qui ne savent pas quoi faire de leur fric.

Glenn laisse entendre un rire forcé, mais il sourit sincèrement en prenant ma main.

– On veut juste que tu sois heureuse, dit-il. Tu l'es ?

– Je ne me souviens même pas de la dernière fois où je me suis sentie aussi bien, je réponds, le serrant à nouveau contre moi, si fort que sa barbe de trois jours me râpe la joue.

Glenn me tient la main pour redescendre, il marche à côté de moi pour me soutenir, mes genoux fragiles menaçant de lâcher.

Je ne peux pas m'empêcher de sourire jusqu'à la maison. Cora nous retrouve devant la porte, déjà en larmes. Elle me serre dans ses bras avec force.

– La date a été fixée dans quatre semaines, m'annonce-t-elle.

Je la serre moi aussi en retour, ce qui la surprend tellement qu'elle laisse échapper un petit cri. Elle renifle dans mon oreille.

– J'espère que tu le sais, Ava : avec ou sans opération, tu es bien comme tu es.

Elle m'invite à aller voir ma chambre, où je trouve les murs peints en rose jusqu'au plafond. À la date du

30 avril sur mon calendrier, je note en grosses lettres rouges : OPÉRATION !

Je suis en train d'écrire quand j'aperçois les vitrines vides.

Les Barbie ont disparu.

La porte en verre s'ouvre facilement, n'étant plus fermée à clé. J'y dépose la clochette de maman. Ces étagères vides me brisent le cœur. J'imagine Cora sur eBay, en train de vendre au plus offrant tout ce qui lui reste de l'incendie.

Pour moi.

Pour que je puisse viser une étoile.

J'appelle Tony pour lui demander si mon créneau pour l'audition est toujours disponible.

– Il est à toi si tu veux, confirme-t-il.

Je tire sur le coin de mes yeux en regardant mon reflet.

– Oui, je dis. Je veux.

Dans la vitrine, je souris à cette fille qui me sourit aussi.

25

C'est à Piper que je voudrais l'annoncer en premier. Comme elle est toujours aux abonnés absents, Cora me dépose chez elle après le lycée.

Sa maison semble tout droit sortie d'une sitcom, avec son porche couvert qui fait le tour du bâtiment et son allée pavée qui serpente au milieu d'un jardin impeccablement entretenu. La seule chose qui détonne dans ce décor parfait, c'est la rampe en contreplaqué posée sur les marches du perron.

Je dois frapper trois fois avant que Piper apparaisse, les yeux rouges, vêtue d'un débardeur et d'un short, sans ses vêtements compressifs. Maintenant qu'elle est débarrassée de sa peau rose/rayée/fluo, je découvre pour la première fois ses cicatrices. Son bras et sa hanche sont d'un rouge violacé bien plus vif que les teintes rosées des miennes.

Je n'avais pas réalisé à quel point ses cicatrices étaient récentes, et combien les miennes s'étaient atténuées.

– Où t'étais passée ? je m'exclame.

Piper porte la main à son front pour se protéger du soleil de l'après-midi.

– Je te l'ai dit. Mauvaise journée. J'étais pas d'humeur à me prendre la tête.

Elle me fait signe d'entrer. L'intérieur est aussi immaculé et parfait que l'extérieur. Un couloir au sol de marbre mène à un vestibule avec des fleurs fraîchement coupées sur un guéridon.

– Je vais passer l'audition ! j'annonce, incapable de me retenir une seconde de plus. Et ce n'est même pas la meilleure nouvelle !

Elle lève le doigt pour m'arrêter, le regard éteint, et tourne son fauteuil vers la cuisine, où une femme frotte un évier aux parois étincelantes avec une telle énergie que tout son corps tremble.

– Maman, c'est Ava. Elle fait partie du groupe.

Sa mère lève la tête, les yeux encore plus rouges que ceux de Piper, mais tout aussi éteints, puis porte ses mains gantées de caoutchouc sur son cœur.

– Oh, ma pauvrette.

– Houla, maman, t'es pas cool !

Piper me fait signe de la suivre dans le couloir.

– Ne fais pas attention. Son régulateur émotionnel s'est cassé en même temps que ma jambe. Avec ça, mes rendez-vous d'ortho déclenchent toujours chez elle une frénésie de nettoyage. Je pense qu'elle va briquer la maison pendant au moins une semaine.

La chambre de Piper est aussi bigarrée qu'elle. Le couvre-lit à rayures roses forme un contraste saisissant avec le tapis à poils longs jaune-vert. Des coussins pelucheux fluo couvrent son lit, tandis que de la lave fuchsia ondule en vagues dans la lampe sur son bureau.

Elle s'extirpe de son fauteuil pour gagner son lit, traînant derrière elle ses jambes inertes qu'elle attrape l'une après l'autre pour les jeter sur le couvre-lit. Quand j'essaie de l'aider, je remarque qu'elle n'a plus de plâtre.

– On te l'a enlevé !

Elle hausse les épaules avec indifférence.

– Oublie ma jambe ; tu allais me dire quelque chose. C'est au sujet du garçon ? Tu ne m'as toujours pas dit son nom, au fait. N'imagine pas que je ne m'en suis pas rendu compte...

Je me laisse tomber dans son fauteuil vide et je roule d'avant en arrière, un grand sourire aux lèvres. Je lui annonce ma future opération, tandis qu'elle feuillette un magazine de fitness sur son lit.

– T'en as pas déjà eu vingt ? me demande-t-elle en tournant la page.

– Oui, mais là, c'est de la chirurgie esthétique. Pour réparer mes yeux.

Je relève les coins de mes paupières. Elle m'observe en faisant la moue.

– Ça doit coûter une blinde, ça.

– Oui. Et le plus fou, c'est que Cora et Glenn ont vendu les Barbie de Sara pour pouvoir payer.

Piper s'allonge sur ses coussins, le regard au plafond plutôt que sur moi.

– On dirait que le ciel s'éclaircit pour toi, Ava.

Elle se tourne vers moi, les sourcils froncés.

– Elle est où, ta perruque ?

– J'en ai plus besoin. C'est ce que je suis en train de te dire. C'est cette opération dont j'ai besoin.

Piper regarde à nouveau le plafond, perplexe. Ne devrait-elle pas montrer un peu plus d'enthousiasme ? Elle voulait tellement que je joue dans cette comédie…

Mon œil accroche un reflet de lumière et je remarque des bris de verre dans le coin de sa chambre. Je ramasse un morceau pointu, puis le reste d'un cadre fracassé et une photo de l'équipe de volley roulée en boule au pied du fauteuil. Piper est au milieu, souriante, bien campée sur ses deux jambes.

Elle m'observe tandis que je fourrage parmi les débris, et je m'interroge à nouveau sur ses yeux gonflés.

– Qu'est-ce qui s'est passé ?

Elle hausse les épaules.

– Petite déception en rééducation.

Je lève le cadre défoncé.

– Ça ne ressemble pas à une *petite* déception !

Elle se penche pour me l'arracher des mains, manquant de basculer par terre.

– OK, grosse déception, alors. Énorme, gigantesque déception. C'est ce que tu veux entendre ?

– Je suis désolée, je ne savais pas.

– Ça va. Je vais très bien. J'ai juste pas envie de subir un interrogatoire, tu vois. Mais si tu veux tout savoir, j'ai passé la journée d'hier à essayer de marcher. À rater. Et à entendre les docteurs me dire que ma paralysie temporaire n'est peut-être pas si temporaire que ça.

Elle roule en boule un des coussins pelucheux.

– Ces crétins de docteurs, ils sont pas fichus de reconnaître leur coude de leur derrière.

– C'est pour ça que ta mère pleurait ?

Je n'ose pas dire que ses yeux la trahissent elle aussi, de peur de subir le même sort que le cadre.

Piper fait entendre un rire sinistre.

– Elle ne fait que ça depuis l'accident. Maman pleure et nettoie. Papa boit. Chacun son ivresse.

J'avance le fauteuil roulant jusqu'à son lit.

– Ça va ?

– Ouais. J'ai mes trucs pour tenir le coup, moi aussi.

Elle sourit pour la première fois depuis que je suis là.

– Ferme la porte.

Elle se penche en avant sur son lit et croise les bras pour tenter, vainement, de relever son tee-shirt.

– Aide-moi !

Lorsque je remonte le dos de son tee-shirt, je découvre deux ailes arc-en-ciel, une sur chaque omoplate, et une longue série de mots qui commence à la première vertèbre sur sa nuque et descend le long de sa colonne jusqu'aux deux os iliaques en bas du dos.

Elle
a vaincu
ses
démons
et
ses
cicatrices
la
portent
comme
des
ailes

– C'est toi qui as écrit ça ? je demande.

Elle lève les yeux vers moi, agacée.

– T'as pas écouté ma playlist ? C'est le refrain de la chanson d'Atticus, mon hymne…

Elle arrondit légèrement le dos, de manière à faire bouger ses ailes avec ses omoplates.

– Je suis un phénix, maintenant.

Elle me raconte qu'Asad l'a emmenée dans un salon de tatouage, hier après le lycée. J'éprouve un pincement au cœur. Je ne sais pas si je suis jalouse qu'Asad l'ait accompagnée ou jalouse qu'elle passe du temps avec Asad.

– J'aurais pu y aller avec toi...

– Sauf que tu ne sais pas conduire. Et je me rappelle très bien t'avoir entendu dire que tu ne te rajouterais jamais une cicatrice volontairement. Asad est une vraie poire, il est prêt à se couper en dix-huit pour n'importe qui. Alors, t'en penses quoi ?

J'effleure la peau rougie autour de l'encre.

– Ça a dû te faire mal...

– J'ai connu pire, rétorque-t-elle. C'est beau, quand même, non ? Même si je ne remarche jamais, au moins, je peux voler.

– Tu vas remarcher.

Elle laisse échapper une grimace lorsque je touche l'aile du phénix.

– Tu vas remarcher, parce que je vais monter sur scène et que tu vas devoir me faire une standing ovation.

Elle se dévisse le cou pour me regarder.

– Dis donc, toi, t'as trop bouffé les salades de la TDM. Fais gaffe, tu vas avoir une indigestion ! Bientôt, tu vas me sortir que tu t'es trouvé une nouvelle normalité...

Je m'agenouille sur le sol, ramasse les plus gros morceaux de verre avec ma main-pince et les jette à la poubelle.

– Pas encore, non. Mais pour la première fois depuis longtemps, ça me paraît possible.

J'effleure la photo de volley-ball sur le bureau de Piper.

– J'ai dû réapprendre à marcher, moi aussi, tu sais. Quand je suis sortie du coma *et* après avoir été amputée de mon gros orteil. Chaque fois, j'ai eu envie de renoncer. Tu sais pourquoi j'ai tenu ?

– Parce que ta colonne n'était pas cassée ?

– Parce que je ne voulais pas ajouter la marche à la Liste des Choses De Ma Vie Parties En Fumée.

Je passe sous silence Linda, l'infirmière à l'accent du Sud à couper au couteau, à la poitrine aussi généreuse que le cœur, qui a insisté pour que je marche pendant des semaines. Je ne dis pas non plus que ces premiers pas ont été atrocement douloureux, le sang envahissant soudain des veines et des capillaires inutilisés depuis des mois – j'avais l'impression qu'on avait mis le feu à l'intérieur de mon système sanguin.

– Le truc, c'est que je m'en croyais capable, et je t'en crois capable aussi.

Piper me regarde comme s'il m'était poussé une deuxième tête.

– Allô, tu peux me passer Ava, steup ? Tu sais, mon amie « verre à moitié vide » qui est la reine de l'auto-apitoiement ? Elle est là ? Parce que cette Madame Tout-va-bien-dans-le-meilleur-des-mondes, je la connais pas.

Le sourire sarcastique de Piper disparaît quand la porte s'ouvre d'un coup. Elle rabaisse son tee-shirt, mais trop tard. Sa mère se jette sur elle et le lui relève brutalement.

– Sur ta colonne ? Tu es folle ? Après ce que les médecins t'ont dit hier, tu es allée te faire planter des aiguilles dans ta *colonne* ? Tu veux me tuer ou quoi ? Ou te tuer, peut-être ?

Piper tire sur son tee-shirt.

– C'est *mon* corps.

La réponse n'a pas l'air de satisfaire sa mère. Elle appelle à tue-tête un dénommé Frank, qui déboule dans la chambre en ne marchant pas très droit, avec les yeux brumeux et les cheveux en bataille de quelqu'un qui vient de quitter son oreiller.

– Regarde ! Regarde un peu ce que ta fille a encore inventé !

Elle relève à nouveau le tee-shirt malgré les efforts de Piper pour l'en empêcher. Son père pose sur elle un regard vide, puis se dirige vers le couloir.

– Réveille-moi quand elle aura une infection.

Sa mère me fait comprendre qu'elle aimerait que je parte. Piper réussit à s'asseoir sur son fauteuil en se tortillant, puis elle m'accompagne jusqu'à la porte d'entrée. Sa mère l'attend dans le couloir, les bras croisés. Ça me rappelle les émissions du National Geographic que regardait papa, où deux femelles alpha s'apprêtent à se livrer un combat sans merci pour des questions de territoire.

– Tu sais quoi ? me lance Piper, tandis que je descends la rampe, prenant soin de ne pas glisser sur la fine couche de neige fraîchement tombée. La vie n'est pas une comédie musicale !

– Fais-moi confiance, Piper. Les choses vont s'arranger, je vais juste...

Je me retourne, mais elle ne m'écoute pas.

Elle a déjà refermé la porte.

3 avril

La première fois que j'ai marché,
c'est parce qu' homme était mort.
C'est morbide, je sais.
Mais c'est la vérité.

Tous les jours, Linda essayait de me faire lever.
« Pas aujourd'hui », disais-je.
« Alors quand ? » demandait-elle.
« Quand je serai prête. »
« Je ne vais pas attendre l'éternité ! »

Puis Bobby est mort.

Une nuit, j'ai été réveillée par des cris.
« Il a arrêté de se battre », m'a dit Linda.
Je le connaissais à peine.
Sa maman était dans la chambre à côté.

Des blouses blanches ont emporté Bobby
sur un brancard à roulettes.

Un drap blanc recouvrait son visage.
Une femme a attrapé ses « affaires personnelles ».

Je ne savais pas qu'il était là, à côté de moi,
en train de baisser les bras.

Je ne voulais pas baisser les bras.
Je voulais me battre.
Alors j'ai pensé :
On ne me sortira pas d'ici sur des roulettes
en plein milieu de la nuit,
visage anonyme sous un drap blanc.
Je sortirai d'ici debout
sur mes deux jambes.

Lorsque Linda est venue le lendemain,
je l'attendais sur le bord du lit.
« Je suis prête. »

26

J'ai moins d'une semaine pour préparer l'audition.

Cora m'aide à répéter. Elle me conseille de *ressentir* les paroles et de laisser les mots chanter à travers moi.

Je lui rappelle qu'on est au lycée, pas à Broadway.

– Désolée ! Je suis si contente que tu m'aies demandé de t'aider, dit-elle en jouant des gammes. Tu es tellement occupée depuis que tu as repris le lycée, je commençais à me sentir un peu inutile…

– Inutile ? Tu es une bande de cheerleaders à toi toute seule !

Elle se met à rire. Je ne lui dis pas que, suite à son tatouage, Piper est privée de sortie jusqu'à nouvel ordre et que c'est pour ça que je me suis tournée vers elle.

Alors que je chante, elle s'arrête de jouer en plein milieu pour attraper un mouchoir.

– Pardon, s'excuse-t-elle. C'est juste que… Glenn

chantait cette chanson à Sara quand elle était petite. Je crois que ça vient de votre grand-mère.

Dans un flash, je revois ma chambre et maman en train de me caresser le bras.

– Maman me la chantait aussi.

Je m'assieds sur le banc de piano à côté d'elle. Elle se tamponne les yeux, prenant soin de ne pas étaler son mascara.

– Tu as la même voix qu'elle.

– Ah bon ?

J'enfonce doucement une touche du piano, essayant de me souvenir du timbre de sa voix.

– Parfois, j'ai peur de l'oublier. De me réveiller un jour et de ne plus être capable de m'en souvenir. Ce sera comme la perdre une seconde fois.

Cora enfonce une touche en même temps que moi.

– Moi aussi, je ressens ça.

– J'ai gardé un message qu'elle m'a laissé. Un truc super profond sur les déodorants…

Elle se met à rire et prend son téléphone sur le haut du piano. Une vidéo un peu floue de Sara apparaît à l'écran.

« Maman, aujourd'hui, il faut venir me chercher à l'entrée sud. Te trompe pas. Suuuud. Le contraire de nord. Tu me reconnaîtras parce que je ferai cette tête-là… (Elle fait une moue faussement sexy.) Et puis, comme tu m'as donné la vie, voilà pour toi… »

La vidéo s'arrête sur Sara en train d'envoyer un baiser à la caméra.

– Tu ne peux pas imaginer combien de fois je l'ai regardée…

Un sourire me monte aux lèvres.

– J'imagine très bien, au contraire.

Elle a perdu sa fille. J'ai perdu ma mère. Mais à ce moment précis, alors que nous sommes assises l'une à côté de l'autre, ça ne fait pas l'ombre d'une différence.

On est juste deux personnes qui souffrent.

Cora se remet à jouer, et je termine le refrain. Les notes du piano se mêlent au son de ma voix et, pour une fois, j'ai le sentiment qu'on chante la même chanson.

Le jour de l'audition, Piper sèche le volley pour patienter avec moi devant l'auditorium. Depuis qu'elle s'est fait tatouer, elle n'a pas remis ses vêtements compressifs et ses hauts sont plus échancrés de jour en jour, de sorte qu'on voit ses ailes de phénix se déployer dans les couloirs, comme si elle allait s'envoler d'un instant à l'autre.

– Tu n'as pas peur qu'elles deviennent moches ? je lui demande en désignant les cicatrices de ses bras, qui risquent de boursoufler sans la pression des vêtements.

Elle hausse les épaules.

– Foutue pour foutue…

Elle regarde mon bandana comme si c'était une trahison.

– Tu ne mets plus ta perruque ?

– Kenzie a dit que je ressemblais à une Troll Doll.

Piper grogne.

– C'est elle, le troll ! Qu'est-ce que ça peut faire, ce qu'elle pense ?

À l'intérieur de l'auditorium, une fille chante d'une voix de fausset, dans un registre trop aigu pour elle. Asad me salue depuis le bout du couloir, puis accélère le pas pour nous rejoindre.

Il s'accroupit face à moi. Assise par terre, adossée au fauteuil de Piper, j'essaie de finir mon devoir d'histoire en attendant mon tour. Il sort les souliers de rubis de Dorothy de son sac à dos.

– Je t'ai apporté un porte-bonheur pour ton audition, dit-il en plongeant ses yeux noirs dans les miens. Claque tes talons trois fois, tout ça...

Je caresse leur surface scintillante. Cet idiot d'Asad, avec son sourire à fossettes et ses petites attentions, il n'arrête pas de faire des trous dans ma résolution en béton de ne plus jamais penser aux garçons.

Quand il me sourit de cette façon-là, une pensée insidieuse se fraie un chemin dans ma tête – la même qui a germé le jour où le docteur Sharp a relevé mes paupières : après cette opération, monter sur scène ne sera peut-être pas la seule ligne à rayer sur la Liste des Choses De Ma Vie Parties En Fumée.

Piper se raidit et lance les chaussures sur Asad.

– Ava n'a pas besoin de chance.

Mais lorsqu'on appelle mon nom, elle me crie d'attendre, détache la cordelette du phénix et me fait signe de me pencher.

– Ça me sert plus à rien, j'ai des ailes d'encre, maintenant...

– Attends... toi, Piper, tu me fais un cadeau ?

Elle me donne un léger coup de poing dans l'épaule.

– Ouais. Je suis toute chose... (Elle essuye des larmes invisibles.) Regarde, Asad, notre petite fille est devenue grande !

Asad pose une main sur l'épaule de Piper et l'autre sur son cœur. Je ramasse les souliers de rubis par terre et les fourre dans ma sacoche.

Un peu de chance n'a jamais fait de mal à personne.

Les directeurs de casting sont installés sur la scène en demi-cercle : Tony assis sur la chaise la plus haute, une femme entre deux âges qui est la conseillère artistique et la fille qui joue le rôle de la méchante sorcière. Kenzie se tient debout face à eux, les mains sur les hanches, prête à me donner la réplique en tant que Dorothy.

Elle me tend le script et nous échangeons quelques phrases de dialogue. Vient le moment de chanter.

Je me place face au demi-cercle, essayant d'éviter le regard glacial de Kenzie qui, visiblement, n'a ni oublié ni pardonné l'épisode du rideau. Pour ne rien arranger, je dois chanter a capella, j'ai l'impression d'être nue.

Mon seul espoir de m'en sortir, c'est de faire disparaître

ces gens qui me regardent, alors je ferme les yeux et je déglutis, un énorme nœud dans la gorge. Comme lors des séances de parage des plaies sous la douche, je me détache de mon corps et, sans comprendre comment, j'arrive déjà à la fin de la chanson.

– *Birds fly over the rainbow*

Why, then,

Oh, why

Can't I?

La dernière note flotte encore dans l'air lorsque je rouvre les yeux. La prof de théâtre retire ses lunettes pour s'essuyer les yeux avec un mouchoir, et je me sens encore plus vulnérable.

Tony brise le silence en laissant tomber son écritoire par terre. Je crois bien qu'il jure entre ses dents, vu comme la prof le reprend.

– Désolé, mais je suis furax, dit-il.

Il se tourne vers moi, comme si je lui devais une explication.

– Pourquoi tu ne t'es pas présentée au moment des vraies auditions ? Je t'aurais donné le rôle princ…

Kenzie se lève brusquement.

– On te tiendra au courant, coupe-t-elle sèchement.

Tony continue à chuchoter avec animation avec la prof tandis que je rassemble mes affaires.

Si la vie était une comédie musicale, on se lancerait dans une chorégraphie endiablée, le jury et moi. Ils me hisseraient sur leurs épaules et de vrais merlebleus s'envoleraient par-dessus un arc-en-ciel.

Mais dans la réalité, Kenzie ouvre la porte pour m'inviter à quitter les lieux.

La vie n'est pas une comédie musicale.

Piper et moi, on attend qu'on vienne nous chercher, assises sur le bord du trottoir, quand Tony surgit derrière nous.

– Ava ?

– Oui ?

Je me lève – je ne lui arrive toujours qu'à la poitrine.

– Tu as le rôle, m'informe-t-il. Ce n'est pas un grand rôle, bien sûr, mais c'est une première expérience avant l'année prochaine, quand tu tenteras les *vraies* auditions.

Je souris en secouant la tête.

– Pas si vite !

– Alors t'es d'accord ? demande-t-il en me tendant la main. Par contre, tu sais que tu ne pourras pas chanter les yeux fermés ?

– C'est clair, je dis en lui serrant la main. Oui, je suis d'accord.

Piper pousse un cri si fort que je dois la faire taire.

Alors que Tony s'éloigne, je lance :

– Au fait, je voulais juste te dire : je vais avoir une opération. Pour mes yeux. Le jour de la première, ça sera un peu... moins pire.

Son visage prend la même expression contrariée que tout à l'heure sur scène.

– Avec la voix que tu as, personne ne se préoccupera de ton visage, déclare-t-il. Et toi, tu devrais faire pareil.

Une fois qu'il est parti, Piper me donne une tape sur les fesses. Je me protège les yeux de la main pour mieux la voir dans la lumière de fin d'après-midi. Elle sourit jusqu'aux oreilles – ça faisait longtemps que je ne l'avais pas vue sourire comme ça.

Même si je suis terrifiée par l'engagement que je viens de prendre, je souris aussi.

– Tu sais ce que ça veut dire? je demande.

– Que Kenzie va faire un infarctus?

– Entre autres. Et que tu as sept semaines pour réussir une standing ovation.

27

Pendant les semaines qui suivent, Tony confie à la fille aux cheveux courts le soin de me faire répéter mon rôle. Elle s'appelle Sophie et elle a le tempérament d'un chien croisé labrador et caniche – dynamique, très vive et si désireuse de plaire qu'on a presque envie de braquer sur elle un tuyau d'arrosage.

Une fois sortie de l'ombre de Kenzie, elle se révèle gentille et pleine de bonne volonté (un peu trop). En tant que doublure de Kenzie, elle passe son temps à se tourner les pouces, alors elle est ravie d'avoir enfin de quoi s'occuper.

– Ça rassure Kenzie de m'avoir comme doublure, parce que je ne risque pas de glisser du poison dans son repas pour avoir le rôle…

Du poison ? Où est-ce que j'ai mis les pieds ? Sur scène, Asad finit de clouer la ferme de Dorothy. Une part de moi regrette mon tee-shirt noir et de ne pas être avec lui, derrière les rideaux, à échanger des citations de classiques de Broadway plutôt que d'apprendre les miennes.

Mais grâce à l'énergie inépuisable de Sophie, j'apprends mes chansons en quelques semaines (une version survitaminée de « Welcome to Munchkinland » et une autre – plus niaise, tu meurs – qui s'appelle « Already Home ») et je suis en mesure de participer aux répétitions. Respecter les marques sur scène, dire mes répliques… mes réflexes me reviennent, comme s'ils étaient endormis et n'attendaient que d'être réveillés. Même Kenzie me laisse à peu près tranquille, si on exclut de petites remarques perfides sur mes « gros progrès » ou sur le fait que je « travaille vraiment dur ».

Sophie me raconte que Kenzie a fulminé pendant une semaine entière après avoir reçu le rideau sur la tête.

– Alors qu'on le méritait, reconnaît-elle en souriant, assise en tailleur sur la scène. Évidemment, ça n'arrange rien que tu lui aies volé son amie ou que Tony dise à tout le monde que tu aurais dû avoir le rôle de Dorothy.

Elle se penche vers moi, après avoir vérifié que personne ne pouvait l'entendre.

– Avant l'accident, elle n'était pas aussi…

– Démoniaque ?

– À cran, chuchote Sophie. Je crois que l'accident nous a toutes changées.

Elle relève sa manche, laissant apparaître une épaisse ligne violacée sur son avant-bras.

– Tu étais dans la voiture aussi ?

– Oui. C'est Piper qui a le plus morflé, c'est clair. Mais on a toutes des cicatrices.

Alors que la date de l'opération approche et que le sol dégèle, j'ai l'impression de retrouver une part de celle que j'étais. Cora me dit même un soir, tout en m'appliquant ma lotion, que j'ai chanté sous la douche. Je marmonne des excuses embarrassées, mais elle rit.

– J'espère bien que tu vas continuer !

Un après-midi à la mi-avril, pendant une heure d'études, on s'installe, Piper et moi, à une table ronde. Elle expédie son introduction à l'analyse et j'essaie de comprendre comment écrire une dissertation de cinq pages sur un sonnet de cinq vers, quand Asad pose un prospectus entre nous.

– C'est samedi soir, les filles. L'événement théâtre de l'année !

À la table voisine, une fille s'impatiente et nous fait « chut... ».

Piper lui fait « chut » en retour, s'empare du prospectus, le parcourt rapidement, puis le redonne à Asad en secouant la tête.

– Je ne suis pas d'humeur à faire la fête. Surtout si ça se passe chez Kenzie.

Ces derniers temps, Piper n'est d'humeur à rien. Hier, dans le couloir, quand un garçon l'a sifflée et a fait une blague salace sur son tatouage, elle a à peine réagi. Enfin, elle lui a enfoncé sa roue dans le mollet, mais sans conviction.

Je prends le prospectus à mon tour. SOIRÉE D'AVANT-PREMIÈRE. Et si, justement, cette fête avait le pouvoir de réveiller la Piper rebelle, celle qui fait un doigt au ciel et qui serait capable d'y aller pour le seul plaisir de se disputer avec Kenzie ?

– Ça peut être sympa, je proteste.

Piper hausse les sourcils.

– C'est toi qui dis ça ? Ava la timide veut aller à une fête ?

Je hoche la tête, tandis que la fille à la table voisine nous fusille du regard.

– Franchement, ce serait aller à ton enterrement, déclare Piper, haussant la voix exprès. En plus, tu ne sais pas le pire…

Une étincelle s'allume dans les yeux d'Asad, qui ouvre grands les bras à la Fred Astaire.

– C'est une soirée costumée !

Tout en passant en revue mon placard, Piper m'en raconte plus sur ce rituel annuel qui réunit les comédiens et l'équipe technique.

Tout le monde se choisit un personnage de comédie musicale et le meilleur déguisement gagne des billets pour un spectacle au théâtre de l'Eccles, en centre-ville.

L'année dernière, Piper, Kenzie et Sophie avaient remporté le titre en danseuses de *Chicago* : bas résilles, blousons de cuir, justaucorps et chapeaux hauts de forme.

– C'était énorme. Évidemment, on était favorisées, parce que c'est les parents de Kenzie qui offrent les billets.

Elle s'arrête sur une robe à manches longues, avec un col haut.

– Excuse-moi, mais t'es au courant que t'es une fille de seize ans avec un superbe bonnet C ? Franchement, j'ai l'impression de regarder la penderie d'une veuve de quarante balais…

J'attrape la robe et la jette sur la pile des recalés.

– Elle n'est pas si horrible…

– Oh si, rétorque Piper en attrapant une autre robe.

– Cora m'a acheté des trucs dans une friperie. La plupart du temps, je porte des fringues de Sara.

Piper s'arrête pour observer ma tenue. J'enfonce les mains dans les poches de mon sweatshirt, où est écrit *San Diego* en lettres cursives. Je n'y ai jamais mis les pieds.

– Tu portes les fringues d'une morte ?

J'essaie de lui expliquer que ce n'est pas si bizarre que ça. Sara et moi, on faisait garde-robe commune. Chaque fois que je venais la voir, je repartais avec un sac à moitié rempli de vêtements à elle.

J'attrape un chemisier au motif Paisley, sans doute hideux, et l'envoie au fond du placard avec d'autres horreurs trouvées au Secours populaire.

– Qu'est-ce que tu cherches, en fait ? je demande.

– L'inspiration.

Piper extirpe une robe de soirée des profondeurs du placard.

– Ça, dit-elle. C'est possible.

Mes doigts caressent le tissu satiné. C'est la robe verte que Sara a portée au bal de *homecoming* lorsqu'elle était sophomore. Je lui avais frisé les cheveux, et Cora avait pris un milliard de photos de son copain en train de lui accrocher une broche – tout le monde avait fait semblant de ne pas voir qu'il lui avait « accidentellement » effleuré les seins au passage. Deux fois.

– Je sais !

Elle place mon masque en silicone sur son visage.

– À l'hosto, je voyais souvent des gens avec ça. Je trouvais ça trop bizarre, mais là, ce sera parfait !

– Pour quoi, en fait ?

– Helloooo ! Le personnage le plus célèbre de Broadway, ça te dit quelque chose ?

Je devine tout à coup ce qu'elle a en tête. Elle a déjà eu des idées assez perchées, mais là, c'est juste... le désastre assuré.

– Nooon !

– Si. Le Fantôme !

– Le Fantôme de l'Opéra ?

– Non, le Fantôme de la cabine de péage... Mais oui, bien sûr, le Fantôme de l'Opéra !

Elle attrape la robe verte que j'allais lancer sur le tas des recalés.

– Et moi, ajoute-t-elle, j'irai en Christine !

Je porte le masque à mon visage, afin que Piper prenne conscience de ce qu'elle suggère.

– Tu veux que j'incarne un ermite psychopathe, pour ma première fête au lycée ?

Elle approuve.

– C'est du suicide, je proteste.

– C'est un coup de génie, rétorque-t-elle. Comme quand tu as un bouton sur la figure. Pour que personne ne se moque de toi, tu en parles avant tout le monde…

J'ajuste la bande en caoutchouc autour de ma tête, retrouvant instantanément la sensation de claustrophobie, le souffle chaud contre le plastique.

– Il ne s'agit pas d'un petit problème d'acné, là, Piper.

– Écoute, débarquer en Fantôme, c'est mettre au défi les gens de se moquer de toi. Et s'ils le font quand même, c'est des gros nazes, parce que c'est toi qui as fait la blague en premier. C'est toi qui tires les ficelles, tu vois. Tu maîtrises la situation.

– Je maîtrise la situation ?

Piper attrape un foulard dans la pile de vêtements par terre et l'enroule autour de son cou.

– Oui, ma p'tiote, tes cicatrices deviennent un atout. Elles deviennent fabuleuses, parce que tu es fabuleuse.

– Et toi, tu es complètement cinglée.

Mais ça fait tellement plaisir de la voir sourire que je n'essaie même pas de protester. Piper roule à travers la pièce en chantant à tue-tête, tandis que son tatouage bat des ailes en rythme avec ses omoplates, comme un phénix en plein vol.

– *The Phantom of the Opera is there... Inside my mind!*

Samedi soir, je me prépare devant le miroir de la salle de bains de Cora. Je fixe le masque, qu'on a peint en blanc, Piper et moi, pour mieux coller au personnage. Cora, qui trouve l'idée morbide, m'aide à enfiler une cape noire et une perruque de Dracula que Glenn a portées autrefois.

Debout derrière moi, elle peigne de ses doigts les mèches de ma perruque, exactement comme maman le faisait avec mes vrais cheveux.

– Tu es bien certaine de ce que tu fais ? demande-t-elle pour la vingtième fois.

Dans le miroir, la zone peinte du masque cache la moitié de mon visage, tandis que l'autre lisse légèrement ma peau, la rendant plus uniforme.

Avec mes cheveux noirs noués en queue-de-cheval sur la nuque, ma cape et ma chemise blanche boutonnée jusqu'au col, je ressemble comme deux gouttes d'eau au célèbre personnage de Broadway. Plus surprenant : je ressemble à une fille normale déguisée. Bien sûr, la moitié du costume est permanente mais, ce soir, je fais semblant de croire à l'illusion.

Je suis une fille déguisée qui se prépare pour une fête.

– Oui, je suis certaine.

Je me sens sûre de moi jusqu'au moment où je découvre Piper sur le seuil de la porte. Au lieu de porter les cheveux attachés, comme d'habitude, elle les a laissés libres. Déployés sur ses épaules, ils forment de jolies petites boucles autour de son visage, masquant complètement la cicatrice de son cou. Sous les fines bretelles de la robe verte de Sara, des vêtements compressifs couleur chair cachent ses autres cicatrices.

Je dois prendre sur moi pour ne pas arracher mon masque et claquer la porte.

– Tu es magnifique! je réussis à dire.

Glenn porte le fauteuil de Piper en haut du perron, puis recule pour nous admirer.

– Vous êtes sensass, les filles.

Son sourire vacille lorsqu'il pose les yeux sur Piper.

– C'est la robe de Sara…

Elle lisse le tissu satiné sur ses genoux.

– Est-ce que ça vous dérange?

Glenn sourit à nouveau, mais seulement du bout des lèvres. Son esprit est parti loin.

– Vous vous souvenez comme cet enfoiré n'arrivait pas à lui accrocher sa broche?

Cora se met à rire.

– Il a bien failli la trucider sous nos yeux!

Elle rit tellement qu'elle en pleure, et on se retrouve à rire tous les trois. Même si le souvenir me pince un peu le cœur, ça fait du bien aussi.

Cora se tourne vers Piper.

– Tu peux la porter, bien sûr. Sara aurait été d'accord pour la prêter à une amie d'Ava.

Glenn passe le bras autour de sa taille et la serre contre lui. Comme toujours, je suis étonnée de voir à quel point elle paraît minuscule à côté de lui – il pourrait presque la ranger dans sa poche.

Piper la remercie, puis annonce qu'elle a une surprise. Elle nous conseille d'observer ses hanches avec attention puis, au bout de quelques secondes d'intenses efforts des bras, elle réussit à soulever une de ses hanches, comme si elle faisait du surplace.

Tout en se laissant retomber dans son fauteuil, elle me lance un regard rayonnant.

– Tu vas l'avoir, ta standing ovation!

Glenn transporte Piper dans la voiture, et Cora nous emmène. Plus on s'éloigne, plus la taille des maisons augmente. Les auvents à voiture laissent place à des garages pour quatre véhicules, et les pick-up sont remplacés par des BMW. On arrive enfin devant la maison de Kenzie, une énorme bâtisse moderne – un monument de laideur – à flanc de colline, surplombant les lumières de la vallée.

Cora nous répète pour la millionième fois qu'on peut l'appeler quand on veut, qu'elle viendra nous chercher aussi vite que possible.

Une allée en gravier abrupte mène à la porte d'entrée, qui fait deux fois ma taille. Piper tire sur les fils de sa manche compressive, la détricotant de plus en plus.

– Tu es nerveuse ?

– Bien sûr que non ! Je n'ai pas l'habitude de porter ces vêtements-là, c'est tout, dit-elle en tirant sur sa manche et en posant les mains sur ses genoux.

Ses doigts recommencent à tirer sur les fils.

– Bon, OK, je suis un peu nerveuse.

Mon estomac se noue quand on arrive devant la porte. À l'intérieur, on entend de la musique à plein volume. Je lisse mes cheveux noirs une dernière fois, anxieuse à l'idée de jeter un froid avec mon déguisement.

– Hé ! (Piper claque des doigts. Le vert de sa robe fait ressortir celui de ses yeux.) On va y arriver. C'est une fête. On est là pour s'amuser !

Je ris.

– Tu as raison. Deux handicapées insouciantes qui sortent s'amuser. Qu'est-ce qui pourrait mal se passer ?

Elle rit avec moi et tend la main vers la sonnette.

– On va vite le savoir…

28

Kenzie nous ouvre, déguisée en une sorte de félin sexy. Elle pose la main sur la hanche, une longue queue attachée à son justaucorps imprimé léopard. Ses oreilles poilues s'agitent lorsqu'elle secoue la tête et fait non du doigt en direction de Piper.

– Hm-hm. Pas question. C'est une fête réservée aux comédiens et à l'équipe technique, et tu as très clairement fait comprendre que tu ne voulais plus rien avoir à faire avec nous.

– Elle m'accompagne, je déclare, forçant mon assurance.

Kenzie m'observe des pieds à la tête.

– Qu'est-ce que tu as sur le visage ?

J'essaie de me tenir plus droite, refoulant mon envie de rattraper la voiture de Cora et de rentrer chez moi, à l'abri de ses griffes.

– Mon costume.

– C'est une comédie musicale dont tu as peut-être entendu parler, intervient Piper. Ça s'appelle *Le Fantôme de l'Opéra*.

Kenzie croise les bras, levant son nez peint en noir, et me regarde manœuvrer le fauteuil de Piper sur les marches du perron. Laissant échapper un bruyant soupir, elle repart vers le salon et s'assoit sur les genoux du footballeur qui a fait tomber Asad en cours de sciences (visiblement, Kenzie ne respecte pas elle-même ses propres règles, parce qu'il ne fait pas partie du club de théâtre). Il est déguisé en chiot, ce qui est juste ridicule, parce qu'il n'y a pas un seul chien dans *Cats*.

Asad nous fait signe en se dirigeant vers nous.

– Piper, tu es magnifique, comme toujours ! Et toi, Ava, *punaise* ! C'est le meilleur déguisement de Fantôme que j'aie jamais vu !

– Hamilton, j'imagine ? je dis, désignant son pardessus bleu aux boutons en cuivre et son foulard blanc (il s'est même dessiné une moustache et un bouc).

– À votre service ! répond-il, levant son verre en carton.

Il pousse le fauteuil de Piper de sa main libre et nous emmène dans la cuisine, où des gens plus ou moins déguisés boivent dans des verres rouges. Des garçons en révolutionnaires français, des filles avec des coiffures à la *Hairspray*, six types habillés exactement comme Asad, et quelques autres en Evan Hansen, avec un polo à rayures bleues et un bras dans le plâtre.

Mon regard est attiré par le scintillement des souliers en rubis d'une Dorothy en minijupe, et je me note mentalement de remettre les chaussures porte-bonheur dans le placard si je ne veux pas donner à Kenzie une bonne raison de me détester.

Asad nous distribue des verres et nous conseille de nous servir dans la grande glacière blanche, pas la orange, « sauf si vous voulez un petit extra… ».

– Non merci, dit Piper. J'ai déjà donné, ajoute-t-elle en désignant ses roues.

Asad se met à danser avec quelques amis de la technique, tous aussi dépourvus de sens du rythme que lui, tandis que Piper et moi, on s'installe près du mur pour boire, prétendant être totalement absorbées par cette occupation.

– Tu crois qu'on a bon ? On est des ados normales ? je demande.

Piper se met à rire.

– Les deux coinços collées contre le mur… On est en bonne voie, j'imagine…

Au milieu de la pièce, Asad tourne sur lui-même, improvisant une sorte de danse que je ne saurais pas décrire autrement qu'un robot en pleine séance d'exorcisme. Il ne semble pas avoir remarqué les filles qui se moquent de lui à côté de moi (ou alors, il s'en fiche), et il continue à se trémousser et à se déhancher, jusqu'à un grand final sur les genoux, paumes dressées vers le plafond.

Puis il se dirige vers moi, main tendue. Je secoue la tête.

– Euh… merci.

Piper me confie son verre.

– Pourquoi pas. C'est une fête, après tout.

Asad pousse son fauteuil au milieu de la pièce, où il continue à gesticuler, tandis que Piper danse le jive assise. Elle pousse un cri d'enfant lorsqu'il fait tournoyer son fauteuil.

Sophie se fraie un chemin jusqu'à moi, vêtue elle aussi d'un body léopard et d'oreilles de chat.

– Ava ! C'est le *meilleur* déguisement de la soirée !

– Merci. Je me suis dit : pourquoi ne pas exploiter mon talent naturel, après tout…

– Tu peux compter sur moi pour voter pour toi !

Elle lève son verre dans ma direction, puis baisse le bras quand Piper approche. Le regard de Sophie se fait fuyant, en même temps que son sourire disparaît.

– Salut, Piper. Ça va ?

Piper l'interrompt :

– Fais gaffe ! Tu es sous stricte surveillance !

D'un mouvement du menton, elle désigne l'autre bout de la pièce, où Kenzie nous observe, toujours juchée sur les genoux de son chiot/petit copain.

Sophie secoue la tête.

– Tu exagères. Tu verras, vous finirez peut-être par vous réconcilier…

– Non, merci, déclare Piper. Je me porte beaucoup mieux depuis que je suis sortie de son ombre. Tu devrais essayer, tu serais étonnée de constater à quel point on se sent libérée une fois qu'on a appris à penser par soi-même.

Piper m'attrape par les mains et me fait valser au milieu de la pièce, loin de Sophie. Je m'accroche à elle, de peur d'être projetée contre le mur si je la lâche.

– Alors, il est là ? demande-t-elle.

– Qui ça ?

– Ne joue pas à ça avec moi, Ava Lee. Le mec du club de théâtre !

Je secoue la tête. Je ne me sens toujours pas prête à lui avouer que c'est Asad – ni même à le formuler à voix haute.

– Je ne l'ai pas vu…

Lorsque la chanson s'arrête, Asad nous attire dans le couloir pour me prévenir que je suis largement en tête des votes.

– Et devine quoi… Le prix, c'est deux billets pour *Wicked* ! s'exclame-t-il, les yeux brillants d'excitation. Comme tu le sais, *Wicked* a eu une influence déterminante sur mes jeunes années !

– Mais qui parle comme ça ? s'étrangle Piper. Sérieux, tu avais cinquante ans quand tu es né, ou quoi ?

Asad se met à rire.

– La vie est pleine de mystères, Piper. Par exemple, je ne comprends toujours pas comment quelqu'un d'aussi beau peut être aussi cruel.

Un groupe de lionnes du *Roi lion* passent devant nous.

Asad chuchote :

– OK, je ne vous ai rien dit. Essaie d'avoir l'air surprise !

Un gong nous appelle dans le salon. Je suis la migration, tout en essayant de relâcher la tension qui me contracte la poitrine. Je me répète que c'est juste un concours idiot.

Debout devant la cheminée, Kenzie tient dans les mains un saladier en verre rempli de morceaux de papier et deux billets pour *Wicked*. Asad lève discrètement le pouce dans ma direction.

– S'il vous plaît, un peu d'attention, commence Kenzie. Comme vous le savez tous, le concours de déguisements est soumis à un vote collectif. Nous avons donc compté tous les bulletins et le gagnant est...

Elle pousse du coude son chiot, qui se redresse et martèle la table basse pour imiter un roulement de tambour.

– Riley Jones !

Les applaudissements fusent tandis qu'une fille qui porte un costume coloré de toucan secoue sa queue de plumes. Asad lève les mains, incrédule. Je recule contre le mur.

Ça n'a pas d'importance.

Je me tourne pour le dire à Piper, mais elle se fraie déjà un chemin à travers l'assemblée, droit sur Kenzie. Je voudrais lui crier de laisser tomber mais, à la couleur de ses joues, je comprends que plus rien ne pourra la retenir.

– Menteuse ! hurle-t-elle.

– Pardon ? demande Kenzie, tout en réajustant ses oreilles de chat. La dernière fois qu'on s'est vues, tu as dit que tu ne remettrais pas les pieds au club de théâtre.

– Kenzie, ne joue pas avec moi. Je *sais* qu'Ava a gagné.

– Et tu sors ça d'où ?

– Asad nous l'a dit.

Elle tourne vivement la tête vers Asad, qui essaie comme moi de disparaître dans le placo. Kenzie plisse les yeux, puis se tourne à nouveau vers Piper.

– Ava a été disqualifiée.

– Pourquoi ?

Kenzie joue avec sa longue queue noire, la faisant glisser entre ses doigts.

– Parce que c'est un concours de *déguisement* ! Elle, c'est son apparence normale.

Des murmures parcourent la foule, tandis que les têtes se tournent vers moi. Je recule et me réfugie derrière la table des boissons. L'air est soudain si épais que j'ai l'impression d'étouffer.

– Tu veux vraiment la faire payer à ma place ? Tu es égoïste à ce point ?

Kenzie lâche sa queue, soudain cramoisie.

– Moi, égoïste ? C'est toi qui te sers d'elle pour te venger parce que tu penses que j'ai bousillé ta vie !

– Oui, tu as bousillé ma vie ! hurle Piper.

Kenzie fait entendre un rire moqueur.

– Bien sûr. Tu as raison, mets-moi tout sur le dos ! C'est drôle comme tu oublies toujours qui devait conduire ce soir-là. Pourquoi tu n'as pas pu, au fait ? Ah oui, c'est vrai, parce que tu étais trop lâche…

D'un geste, Piper tente d'arracher le saladier des mains de Kenzie, qui tire à son tour d'un mouvement brusque, entraînant en avant Piper. Au deuxième essai, Piper vole en l'air comme si elle était assise sur un ressort et s'affale au milieu du tapis, tandis que le saladier explose en morceaux contre la cheminée en pierre.

Piper reste étendue par terre, immobile, le dos nu de sa robe découvrant son phénix en entier. Je voudrais l'aider, mais je suis paralysée, encastrée dans le mur. Asad, cependant, réussit à briser le sortilège et se précipite auprès d'elle.

– Je vais très bien ! crie-t-elle. Laisse-moi !

Il la soulève sans l'écouter et la dépose sur son fauteuil. Kenzie s'avance à son tour, mais Asad s'interpose et l'attrape par les épaules.

– Ne me touche pas ! hurle-t-elle.

Au même instant, le poing de son copain atterrit sur le menton d'Asad, le propulsant plusieurs pas en arrière. Celui-ci se passe les mains sur le visage. Dans ses yeux, la confusion cède rapidement la place à la colère, et il se jette sur le type, les poings en avant.

Je crois entendre le footballeur ricaner tandis qu'il repousse Asad, l'envoyant planer à travers la pièce, directement vers la table où sont disposées les glacières. Je le vois tournoyer vers moi comme si je regardais une scène de film au ralenti. Toutes les têtes se tournent, bouche bée, tandis que l'impact paraît inéluctable.

Chacun sait que ce genre de scène finit très mal.

Le corps d'Asad heurte la table, qui bascule. Tout se renverse dans de grandes éclaboussures.

Directement sur moi.

29

Le froid pénètre instantanément sous ma chemise.

Pire encore que le froid, leurs regards.

Leurs regards qui me fixent tandis que le punch dégouline sur mon visage.

J'arrache mon masque pour essuyer le liquide qui coule dans mes yeux. Asad se relève tant bien que mal.

– Ava, je suis désolé ! Ça va ?

Je ravale un sanglot.

– Je veux rentrer chez moi.

Piper me tire par la main et m'entraîne à l'abri des chuchotements et des caméras des téléphones portables. On se réfugie dans des toilettes équipées de serviettes ornées d'un monogramme et décorées d'un pot-pourri. Elle abaisse le couvercle des WC pour que je puisse m'asseoir tandis qu'elle passe mon masque sous l'eau. Le punch rouge coule dans le lavabo avec la peinture blanche et le rêve d'une soirée normale.

– Si tu veux partir, on part, mais laisse-moi d'abord te remettre en état.

Elle me tamponne le visage avec une lingette de toilette humide.

– Je ne peux pas me retrouver sans cesse prise en étau entre Kenzie et toi. Il faut que tu me dises ce qui s'est passé. C'est toi qui devais conduire ?

Piper évite mon regard. Elle laisse tomber la main sur ses genoux.

– Oui, t'es contente ? C'était moi qui avais été désignée comme conductrice. J'aurais dû rester sobre. C'est moi qui aurais dû tenir le volant. Tout ça (elle désigne son fauteuil et les marques de brûlure sur son cou), c'est ma faute. Ma seule faute.

La porte s'ouvre et Asad se faufile dans l'espace exigu déjà encombré par le fauteuil de Piper.

– Tout le monde va bien ?

Je hoche la tête.

– Oui. J'essaie juste de comprendre comment cette soirée a pu se transformer en désastre total.

Asad referme la porte derrière lui. Je ne peux pas m'empêcher de remarquer son genou contre le mien.

– Je ne dirais pas que c'est un désastre *total*...

– Ah bon ? Cite-moi un seul moment qui n'ait pas été

un échec… Je te préviens, si tu penses au moment où tu as essayé de danser, ça ne compte pas.

Asad hausse les sourcils, puis il serre les poings comme s'il allait frapper dans un punching-ball. Il fait un crochet du droit.

– Et la fois où j'ai envoyé un direct au footeux néandertalien ?

– Tu veux dire quand il t'a laminé ? demande Piper.

– J'ai donné quelques bons coups, non ?

– Je n'ai pas besoin que tu te battes pour moi.

Asad baisse les bras, défait.

– Je croyais que je me battais *avec* toi.

Je désigne les taches de jus rouge-violet en train de sécher sur ma chemise blanche.

– Et moi, j'ai perdu la bataille avec la glacière.

Je prends la lingette des mains de Piper, occupée à la triturer dans tous les sens.

– Même si c'est toi qui devais conduire ou que ça la contrarie que je sois ton amie, ça n'excuse pas son comportement. C'est elle qui t'a tourné le dos, pour commencer.

Asad nous interrompt :

– Ça ne s'est pas exactement…

– Elle m'en veut, le coupe Piper. Je lui en veux. C'est un cercle vicieux qui a valu à Ava d'être arrosée de punch à sa première fête. Clap de fin.

– Je m'en fiche, que ce soit sa faute ou la tienne. Ce n'est pas normal !

– Et qu'est-ce que tu veux faire ? me demande-t-elle, posant sur moi un regard de défi. Je t'ai vue tout à l'heure, en train d'essayer de disparaître dans le mur, comme d'habitude.

– On devrait peut-être rentrer, suggère Asad. Laisser les choses se calmer. Je peux vous ramener, si vous voulez.

– Très bien, dit Piper.

Elle se dirige vers la porte, mais je ne la suis pas. Elle a raison. Je n'ai rien fait. Comme toujours.

Je dis à Asad d'aider Piper à s'installer dans la voiture, que j'arrive.

Puis je cherche Kenzie des yeux.

Elle est assise sur les genoux de son chiot/petit copain, les billets pour *Wicked* posés à côté d'elle sur le canapé. Le maquillage de ses moustaches a dégouliné sur ses joues et ses larmes ont délavé le bout de son nez.

– Si tu viens pour m'accuser, pas la peine, me prévient-elle. Je commence à en avoir ras-le-bol d'entendre Piper rejeter tous ses problèmes sur moi !

Comme je ne réponds pas, elle continue :

– Tu sais, au début, quand t'es arrivée, j'avais vraiment de la peine pour toi. Mais on dirait que tu fais *tout* pour que je te déteste. Tu essaies de me voler la vedette au théâtre, tu me voles mon amie et, après, tu viens chez moi avec elle juste pour… quoi ? me narguer ? Je suis désolée que ta vie soit si dure mais, s'il te plaît, ça serait sympa de ne pas bousiller la mienne.

Pendant un bref instant, j'éprouve presque de la compassion pour elle. Sa culpabilité doit être écrasante et elle est prête à tout pour en rejeter une partie sur Piper.

Elle me fixe en reniflant, attendant ma réponse.

– Quoi ? Tu peux pas me faire tomber un rideau sur la tête, cette fois, se moque-t-elle, réduisant à néant toute la sympathie que je pouvais ressentir.

Je voudrais sortir quelque chose de drôle pour la blesser à son tour. Lui dire qu'elle ne peut pas traiter Piper en paria et moi, en lépreuse. Mais tous les regards sont braqués sur moi et les mots restent coincés dans ma gorge.

Sans réfléchir, j'attrape les billets sur le canapé et cours vers la porte. Je ne m'arrête qu'une fois dehors, sur l'allée en gravier, et je me jette sur la banquette arrière de la voiture d'Asad.

– Démarre, vite ! je crie.

Il enfonce la pédale au moment où Kenzie jaillit hors de la maison, le visage rouge.

– Qu'est-ce que tu as fait ? demande Piper en se retournant vers moi.

Je brandis les billets, un sourire aux lèvres.

Mon cœur bat à toute allure pendant au moins dix blocs et ne se calme qu'une fois qu'on est sortis du quartier des nouveaux riches. Le rire de Piper remplit l'habitacle et s'échappe par la fenêtre ouverte, s'évaporant dans l'air de la nuit.

– Ava ! Qui aurait cru que tu avais de gros *cojones* cachés sous tes vêtements compressifs ?

Asad grimace.

– C'est une image dont j'aurais pu me passer.

Piper tend la main par la vitre, s'élevant dans l'air comme la fille du « phénix en flammes », dont elle pousse le volume à fond. Les accords de synthé remplissent tout l'espace de la voiture.

On s'arrête pour acheter des glaces au yaourt plutôt que de rentrer à la maison et devoir à expliquer à nos parents pourquoi notre grand soir s'est terminé à neuf heures et demie. Je sors le fauteuil du coffre de la voiture, tandis qu'Asad soulève Piper dans ses bras, puis la dépose avec une telle douceur que j'ai envie de lui dire « stop ». Stop, arrête d'être aussi gentil. Arrête d'être aussi mignon. Arrête d'être aussi attachant avec tes gesticulations ridicules.

Arrête de faire battre mon cœur.

Une fois au Paradis Glacé, Asad remplit six coupelles d'échantillons, tandis que Piper ne prend que des bonbons en forme de vers. L'adrénaline continue à courir dans mes veines, ma peau fourmille, mais c'est de l'énergie plutôt que des démangeaisons.

Une femme me tape sur l'épaule.

– Excusez-moi ?

Elle tire par le bras un petit garçon roux, afin qu'il approche.

– C'est un peu gênant, mais mon fils a une attirance malsaine pour les allumettes. On a tout essayé pour lui faire comprendre à quel point c'était dangereux...

Le garçon tord le bras pour se libérer de l'étreinte de sa mère. Elle le tient fermement.

– Peut-être que vous, il vous écoutera...

Piper me bouscule, un ver à moitié mâché lui pend des lèvres.

– Vous êtes sérieuse, madame ?

La femme lui jette un regard surpris.

– Je pensais juste que...

– Vous pensiez juste quoi ? Que mon amie était une campagne de sensibilisation pour votre crétin de pyromane de fils ?

Je pose la main sur l'épaule de Piper.

– C'est bon.

Je m'accroupis légèrement pour me retrouver à la hauteur du garçon, tandis qu'une idée géniale se forme dans ma tête.

– Tu vois ces cicatrices ?

Il hoche la tête.

– Tu sais comment je les ai eues ?

Il secoue sa chevelure de feu.

– J'ai une maladie rare qui s'appelle la légumatite, je lui explique, évitant de lever les yeux vers la mère, car je sais que je ne pourrais pas continuer. Ma mère me forçait à manger tous les légumes de mon assiette. Je lui disais que ça me donnait envie de vomir, mais elle me forçait quand même et voilà ce que ça a fait à ma peau…

Je tourne la tête pour qu'il puisse mieux voir mes cicatrices. Il écarquille les yeux.

– Moi aussi, les légumes me donnent envie de vomir! hurle-t-il.

Sa mère l'entraîne à l'écart, furibarde.

– Vous feriez bien de réfléchir à ce que vous dites!

– Vous aussi, je rétorque.

Elle s'en va avec son fils qui se débat. Asad rit derrière sa coupelle, tandis que Piper me regarde, abasourdie.

– Sans blague. T'es qui, toi? Elle ressemblait à ça, l'Ava d'avant qu'on connaît si peu?

Je remplis mon pot de yaourt glacé à l'Oreo.

– Je sais pas trop…

Tout ce que je sais, c'est qu'entre le punch et cette abrutie qui se sert de moi pour faire peur à son gosse, j'ai pété un plomb.

Je suis fatiguée d'être la Grande Brûlée.

30

Dimanche soir, Piper m'envoie un texto pour me rappeler que demain, c'est le jour des Couleurs, une tradition de Crossroads High censée promouvoir l'esprit du lycée et la bonne vieille solidarité viking.

N'oublie pas de mettre la couleur des juniors demain. C'est pas le moment de te retrouver isolée

Pourquoi ? Tu crois que Kenzie m'en veut encore ?

Tu as humilié la reine des planches devant tout le monde. T'as pas fini d'en entendre parler

Okaaaay… Tu crois pas que t'exagères un peu, là ?

Crois-moi. Tee-shirt jaune. Et la même attitude qu'hier. N'oublie aucun des deux !

Lundi matin, je me dirige vers mon casier avec mon tee-shirt jaune poussin et mon bandana assorti, afin de proclamer ma loyauté indéfectible envers les juniors. J'ai bien peur que le jour des Couleurs ne soit pas différent des autres fêtes lycéennes costumées – pour les filles, un prétexte pour s'habiller plus court, et pour les garçons, une invitation à se comporter en gamins. Mes craintes se confirment quand j'aperçois des filles en minishort de cheerleader rouge. Certaines arborent des collants rouges, d'autres des bas rouge et blanc. La plupart portent des cornes de diable ou des cheveux teints en rouge, tandis que des garçons au visage maquillé en rouge bombardent du fil serpentin partout.

– Ce couloir est réservé aux seniors, déclare une fille en nous bloquant le passage.

Elle recule lorsqu'elle remarque mon visage et le fauteuil de Piper.

– Oh, pardon ! Vous pouvez passer.

Elle se mord la lèvre supérieure et retourne vers ses copines.

Piper lève le poing.

– Bonus pour les handicapées ! crie-t-elle par-dessus le vacarme du couloir.

– Je croyais que l'idée, c'était de renforcer la cohésion au sein du lycée, je marmonne alors qu'on se fraie un passage au milieu d'une mer de rouge, évitant de justesse un jet de ketchup dirigé sur un freshman qui a osé pénétrer en territoire rouge.

– C'est une façon spéciale de voir la cohésion,

m'explique Piper avant d'entrer en maths. Tu portes la couleur qui correspond à ton niveau, tu prêtes serment avec ton sang et tu persécutes sans pitié ceux qui sont différents. C'est la tolérance à la mode viking.

Je me dirige vers le labo de sciences quand Sophie court vers moi, tenant ses livres serrés contre sa poitrine et clignant des yeux.

– Kenzie t'en veut à mort !

J'essaie de ne pas me laisser impressionner.

– Et alors ? Qu'est-ce qu'elle veut faire ? M'ignorer comme elle l'a fait avec Piper ? On n'était pas vraiment amies, de toute façon...

Sophie plisse les yeux en penchant la tête sur le côté.

– Kenzie n'a pas ignoré Piper ! C'est Piper qui l'a jetée. Quand on est venues à l'hôpital, elle a refusé de nous voir.

Je la regarde fixement.

– Quoi ?

– C'est comme si on était mortes dans l'accident. C'est surtout Kenzie qui l'a mal pris, évidemment, parce qu'elle a pensé que Piper lui en voulait. Maintenant, elles sont trop occupées à rejeter la faute l'une sur l'autre pour baisser les armes.

Elle s'interrompt lorsque Kenzie apparaît et se dirige vers nous. Je me prépare à une confrontation en plein milieu du couloir de sciences. À quoi dois-je m'attendre ? Des hurlements ? Du tirage de cheveux ? Les filles ne se battent pas avec leurs poings, en général...

Comme elle s'approche, je me redresse légèrement, tentant de retrouver une once de l'audace qui m'habitait samedi soir. Je serre le poing si fort que les ongles me pénètrent dans la peau.

Le regard de Kenzie se pose derrière moi.

– Sophie ! appelle-t-elle d'un ton sec, comme si elle appelait son chien.

Sophie obéit docilement, tout en me faisant comprendre, d'une mimique des sourcils, qu'elle n'a pas le choix.

Je me dépêche d'entrer dans le labo. Je sursaute en entendant les portes des casiers claquer et jette un regard inquiet derrière mon épaule. Lorsque Asad me donne une tape dans le dos, je fais un bond de trois mètres.

– Ouah, du calme, s'exclame-t-il en m'aidant à stabiliser le plateau sur lequel sont posés les vers de farine.

Je rédige notre rapport quotidien et décris leur ancienne peau abandonnée, car Mr Mistoffelees et Macavity sont à nouveau en train de muer. Si seulement je pouvais faire comme ces dégoûtantes petites créatures, me débarrasser de ma peau et la laisser négligemment derrière moi…

Réalisent-elles la chance qu'elles ont de pouvoir recommencer à zéro ?

Porter un tee-shirt de même couleur nuit gravement à la concentration de toute la classe, mais M. Bernard tente de s'en servir pour appuyer sa démonstration.

– En tant qu'humains nous formons des communautés à partir d'attributs communs. Vos tee-shirts indiquent à quelle communauté vous appartenez, continue-t-il. Pour chaque espèce sur terre, trouver sa communauté n'est pas un luxe, c'est une question de survie.

Sa démonstration bat de l'aile quand il commet l'erreur de prendre pour exemple le copain de Kenzie, seul rouge dans une mer de jaune. Visiblement, celui-ci n'a pas compris qu'il jouait le rôle du solitaire dans l'analogie de M. Bernard, et il saute sur l'occasion pour grimper sur une des tables du labo.

– Les seniors sont les meilleurs !

Asad se penche vers moi. Il sent la vanille et la noix de coco, deux parfums féminins, qui viennent sans doute du shampoing de sa mère ou de sa sœur, et l'idée qu'il leur emprunte leur lotion me le rend encore plus adorable.

Pour effacer l'idée d'Asad sous la douche, je m'oblige à observer les ténébrions qui se tortillent. Rum Tum Tugger, le plus petit de la bande, s'est déjà recroquevillé en boule. Je note « stade de nymphe » sur notre feuille d'observation.

– Alors, voilà les derniers potins du club de théâtre, m'annonce Asad.

La lumière crue des néons fait ressortir le bleu violacé qui s'étend sur sa mâchoire et tourne au jaune sur sa joue.

– D'abord, j'ai gagné une popularité de malade. La bagarre m'a catapulté tout en haut de l'échelle sociale de l'équipe technique, qui ne doit pas dépasser trois échelons mais, quand même, je suis devenu un héros. Tony m'a même tapé dans la main dans le couloir ce matin.

Asad pose sur moi un regard rayonnant et se penche un peu plus vers moi. J'essaie de ne pas respirer son odeur.

– Ensuite, Kenzie veut ta peau.

– Je sais. Mon existence l'offense.

Asad secoue la tête. Il m'explique qu'elle a lancé une pétition pour me virer de la pièce parce que je n'ai pas l'esprit d'équipe.

Voilà pourquoi elle m'a ignorée ce matin. Elle vise plus haut qu'un simple tirage de cheveux dans le couloir.

– Hum, je grogne. Je préférerais qu'on s'étripe un bon coup et que l'affaire soit réglée.

– Sérieux ? J'aimerais bien voir ça !

– Pervers !

Il lève la main d'un air coupable.

– Quoi ? Comment un bon Américain pur jus pourrait-il résister à une bagarre entre filles ?

Je cache mon sourire en faisant semblant de chercher un truc dans ma sacoche.

– Ne t'en fais pas, Ava, reprend-il. Il y a plein de gens dans ton camp.

– Mon camp ? J'ai un camp, moi ?

– Ça oui ! Je n'ai jamais vu le club aussi divisé depuis mon arrivée au lycée et la grande querelle pour savoir s'il fallait jouer avec orchestre ou a cappella. Plein de gens estiment que tu aurais dû gagner ces billets et que tu as le droit de rester.

L'idée que l'équipe technique et les comédiens tiennent mon sort entre leurs mains me noue l'estomac. Je ne suis là que depuis deux mois. Si les gens doivent voter, qui me soutiendra ?

Toute la matinée, dès que j'aperçois Kenzie, je redoute une attaque. À midi, lorsqu'une bagarre générale se déclenche entre les seniors lanceurs de ketchup et les juniors catapulteurs de moutarde, je m'attends à ce qu'elle m'arrose de condiment par-derrière.

Mais non. Elle se tient à distance et, quand la journée s'achève, je me persuade qu'elle ne me réserve rien de pire que la pétition.

Asad m'attend près de mon casier pour que je n'affronte pas le théâtre seule ce soir, et Piper nous accompagne parce qu'elle n'a pas envie d'aller au volley. Alors que je marche entre eux deux, je me sens plus forte. Quel que soit le nombre de gens dans mon camp, il ne peut rien m'arriver de mal avec mes amis à mes côtés.

Je viens de me décider à aller dire à Kenzie qu'elle peut se torcher avec sa pétition quand Asad se fige, le regard rivé sur son téléphone, blême.

– Quoi ?

Je lui prends le téléphone des mains. Il tente de le récupérer, mais j'ai le temps de le regarder.

Un gros plan de mon visage occupe tout l'écran.

31

Piper retient son souffle.

La photo me montre dégoulinante de punch rouge. Je tiens mon masque d'une main, tandis que de l'autre je m'essuie l'œil, ce qui tire ma paupière vers le bas et m'enlaidit encore davantage.

Refoulant mes larmes, je zoome sur la photo. Quelqu'un a dessiné un chapeau pointu sur ma tête et ajouté une bulle qui dit : « Au secours, je fonds ! » Dessous, en lettres rouges, je lis : « C'est ça, la sorcière que vous voulez voir sur scène ? »

Asad m'arrache le téléphone et l'éteint en grommelant. Tétanisée, je m'agrippe aux poignées du fauteuil de Piper tandis que des élèves nous dépassent pour entrer dans l'auditorium. Un garçon s'esclaffe bruyamment en regardant son portable. Puis il remarque ma présence et fait semblant de tousser en accélérant le pas.

Pour moi, le temps s'écoule au ralenti, comme lors de ce moment terrible que la photo a immortalisé. Autour de moi, les gens regardent le visage qui fond sur leur téléphone, puis me jettent un coup d'œil rapide et se détournent, comme le premier jour, quand tout le monde découvrait la Grande Brûlée pour la première fois.

– Kenzie a raison, je dis. Je suis nulle.

Asad brandit son téléphone.

– Cette photo ne dit rien de qui tu es, en revanche elle en dit des tonnes sur elle !

– Mais c'est *mon* visage que les gens regardent. Est-ce qu'elle l'a envoyée à tout le monde ?

Asad confirme que le texto a été adressé à tout le club de théâtre – à part moi.

À cet instant, le proviseur adjoint sort de l'auditorium avec son air suspicieux habituel. Piper s'avance et lui fourre le téléphone sous les yeux. Il examine l'image, puis moi, trois fois de suite sans rien dire.

– Qui a fait ça ?

– Kenzie King, répond Piper. Enfin, elle a utilisé un numéro anonyme, parce qu'elle est méchante, pas conne. C'est évident que c'est elle. Est-ce que vous allez la virer ? C'est clair qu'elle devrait être virée. Je croyais que dans ce lycée, c'était tolérance zéro ?

Lynch demande à Asad s'il peut lui emprunter son téléphone, puis il me fait un bref signe de tête.

– Suis-moi.

Il ne prononce pas un mot jusqu'à la vie scolaire, il ne me jette même pas un regard. Kenzie attend sur une chaise pliante, devant la porte du bureau du proviseur. Comment ont-ils été mis au courant?

Kenzie me sourit, mais d'un sourire qui n'a rien de vrai, un simple rictus des lèvres qui cache mal son mépris. M. Lynch me dit d'attendre et disparaît dans le bureau, me laissant seule avec Kenzie et son sourire hypocrite.

J'ai envie de hurler. De lui jeter à la figure que c'est *elle* la méchante sorcière, pas moi!

Au lieu de quoi, je fais ce que font les filles : je souris en retour.

On reste là, à se sourire, jusqu'à ce que Lynch passe la tête par la porte et appelle Kenzie d'un signe. J'entends s'élever la voix étouffée de Lynch, puis un bruit sourd, comme s'il laissait tomber un livre sur une table. Il sort, le visage rouge, la veine du front qui pulse, et s'éloigne d'un pas lourd tandis que Monsieur D me crie d'entrer.

À peine à l'intérieur, j'aperçois mon visage sur le téléphone d'Asad posé sur le bureau de Monsieur D Je croise son regard fatigué.

– Je voudrais entendre ta version des faits, Ava.

Kenzie croise et décroise ses jambes trois fois en attendant que je parle.

– Eh bien, c'est Asad qui a reçu le texto le premier. Je sais que Kenzie l'a envoyé…

Monsieur D m'interrompt en secouant la tête.

– Non, Ava. Je ne parle pas de ça.

Il lève le téléphone.

– Nous trouverons le coupable, mais Kenzie m'a assuré qu'elle n'était pas l'auteure de cette blague.

Une blague ? Comme un gosse en colo, qui fait un lit en portefeuille à son voisin ? Elle m'a exposée aux yeux de tous, réveillant mes peurs les plus profondes, dans le seul endroit où je commençais tout juste à me sentir chez moi.

Ce n'est pas une blague. C'est un acte de haine pure.

Monsieur D croise les bras, appuyé sur son bureau.

– Ce dont je veux parler, c'est des problèmes que tu as au club de théâtre.

– Les problèmes que tu *causes* au club de théâtre, corrige Kenzie.

Monsieur D me regarde fixement tandis que Kenzie sourit d'un air suffisant. Je réalise que n'est pas une enquête sur le harcèlement que me fait subir Kenzie, c'est une embuscade. Contre moi !

– Je n'ai rien fait, je proteste.

– Tu n'as rien volé appartenant au lycée ?

Je cligne des yeux, perdue.

– Non, bien sûr que non !

Il s'adosse à son fauteuil.

– Même des billets de théâtre ?

Ah. J'avale ma salive.

– Je les ai pris, oui, mais…

– Vous voyez ! coupe Kenzie, un sourire aux lèvres.

Monsieur D secoue la tête.

– Ava, nous ne pouvons pas accepter ce genre de comportement. Ni le vol. Ni le harcèlement.

– Je n'ai harcelé personne !

Dans quel monde délirant suis-je devenue la harceleuse ?

Kenzie se met à rire, enveloppant à nouveau sa haine d'un joli emballage coloré.

– Qui a fait tomber un lourd rideau sur ma tête ?

Monsieur D se frotte le front, de l'air de quelqu'un qui aimerait être ailleurs.

Je plonge la main dans la poche de ma sacoche.

– Je vais rendre les billets…

Alors que je fouille à l'intérieur, les souliers de rubis tombent par terre. Je n'ai pas le temps de les cacher, Kenzie les ramasse d'un geste leste.

– C'est mes chaussures ?

– Je ne les ai pas prises, je me défends, d'une voix qui sonne coupable même à mes oreilles. Quelqu'un me les a données. Pour me porter chance.

Elle ne prend même pas la peine de m'accuser et se contente de lever les chaussures comme un élément à charge dans ce procès truqué sur ma probité. Je tends les billets à Monsieur D, mais Kenzie s'en empare – du bout des doigts pour ne pas risquer d'effleurer ma peau.

Ses yeux fixent un point au-dessus de mon épaule, comme le proviseur lors de notre première rencontre.

– Monsieur D, je pense qu'elle ne devrait pas faire partie du club de théâtre, déclare Kenzie en m'ignorant totalement.

Son parfum floral m'agresse les narines tandis qu'elle se penche vers moi et désigne la photo sur le bureau.

– Ça va mal finir, elle va forcément souffrir.

Elle n'ose pas me regarder en face, mais ça ne la dérange pas de prétendre se soucier de moi.

– En vrai, tout ce que tu veux, c'est que je m'en aille, j'interviens. À cause de la tête que j'ai !

Ça me fatigue de jouer cette scène. Mais maintenant, tout le monde m'a vue et j'ai vu tout le monde, et je ne veux plus me contenter de ma triste chambre d'imposteur et de la moitié d'une vie. J'ai besoin de monter sur scène et de voir si Ava Avant l'Incendie est toujours vivante.

Ce théâtre m'appartient autant qu'à Kenzie.

Je m'oblige à me redresser sur ma chaise et me retrouve les yeux à la même hauteur qu'elle.

– Je ne partirai pas.

Monsieur D pousse un lourd soupir en rangeant le téléphone d'Asad dans un tiroir. J'ai la curieuse impression qu'il enterre l'enquête. Kenzie le fusille du regard ; à son expression, je comprends qu'elle a l'habitude d'obtenir satisfaction. Je suppose que le proviseur reçoit des dons importants de la part de sa famille…

Un coup frappé à la porte brise soudain le silence. Sans attendre de réponse, Tony fait irruption dans la pièce, qu'il traverse d'une seule enjambée, avant de laisser tomber une feuille noircie de signatures devant Monsieur D. Il a l'air aussi peu à sa place dans ce petit bureau qu'il est incongru de le voir avec ce tee-shirt rouge, sans son uniforme noir de metteur en scène. Asad entre à son tour, poussant devant lui le fauteuil de Piper.

– Vous avez là presque la moitié des comédiens et de la technique, explique Tony en reprenant son souffle. Ils soutiennent tous Ava et ils quitteront le club si vous la virez.

Tony fixe le proviseur d'un air sévère, mais il m'adresse discrètement un clin d'œil. Kenzie se lève.

– C'est ridicule ! Elle n'a eu le rôle qu'à cause de son visage !

Tony fait entendre un petit rire.

– Elle a eu le rôle parce qu'elle était la meilleure. Elle est la meilleure, point final. C'est ça que tu n'arrives pas à digérer !

– C'est elle qui devrait partir, intervient Piper.

Kenzie lève les yeux au plafond.

– N'en profite pas pour régler tes comptes avec moi, Piper !

Monsieur D se lève à son tour et nous fait signe de nous taire.

– Oui, ne mettons pas les pieds sur ce terrain miné.

Il parcourt des yeux la liste de noms. Qui a bien pu avoir envie de me soutenir ?

– Sophie a recompté les votes, précise Asad. Ava n'a pas volé ces billets. Elle les a gagnés en bonne et due forme.

– Sophie ? s'exclame Kenzie. Mais elle est dans *mon* camp !

Tony s'empare de la pétition et l'agite devant son visage.

– Eh bien, ces gens-là sont dans le camp d'Ava. Qui allez-vous croire ? Eux ou elle ?

– Ce ne sera pas possible de donner une représentation s'il manque la moitié de l'équipe, dit le proviseur. Mais si j'entends parler de quoi que ce soit...

Son regard passe de moi à Kenzie.

– ... d'un côté ou de l'autre, ce sera fini. Compris ?

Je hoche la tête, et il nous montre la porte. Je n'ai qu'une envie : quitter les lieux au plus vite.

Je sais que je devrais m'éloigner sans faire d'histoire mais, entourée de mes amis, je me sens plus forte. Alors je me tourne vers Kenzie et je lui balance au visage les mots que je n'ai pas su trouver samedi soir :

– Dans une semaine, je vais me faire opérer, j'en ressortirai un peu moins moche. Mais toi ? Tu seras toujours aussi laide.

Kenzie recule, bouche bée et, pour une fois, muette.

Dans le couloir, Asad fait rouler le fauteuil de Piper, un pied calé sur les fixations, et l'autre qui pousse. Je dois courir à moitié pour ne pas me laisser distancer, d'autant que Tony fait un pas quand j'en fais deux.

– Vous avez été géniaux, je dis. Qui vous a mis au courant ?

– Lynch, m'explique Asad. Il nous a prévenus que t'allais te faire éjecter.

– Tu aurais dû voir à quelle vitesse les gens ont signé la pétition.

Piper lève les poings en l'air et crie dans le couloir :

– Les théâtreux, tous ensemble, tous ensemble !

Je ne sais pas ce qui m'étonne le plus, au fond : leur soutien ou que M. Lynch m'ait aidée.

– Je n'en reviens pas que vous ayez fait ça pour moi !

Tony se penche légèrement pour passer le bras autour de mes épaules tandis qu'on se dirige vers l'escalier, tous les quatre.

– Normal. Tu es une des nôtres, maintenant.

23 avril

Orpheline.
Mot affreux.
Un mot
pour
les visages ravagés de larmes
dans
des pays lointains
qu'on voit dans
les publireportages.

Pas pour moi.

Avant,
j'avais
une mère
un père
une maison.

Après,
j'étais

une

étoile

sans

constellation.

Un

oiseau

sans

nuée.

Un

enfant

qui

n'appartenait

plus

à

personne.

Jusqu'à aujourd'hui.

32

Kenzie maîtrise magistralement l'art de faire la gueule. Pendant quelques jours, elle m'ignore ostensiblement; puis un après-midi, alors que Tony n'est pas là, elle appelle tout le monde sur la scène.

Je me prépare au pire.

– Comme vous le savez tous, Ava et moi, on s'est parfois disputées…

Elle scrute les visages tour à tour, en terminant par moi.

– Mais c'est moche et j'aimerais que ça s'arrête. Je suis contente qu'elle fasse partie du casting et, en gage d'amitié, je voudrais lui donner ces deux billets pour *Wicked*, déclare-t-elle en me les tendant.

Des murmures s'élèvent. Je suis tellement prise de court que je reste paralysée, jusqu'à ce qu'Asad me pousse du coude. Je me lève pour accepter son offrande de paix sous les applaudissements.

Alors que je m'apprête à repartir, Kenzie m'attrape par la manche.

– Tant que tu es là, dit-elle, et puisque vous êtes nombreux à apprécier Ava, faisons un cercle de confiance spécial pour elle.

Kenzie glisse de force son bras sous le mien.

– Tu participes rarement aux cercles, pas vrai ? demande-t-elle, alors qu'elle connaît pertinemment la réponse. On va tous fermer les yeux et dire quelque chose sur notre reine du jour. Ça peut être positif ou négatif, quelque chose qu'elle a fait, un trait de sa personnalité, un détail physique…

Kenzie serre ma main droite. Je ne propose la gauche à personne, mais Asad s'en empare.

– C'est moi qui commence, déclare-t-il, si vite qu'il prend Kenzie de vitesse.

Je ferme les yeux, non sans glisser d'abord un regard vers Kenzie à travers mes paupières. Si elle croit me briser, elle se trompe lourdement.

J'ai affronté bien plus terrible que Kenzie King.

Je serre les paupières plus fort.

– Ava a été brûlée dans l'incendie de sa maison, commence Asad. Elle a des cicatrices sur le visage, je dirais… surtout à gauche. Elle a aussi un problème avec une oreille, mais je ne sais plus laquelle. Ah oui, et elle a une cicatrice super cool dans le cou, qui ressemble à une étoile filante.

– Ava n'est pas très douée pour la danse, enchaîne Sophie en riant. Mais elle est toujours sympa.

Son voisin déclare que j'ai vite appris mon rôle ; un autre que j'ai une jolie voix.

Celui qui joue le bûcheron en fer-blanc dit que j'ai une main bizarre.

– Je crois que c'est son orteil…

La sorcière méchante dit qu'elle aime bien mes bandanas colorés, un autre que, grâce à moi, le cours de théâtre est devenu plus intéressant. Que je souris beaucoup. Que je suis sarcastique et drôle.

Quand vient le tour de Kenzie, je retiens mon souffle.

– Ava est quelqu'un de très fort. (Elle fait une pause.) Tous les matins, elle se réveille et elle fait face. C'est vraiment quelqu'un que j'admire et quoi qu'en disent les autres, *moi*, je la trouve belle.

Elle laisse traîner sa voix sur le dernier mot. Elle a réussi le tour de force d'un compliment qui n'est rien d'autre que du poison enrobé de sucre.

Quand on rouvre les yeux, elle me serre dans ses bras avec effusion. Puis, alors que le cercle se défait, elle essuie de fausses larmes dans ses yeux. Franchement, elle mériterait un oscar !

Asad me tend la fin d'un rouleau de scotch pour faire les marques au sol en prévision de la répétition générale.

– J'espère que tu n'as pas été gênée par ce que j'ai dit…

Il déroule le scotch et me fait signe d'en coller un morceau au centre de la scène.

– Il fallait bien que quelqu'un aborde le sujet, ajoute-t-il. J'ai pensé qu'il valait mieux que je m'en charge.

– Pas de souci. J'ai bien aimé quand tu as prétendu ne pas te rappeler où étaient mes cicatrices. Attention, spoiler : partout.

– Je n'ai pas menti, proteste-t-il. Au départ, je ne voyais que ça mais, maintenant, tu es juste mon amie Ava… qui a été brûlée, mais c'est un détail…

Je me moque :

– Pitié, ne me sors pas que je ne suis pas mon corps ! Je l'entends assez souvent à la maison ou au groupe de soutien.

Asad déchire le scotch avec ses dents.

– Sérieusement… tout le monde ne peut pas se vanter d'avoir une étoile filante sur la peau !

Du bout des doigts, j'effleure la cicatrice qui traverse ma clavicule et rejoint celle de ma trachéotomie, qui forme une étoile à la base de mon cou. Jusque-là, je détestais l'avoir en travers de la poitrine. Mais à travers les yeux d'Asad, je la vois autrement…

– Tu n'es pas *que* ton corps, reprend-il. Comme nous tous !

Il remonte l'allée vers la cabine lumières.

– Asad ? je crie presque.

Quand il se retourne, je brandis les billets.

– Tu es libre vendredi prochain ?

Je me mords les lèvres lorsque je le vois sourire jusqu'aux oreilles.

– J'ai bien cru que t'allais pas me le proposer…

33

Piper s'étrangle quand je lui raconte la scène d'excuses de Kenzie.

– Me dis pas que t'as avalé ça? s'exclame-t-elle alors que le groupe est sur le point de commencer.

– Bien sûr que non. Je suis sûre qu'elle cherche juste à m'entortiller, mais elle m'a quand même donné les billets. Ça serait dingue, non, si on finissait par s'entendre ? On ne sera jamais de vraies amies, bien sûr, mais on réussira peut-être à rester dans la même pièce sans se cracher dessus…

Piper écarquille les yeux, puis fait pivoter son fauteuil, de sorte que je me retrouve face à son phénix.

– Tu le vois?

– Quoi?

– Le couteau.

Je retourne son fauteuil.

– Tu ne dramatises pas un peu, là ? Si elle a été ton amie, elle ne doit pas être si horrible que ça...

Le petit sourire moqueur de Piper s'efface, et elle se penche vers moi pour éviter que Layne, qui installe les boissons, ne nous entende.

– *A été* mon amie. Précisément. Après l'accident, elle a changé, elle s'est aigrie. Cette nouvelle Kenzie est incapable d'être amie avec qui que ce soit. Tu sais, toutes les deux, on jouait à ce jeu débile où on demande : « Tu serais toujours mon amie si... » Genre : « Tu serais toujours mon amie si j'avais un nez sur le front ? » Ou : « ... si je te piquais ton copain ? » Bien sûr, la réponse était toujours oui. Mais notre amitié n'était pas si solide que ça, et il a suffi d'un accident pour tout faire basculer.

Piper me serre la main avec force.

– Promets-moi de ne pas te laisser avoir comme moi !

Je marmonne une promesse, tandis que Mme Layne commence la séance.

– Les gens ne savent pas toujours comment réagir face à vos cicatrices. Ils peuvent se sentir mal à l'aise ou anxieux, tout comme vous. Vous avez peut-être des exemples de gens qui se sont montrés blessants ?

Je raconte qu'une fois, à la poste, une vieille dame est venue vers moi pour me dire que Dieu m'aimait toujours malgré mon visage. Olivia parle de ces filles, en CE1, qui ne voulaient pas rentrer dans l'eau de la piscine, parce qu'elles avaient peur d'attraper sa « maladie ».

– Depuis, je porte des maillots le plus couvrant possible.

Braden dit que ses amis l'appellent Moignon.

– Je déteste ça. Mais c'est juste pour blaguer, alors je ris avec eux. J'imagine que ça leur fait du bien…

Piper intervient.

– Franchement, vous devriez les envoyer balader.

Elle raconte alors par le détail ma dispute avec la dame chez le glacier.

– Vous auriez dû voir sa tête. « Légumatite ». C'était trop génial !

Mme Layne se montre beaucoup moins enthousiaste.

– Je sais que vous n'avez rien demandé et que ce n'est pas juste, mais chacun d'entre vous est un ambassadeur pour tous les grands brûlés, explique-t-elle en allant et venant au milieu de notre cercle. Les gens peuvent être cruels et ignorants, vous êtes bien placés pour le savoir. Le problème, c'est que ce que vous dites impacte votre image, mais aussi la nôtre à tous. Vous devez vous défendre, certes, mais pas n'importe comment.

Elle nous propose alors une méthode en trois points pour répondre aux questions intrusives :

1. Racontez en quelques mots ce qui s'est passé.
2. Dites où vous en êtes maintenant.
3. Terminez poliment la conversation.

Layne note quelques mots sur son écritoire. Pendant qu'on s'entraîne ensemble à répondre, je sens qu'elle m'observe.

– Je m'appelle Piper. J'ai été brûlée dans un accident de voiture provoqué par mon ex-meilleure amie sadique. Je ne remarcherai sans doute jamais et je vous remercie d'avoir fourré votre gros nez dans mes affaires.

À la fin de l'heure, Mme Layne m'intercepte avant que je parte. Elle me glisse dans les mains une brochure, avec sur la couverture la photo d'un garçon brûlé en train de nager dans un lac.

– J'ai déjà dit à Cora que ça ne m'intéressait pas, je proteste, repoussant la brochure.

Mais elle ne la reprend pas et m'explique que les camps de grands brûlés sont des endroits formidables pour des gens comme moi. Des endroits où on peut parler, se faire des amis et chanter « Kumbaya » ensemble autour du feu.

– Tout ce que je voudrais, c'est que tu y réfléchisses et que tu te demandes si tu reçois bien tout le soutien dont tu aurais besoin…

Elle pose sur moi un long regard sincère.

– Dire à un petit garçon que tu as attrapé tes cicatrices parce que tu as mangé trop de légumes ne ressemble pas à l'Ava que je connais.

Je jette le prospectus à la poubelle en sortant

Après le groupe, alors qu'on fait nos devoirs ensemble, Piper pose son téléphone à côté de mon manuel de maths.

– D'autres gentillesses anonymes de la part de la reine des planches...

Trois textos s'affichent à l'écran :

Tu sais très bien que c'est ta faute

Comment tu peux te lever le matin ?

Le monde se porterait mieux sans toi

Piper avance et recule nerveusement son fauteuil.

– Juste pour que tu voie quel genre d'amie est Kenzie King.

– Tu es sûre que c'est elle ?

Elle hoche la tête et reprend son téléphone.

– Pour moi, c'est typique. Ça doit être un numéro intraçable qui passe par son portable, comme pour la photo. Ça ne doit pas lui suffire de m'avoir rayée de sa vie...

Piper éteint l'écran, mais je ne peux m'empêcher de poser la question qui me tracasse depuis le jour des Couleurs :

– Sophie m'a dit que c'était toi qui avais rejeté Kenzie en premier. Qu'elles sont venues te voir à l'hôpital...

Piper s'arrête de rouler. Son regard vole vers moi, puis se détourne tout aussi vite.

– Notre amitié était fichue. Qu'est-ce que ça change,

qui a commencé ? On n'est plus amies, voilà, c'est tout. Le passé, c'est le passé.

– Mais…

Piper rejette la tête en arrière en poussant un soupir exaspéré.

– C'est toi qui me fais la morale ?

Elle reprend son téléphone, tape quelques mots, puis me montre l'écran. Je découvre la photo de profil d'Ava Avant l'Incendie.

– Oui, j'ai retrouvé ton compte abandonné qui moisissait au fond du cyberespace. Mais je ne te pose pas de questions, parce que j'ai bien compris que tu voulais tourner la page. Est-ce que, *s'il te plaît*, tu peux faire la même chose pour moi ?

Piper repose son téléphone sur ses genoux.

– On peut changer de sujet ? J'ai un truc bien plus important que Kenzie King à te montrer.

Elle insiste pour que je la pousse jusqu'au trampoline et que je l'aide à sortir de son fauteuil. Je tends le bras comme une barre de danse afin qu'elle prenne appui sur moi. Elle pose les pieds par terre et se lève tant bien que mal. Je la tiens jusqu'à ce qu'elle soit complètement debout.

– Piper ! Tu as réussi !

Elle vacille et s'affaisse sur moi, puis perd complètement l'équilibre et se laisse tomber sur la toile en laissant échapper un « oomph ! ».

Des gouttes de sueur perlent sur son front. Je me laisse moi aussi basculer sur le trampoline et fais semblant de ne pas voir qu'elle glisse une pilule dans sa bouche. Depuis mon succès à l'audition, elle avale les antidouleurs comme des bonbons.

– J'arriverai peut-être à faire une standing ovation à temps pour ta pièce, mais sûrement pas pour *Wicked*. C'est quel jour, déjà ?

Je tourne mon visage vers le ciel baigné d'une lueur rose. Le soleil couchant nimbe les montagnes de tons corail.

– En fait… je pensais y aller avec Asad…

– OK. Je peux le supporter une soirée si ça me permet d'avoir une place gratos…

– En fait, il n'y a que deux billets…

Je tire sur ma manche compressive, tout en mettant les choses au clair :

– Du coup, ça serait juste avec Asad…

Piper se redresse brusquement, faisant onduler le trampoline.

– En amoureux ?

– Non. Enfin, je sais pas. Peut-être…

Une lueur s'allume soudain dans son regard.

– Attends. C'est Asad, le *mec* ?

J'essaie de ne pas sourire comme une collégienne qui passe la nuit chez sa copine.

– T'es sérieuse, là ? Asad. Ce gros naze qui fait des *jazz hands* et qui se planque dans sa cabine lumières ? C'est sur lui que t'as flashé ?... Tu crois que tu lui plais ?

– Parfois, j'ai l'impression que... c'est pas impossible.

Je repense à nos doigts entrelacés. À la façon dont il a parlé de mon étoile filante. À tout un tas de petits détails...

Piper claque la langue en secouant la tête.

– Franchement, j'ai des doutes. Asad me paraît parfait pour la *friendzone*.

– Tu penses qu'il ne peut pas s'intéresser à moi ?

– Non, ce n'est pas ce que je...

– Parce que personne ne peut tomber amoureux de moi, c'est ça ?

Un nœud se forme au fond de ma gorge. Piper lève les mains.

– Houla ! On se calme ! Sors avec qui tu veux. Ça m'est égal. J'essaie juste de te protéger.

Je me détourne et fixe les étoiles qui apparaissent une à une dans le ciel, tandis que je ressens des petites piqûres d'aiguille dans les yeux. Je n'aurais pas dû lui en parler.

– J'ai surtout l'impression d'être prise en otage. Ne sois pas amie avec Kenzie. Ne tombe pas d'amoureuse d'Asad. Tu as beaucoup d'idées sur ce que doit être ma vie, ces derniers temps...

Je sens qu'elle m'observe.

– Je ne savais pas que notre amitié était si lourde à porter pour toi, déclare-t-elle d'une voix tranchante.

Comme je ne proteste pas, le silence s'épaissit de seconde en seconde. Le trampoline nous berce lentement tandis qu'on évite de se regarder. C'est sa mère qui met fin à ce moment gênant en donnant un coup de klaxon dans l'allée.

Piper rampe jusqu'au bord du trampoline. Je me redresse sur la toile instable pour essayer de l'aider, mais elle repousse ma main.

– Je ne veux pas être un fardeau !

Je reste les bras ballants, inutile et idiote, à regarder Piper se réinstaller péniblement dans son fauteuil, puis je la suis comme une ombre tandis qu'elle traverse la maison et dévale les marches du perron, manquant de s'étaler sur le bitume.

– C'est juste une soirée, je dis, tandis qu'elle roule vers la voiture de sa mère, ses ailes battant frénétiquement dans son dos.

Elle ne se retourne pas, alors je referme la porte.

34

Le lendemain, Piper me rejoint dans le couloir comme d'habitude, mais on ne se parle presque pas. Je lui dis juste que j'aime bien sa coiffure, par gentillesse. En vrai, on dirait qu'elle s'est coupé les cheveux au taille-haie. Ses mèches irrégulières mettent encore plus en valeur son tatouage et ses cicatrices, même si ses hauts toujours plus échancrés ne cachent de toute façon pas grand-chose.

Elle me répond qu'elle avait besoin de changement.

Vendredi soir, je ne lui demande pas de venir m'aider à me préparer pour *Wicked*. Cora endosse de son mieux le rôle de la meilleure copine pendant que j'essaye ma cinquième tenue. Quand elle me dit que je suis « charmante » avec ma jupe crayon et mes escarpins, j'enlève tout et repars de zéro.

Je finis par me décider pour un pantalon noir et un corsage gris clair qui a l'avantage d'être très couvrant. Piper trouverait sûrement que je ressemble à une cougar de soixante ans condamnée à errer éternellement dans la *friendzone*.

J'imagine que, de son côté, Asad n'a pas dû passer plus de deux secondes à choisir ses vêtements.

J'opte pour un bandana vert qui jure complètement avec le reste, mais qui est du même vert printanier que le visage de la méchante sorcière de l'Ouest. Connaissant Asad, ce genre de clin d'œil devrait lui plaire.

Je relève le coin de mes yeux devant le miroir.

– Encore trois jours...

Cora va ouvrir la porte. Je l'entends qui fait passer à Asad un véritable interrogatoire : depuis quand il a son permis de conduire, et à quelle heure il compte me ramener à la maison, et peut-il lui donner son numéro de portable ?

Lorsque j'arrive dans la pièce, je suis accueillie par un silence gênant. Normalement, c'est le moment que choisit le garçon pour s'exclamer : « Tu es superbe ! » Mais comme ce n'est pas une vraie sortie en amoureux et qu'Asad n'a rien du gendre idéal, il dit juste :

– Génial, ton bandana !

Une fois qu'il a signé avec son sang qu'il ne me ramènerait pas plus tard que onze heures, Cora nous laisse enfin partir. Asad me parle de *Wicked* pendant tout le trajet. Il me raconte qu'il avait douze ans quand il l'a vu la première fois et que c'est à partir de ce jour-là qu'il a eu envie de faire du théâtre.

– C'est ce genre de moment où tu sens que rien ne sera plus jamais pareil, tu vois ?

J'opine du chef et le laisse parler, heureuse qu'on discute d'autre chose que de mes cicatrices, de Kenzie ou de Piper. Cette soirée n'est que pour nous – deux lycéens normaux qui sortent ensemble, enfin qui vont voir une comédie musicale ensemble.

Lorsqu'on passe devant le théâtre, en plein centre-ville, je me dévisse le cou pour apercevoir les lustres sphériques qui scintillent derrière les grandes vitrines.

– C'est la première fois que tu viens ? s'étonne Asad.

– Oui. Avec mes parents, j'allais au vieux théâtre, de l'autre côté de la ville.

Asad gare la voiture, descend, puis vient ouvrir ma portière. Je glisse la main droite dans la sienne sans me soucier de mes vêtements compressifs ni de mes doigts calcinés.

– Nouveau théâtre. Nouvelle pièce. C'est un jour mémorable !

Quand on entre dans le hall, des reflets arc-en-ciel balaient son visage, et je sais qu'il a raison, je n'oublierai jamais cette soirée.

À l'intérieur, le plafond est si haut que la salle paraît encore plus majestueuse. Des hommes et des femmes en costume et en robe satinée sont assis ici et là, et tout à coup j'ai huit ans et je viens voir *Jersey Boys* avec maman.

Asad et moi, on s'installe sur les fauteuils en velours, derrière une fille qui ne doit pas avoir plus de dix ans, mais qui porte les cheveux relevés et bouclés comme pour son bal de promo. Elle se retourne toutes les trois minutes, faisant mine de chercher quelqu'un, mais il est clair qu'elle m'observe. Sa mère se penche pour lui parler à l'oreille, elle lui répond en chuchotant, un œil rivé sur moi.

– Vas-y, alors, lui dit la femme.

La fille se retourne, assise sur ses genoux, et me regarde franchement.

– Qu'est-ce qui t'est arrivé au visage ? demande-t-elle à voix basse.

– J'ai été brûlée, je réponds, tentant de me souvenir des trois points de Mme Layne. Raconter ce qui s'est passé. Dire comment je vais. Clore la conversation.

– Comment ?

– Dans l'incendie de ma maison. Mais je vais beaucoup mieux, même si je sais que ça peut être impressionnant à voir.

Ses yeux scrutent mon visage.

– Ça fait mal ?

– Avant, oui. Très. Mais plus tellement.

– Je peux toucher ?

– Joslyn ! la réprimande sa mère.

– Pas de problème, je dis.

Je lui tends la main et elle la caresse du bout de l'index.

– Ça fait des bosses…

– C'est bizarre, hein ?

– Mais c'est comme de la peau.

– Tu t'attendais à des écailles ?

Elle secoue la tête en riant.

– Montre-lui ton autre main, suggère Asad. Attends, tu vas voir !

Je lève la main gauche. La fille reste bouche bée devant mes doigts sans forme et mon énorme pouce.

– C'est vraiment bizarre, dit-elle.

– Ouais, mais est-ce que tu connais quelqu'un d'autre qui peut se gratter la tête avec son orteil ? demande Asad.

Elle rit à nouveau quand je me gratte le crâne.

– Et se curer le nez avec l'orteil ? s'enquiert-elle.

– Non, ça, je ne vais pas le faire. Mais merci de m'avoir posé des questions sur mes cicatrices. C'était courageux de ta part.

Son regard brille. Elle se retourne sur son fauteuil et sourit à sa mère, laquelle lui rend son sourire. Pendant un bref instant, un souvenir me revient : celui d'une robe en velours avec une jupe en taffetas que je trouvais si classe que je la faisais virevolter toutes les trente secondes. Maman avait acheté des chocolats à la menthe à l'entracte, ce qui m'avait paru fabuleusement extravagant.

– T'en as pas marre ? me chuchote Asad alors que les lumières s'éteignent et que l'orchestre s'accorde crescendo.

Mon ventre se noue par anticipation, comme à chaque fois.

– De quoi ?

Il désigne la petite fille.

– Ça.

– Non. Ça ne me dérange pas qu'on me pose des questions. C'est les gens qui me fixent qui me gavent. Comme si ma peau faisait de moi une intouchable. C'est juste de la peau, bon sang, ce n'est pas moi !

Asad ébauche un sourire qui étincelle dans la pénombre.

– Qu'est-ce qu'il y a de drôle ?

– Rien. Je me disais juste que tu allais adorer la pièce.

35

En gros, voilà l'histoire : rejetée à cause de sa peau verte, Elphaba devient meilleure amie/ennemie avec sa coloc, Glinda.

Elphaba se retrouve dans le rôle de l'horrible méchante sorcière parce qu'elle se bat contre de cruelles discriminations, et Glinda dans celui de la gentille sorcière parce qu'elle n'a pas le cran d'affronter le sorcier tout-puissant.

Mais ce n'est pas l'intrigue qui tient Asad en haleine, penché en avant, articulant les paroles par cœur, tandis que de mon côté, je ne quitte pas la scène des yeux, fascinée.

C'est l'intensité de la musique.

À chaque nouvelle chanson, j'oublie tout.

Mon cœur se serre quand Elphaba chante que les garçons ne tombent jamais amoureux de filles comme elle. Je suis contente qu'Asad ne se tourne pas vers moi à ce moment-là.

Puis Elphaba s'envole sur son balai, sa grande cape noire déployée derrière elle, pour tenter de « défier la gravité ».

Les notes résonnent à travers la salle, et sa voix monte toujours plus haut, portée par l'orchestre, tandis que le rythme pulse dans mes veines. Je suis à nouveau cette petite fille de huit ans assise près de sa mère, complètement absorbée par la musique.

Lorsque Asad se tourne vers moi, je réalise que j'agrippe l'accoudoir de toutes mes forces.

– Ça décoiffe, hein ?

Quand Glinda et Elphaba se réconcilient à la fin, je ne peux m'empêcher de penser à Piper et à moi. Et lorsque Glinda chante que l'amitié l'a changée à jamais, je touche le phénix suspendu à mon cou.

Mais les lumières de la scène s'éteignent, celles de la salle se rallument, et je reprends brutalement pied avec la réalité. Alors que je me lève pour suivre le flot des spectateurs, Asad me retient par le bras.

– Je reste toujours jusqu'à ce qu'ils me mettent dehors. (Il désigne le panneau SORTIE.) Une fois ces portes franchies, la magie s'arrête.

La petite fille aux cheveux bouclés nous fait un signe en partant.

– T'as aimé, bien sûr ?

– C'était giga-top-cool.

Il lâche un rire léger et pose les pieds sur le dossier de la rangée précédente, comme s'il n'allait jamais repartir.

– Je le savais. Surtout toi, je savais que tu ne pouvais qu'aimer.

– *Surtout* moi ?

– Oui, surtout toi, confirme Asad sans complexe. Parce que tu es différente, et c'est le thème de la pièce. La société nous juge à partir de trucs superficiels. On regarde les gens, mais on ne les voit pas.

Dans le théâtre maintenant presque vide, les derniers spectateurs se lèvent et enfilent un manteau de demi-saison ou un châle. Asad ne fait pas mine de bouger, même quand il ne reste plus que nous et quelques hommes en chemise blanche et gilet noir qui ramassent des boîtes de chocolats à la menthe à dix dollars.

– Alors quand tu me regardes, qu'est-ce que tu vois ? je demande.

– Oh, une dure à cuire. Fermée comme le rideau une fois la pièce finie, dit-il. Mais ce que je vois surtout, c'est tout ce que tu as changé depuis que tu es arrivée.

Je ris – et mon rire est comme avalé par l'immensité de la salle.

– Moi ? Qu'est-ce que j'ai bien pu changer ?

– Tu sais, ça me fait penser à la chanson tout à l'heure : les autres nous changent. C'est comme si on était des boules sur une table de billard. Certaines roulent au hasard, mais d'autres suivent une logique dans le chaos et, quand elles nous heurtent, elles modifient notre trajectoire. Toi, Ava Lee, tu es une grosse boule de huit.

Tu m'es rentrée dedans et, dans ce lycée, tu es un vrai mod…

Je pose la main sur celle d'Asad, qu'il agite en parlant.

– Ne prononce pas ce mot. Interdit !

Il fronce les sourcils et laisse retomber ses mains.

– C'est quoi, le problème ?

– Parce qu'un modèle, c'est quelqu'un comme Elphaba, qui se bat contre la corruption. Ce n'est pas moi.

– Hé, on est au lycée ! Nos démons sont peut-être moins spectaculaires, mais ça ne rend pas la lutte – ni le courage – moins grand !

Un homme en gilet nous informe qu'on doit quitter les lieux. Asad se lève à contrecœur, puis s'étire, avant de glisser un bras sous le mien pour m'escorter le long de l'allée. Arrivé au bout du tapis rouge, il se retourne vers la salle et ses rangées de fauteuils vides – un peu moins magique avec les lumières allumées, et une femme qui traque les emballages de Junior Mints oubliés, un aspirateur sur le dos.

– Je dis juste que, depuis que je te connais, je suis devenu plus courageux. Je me suis battu, bon sang de bonsoir ! J'ai fait tomber le rideau de scène sur la tête de Kenzie et j'ai tenu tête au proviseur. Ce n'est pas mon genre ! Enfin, ce n'était pas mon genre. Jusqu'à ce que tu débarques. Alors je suis content d'être avec toi ce soir, et je suis content que ta boule ait cogné ma boule.

J'essaie de ne pas rire à cette métaphore quasi sexuelle.

Quand je le vois rougir, j'ai à la fois envie de lui pincer les joues et de l'embrasser.

– Bref, tu m'as compris, reprend-il. Dis quelque chose, maintenant, sinon je vais me sentir complètement ridicule…

Je me creuse la tête tandis qu'on se dirige vers la voiture. On laisse derrière nous les lustres scintillants et on réatterrit dans la vraie vie.

– Je me fais opérer lundi.

– Piper m'a dit ça. À quel hôpital ? Je viendrai te voir.

– Non, ne viens pas ! je m'exclame.

Je n'ai aucune envie qu'il me voie enveloppée de gaze comme une momie.

Asad m'ouvre la portière, puis prend ma main pour m'aider à monter en voiture.

– J'étais différente, avant, tu sais. J'étais une fille normale qui avait deux oreilles et des orteils au bon endroit. Je suis sûre que cette fille t'aurait plu…

Debout à côté de la portière ouverte, il me sourit, et la lumière des lampadaires se reflète dans ses yeux.

– T'as pas besoin de parler au conditionnel !

36

Deux jours plus tard, le matin de l'opération, je me réveille tôt, trop excitée pour dormir. Glenn est déjà dehors, occupé à pailler un massif de tulipes orange, ses bottes de cow-boy profondément enfoncées dans la boue. L'odeur humide réveille en moi plein de souvenirs : maman et moi en train de planter des bulbes devant notre maison, les mains et les genoux couverts de terre.

– Ta mère adorait le printemps, approuve Glenn en se baissant pour épousseter une tulipe. Quand elle était môme, elle trouvait magique que les fleurs surgissent à peine la neige fondue. Elle oubliait qu'elles avaient passé tout l'hiver à creuser la terre vers la lumière…

Il met sa main en visière pour regarder les montagnes à l'est, où des taches vertes gagnent du terrain sur les pentes enneigées. Il secoue la tête.

– Tant qu'il y a de la neige sur les sommets, l'hiver n'a pas dit son dernier mot.

Puis il cueille une tulipe orange vif, avant de me la tendre.

– Tu peux aller voir Cora pour moi ? Vérifier qu'elle n'essaie pas de faire rentrer toute la maison dans son sac ?

Je trouve Cora dans sa chambre, en train de glisser une paire de chaussons dans une valise déjà trop pleine.

Je m'assieds sur le lit à côté d'elle et aperçois, à l'intérieur de son placard resté ouvert, une pile de boîtes à chaussures enveloppées de papier kraft. Chacune porte une adresse et je reconnais sans peine son écriture pleine de boucles. Même si elle a tenté de me les cacher, je sais très bien ce qu'elles contiennent. Elle a dû passer des heures à envelopper soigneusement chacune des Barbie et à écrire l'adresse des destinataires. Je l'imagine en train de les déposer à la poste, laissant partir un à un de petits bouts de Sara. Elle est sûrement venue les chercher dans ma chambre pendant que j'étais au lycée, pour éviter que je ne me sente coupable…

Elle pousse un soupir irrité et entreprend de tout recommencer.

– Tu n'es pas obligée de rester tout le temps, je dis.

Elle s'arrête, sa trousse de toilette à la main.

– Et où veux-tu que j'aille ? Ce n'est qu'une semaine. Je resterai avec toi absolument tout le temps.

Je sais que je peux la croire sur parole. Pendant les

mois qui ont suivi l'incendie, Cora ne m'a quasiment jamais quittée. Elle dormait sur un canapé ou un fauteuil, se nourrissait de snacks à la cafétéria et assaillait les infirmières de questions chaque fois qu'elles venaient s'occuper de moi. Cora est restée fidèle au poste, comme si nos deux vies en dépendaient.

Et maintenant, retour à la case départ. À la case espoir. Croiser les doigts pour que la greffe « prenne », que le docteur Sharp ne soit pas obligé d'arracher la peau et de tout recommencer. Vivre à nouveau avec la peur de l'infection, dont on parle en baissant la voix comme les jeunes élèves, à Poudlard, évoquent Celui-Dont-On-Ne-Doit-Pas-Prononcer-Le-Nom.

Cora enfonce ses chaussons dans la valise, qui se rouvre d'un coup lorsqu'elle la relâche, se rappelant soudain quelque chose.

– Au fait, j'ai un truc pour toi !

Elle sort un paquet du tiroir de sa table de nuit et me le présente en souriant.

Un DVD du *Magicien d'Oz*.

– Et j'ai téléchargé toutes les chansons pour que tu puisses les écouter à l'hôpital. Pour t'aider à être prête à temps.

Je retourne le boîtier, faisant semblant de lire le résumé, mais je pense à tout ce que Cora fait pour moi. M'accueillir chez elle. Vendre les Barbie. Travailler pour payer mes factures. Et moi, que lui ai-je donné ?

Je saute du lit et cours dans ma chambre chercher le morceau de frise avec le papillon.

– Ce n'est pas grand-chose, mais...

Je lui tends ce petit carré de papier, qui symbolise l'enfance de Sara.

– J'aimerais qu'on le mette dans un cadre et qu'on l'accroche au mur, j'ajoute. En fait, c'était déjà à vous, je vous le rends juste...

Cora m'interrompt.

– Merci, Ava. (Elle s'essuie les yeux.) Qui aurait cru que j'avais encore des larmes, hein ? Mais je n'arrive pas à m'habituer à son absence...

Elle pose le papillon sur le lit.

– Tu vois, il arrivait qu'au milieu de la nuit, elle vienne se glisser entre nous. On se réveillait face à ses pieds. Je disais à Glenn qu'il nous fallait un lit plus large, qu'on avait besoin de plus de place. (Elle effleure le matelas de ses doigts.) Maintenant, j'ai toute la place, mais ça ne me paraîtra jamais normal.

Je m'appuie sur la valise pour aider Cora à la fermer.

– Mme Layne dit qu'on doit se recréer une nouvelle normalité.

– Une nouvelle normalité, répète Cora, séparant chaque mot, comme si elle les mâchait pour mieux les digérer. Ça me plaît bien, comme idée.

Lorsqu'on arrive dans l'unité des grands brûlés, tous les trois, Linda se jette sur moi, manquant de me renverser avec sa généreuse poitrine. Il n'y a rien à faire, ça vous rapproche de quelqu'un de changer ses couches et ses pansements pleins de croûtes.

L'odeur de son parfum – le lilas – me ramène immédiatement à ces journées où j'étais clouée au lit et où je rêvais de rentrer à la maison.

Me voilà revenue.

Je jette un coup d'œil à la porte de sortie. Une semaine.

Dans la salle préopératoire, le docteur Sharp révise le protocole, tandis que Linda m'installe une intraveineuse dans le bras.

– Cette fois, ça va être un peu différent, m'annonce-t-il. Quand tu te réveilleras, tes yeux seront cousus pour permettre à la peau de cicatriser. Ce sera une sensation très étrange.

Différent. Étrange. J'ai compris.

Dix-neuf opérations. J'ai déjà vécu toutes ces étapes dix-neuf fois, mais le docteur a raison : cette intervention-là est différente des autres. Il ne s'agit plus de me rafistoler en remplaçant les pièces manquantes.

Il s'agit de me rendre une partie de ce que le feu m'a volé.

Avant qu'on m'emmène, Cora me sourit et me serre la main. Je serre la sienne en retour.

Linda remplace la solution saline par le produit

magique, l'élixir translucide qui m'emportera loin de ce lit pendant que les médecins charcuteront mon corps. Je compte à rebours en partant de dix et bientôt les chiffres deviennent aussi flous que les dalles du plafond au-dessus de ma tête.

Tout devient noir.

37

Un garçon crie.

Un hurlement terrifiant qui me prend aux tripes et transperce mon rêve.

Je me réveille en sursaut.

Les ténèbres m'entourent. Moi aussi, face au néant, je crie.

Une main se pose sur mon bras.

– Ava, c'est Cora. Tu es à l'hôpital. Tes yeux sont cousus, tu te souviens ?

Ma mémoire se rassemble lentement. Ma respiration se calme. J'entends toujours le garçon crier.

– Qui c'est ? je coasse.

– Quelqu'un plus loin dans le couloir, c'est rien.

Je suis au service des grands brûlés, la douleur fait partie du fond sonore.

J'entends les pas de Cora sur le lino, suivis par le déclic de la porte, qui n'atténue que légèrement le cri.

– Je ne reste qu'une semaine, hein ?

– Une semaine, confirme-t-elle. Et la comédie musicale est dans moins d'un mois. Le club de théâtre t'a envoyé des ballons. Ah oui, et puis tes amis d'avant t'ont fait livrer des fleurs. Tes préférées : des gerberas orange et roses.

Je pense à tous les messages qu'ils m'ont envoyés, restés sans réponse.

– Comment ils sont au courant ?

– Oh, ils ont gardé contact avec moi, tu sais. Ils t'aiment beaucoup, Ava.

Je sens le sommeil m'aspirer.

– Je crois que je vais dormir…

Cora est si silencieuse que je ne sais même pas toujours si elle est là, alors je demande et elle répond : « Je suis là, mon cœur. »

Avant, ça me stressait qu'elle soit toujours là, en train de vérifier mes résultats, à me demander si ça allait. Maintenant, chaque fois que je me réveille, je suis contente de la sentir à mes côtés, me guidant comme un phare dans la nuit.

Sans la lumière, les heures se fondent et disparaissent. Une infirmière m'apporte un comprimé d'antalgique toutes les quatre heures, mais j'essaie en vain de garder le fil du temps qui passe.

Cora évoque souvent à quel moment de la journée on se trouve. Elle faisait pareil quand je suis sortie du coma, la première fois. Elle accrochait de grandes feuilles de papier sur le mur, et la première chose que je voyais en me réveillant, c'était la date et la liste des opérations que j'avais subies pendant mon sommeil.

J'ai presque l'impression de n'être jamais partie. Cora près de mon lit, cette odeur d'hôpital qui donne la nausée, mélange de savon antibactérien, de latex et d'optimisme, les cris étouffés qui sortent de la salle de douche et, toujours, les bips des machines branchées sur mon corps.

Bientôt, les jours disparaissent, eux aussi. Cora essaie de me distraire en me lisant à voix haute mes devoirs de sciences et en me parlant des inscriptions à la fac. Elle met *Le Magicien d'Oz* quand je commence à m'agiter et plaque mon téléphone à mon oreille pour me faire écouter maman et son joyeux : « Rappelle-moi ! » Ça m'aide un peu, mais ça ne suffit pas.

Mon esprit tourne en rond. Je sursaute à chaque bruit. Je panique quand je me crois seule.

L'obscurité me rend claustrophobe.

– Ça va ? me demande Linda qui, à en juger par les bruits, est en train de changer le sac de mon cathéter.

– Oui, pourquoi ?

Je sens qu'elle me tamponne les yeux avec un mouchoir.

– Tu pleures...

– Ah.

– Il faut tenir encore une heure avant ton prochain comprimé.

– Je n'ai pas mal, je la rassure. C'est juste que je déteste être ici. Ne le prends pas pour toi…

Linda rit.

– Pas de souci, ma puce. Tu vas rentrer à la maison d'ici quelques jours.

Je hoche la tête. C'est ce qu'on me disait aussi la dernière fois.

À la maison.

Claque tes talons trois fois.

Ça fait un an.

Suis-je enfin arrivée ?

L'obscurité atteint autant ma vision que mon esprit. Je pense et repense à la soirée avant l'incendie. Sara a remarqué une odeur bizarre et est descendue au rez-de-chaussée vérifier. Je revois le visage de papa, grimaçant, qui court à travers les flammes pour me pousser par la fenêtre. Je sens la chaleur qui m'oppresse, qui remplit mes poumons, qui se referme sur moi.

Cora me passe un linge humide sur la tête et me dit que j'ai crié dans mon sommeil.

Elle me lit une carte envoyée par Asad, après que je lui ai fait jurer cinq fois qu'il ne m'avait pas vue.

– « J'espère que ton oz-pitalisation se passe bien. T'as vu ce jeu de mots ? Bisous, Asad. »

Cora dépose la carte dans ma main et je laisse toutes ces pensées positives arriver jusqu'à moi dans le noir. Je ne suis plus seule, je fais partie d'une bande. Asad. Mes amis du théâtre. Et même l'irascible M. Lynch.

Et Piper.

Dans l'obscurité, je m'avoue enfin à moi-même à quel point elle m'a manqué depuis cette stupide dispute.

Puis, un matin (enfin, je suppose que c'est le matin, vu le bruit du chariot et l'odeur d'œuf qui flotte dans l'air), Piper débarque.

– Ava ?

Je ne sais pas pourquoi, je retrouve d'instinct mes tactiques d'évitement. Je fais semblant de dormir tandis que Piper installe son fauteuil près de moi, heurtant le bord métallique de mon lit.

– J'ai des trucs à te dire, commence-t-elle, mais peut-être que si tu dors, ça sera plus facile.

Je reste silencieuse. Elle prend une grande inspiration.

– Avant que t'arrives, ma vie était complètement naze. OK, elle est toujours assez naze, mais c'est un peu moins catastrophique aujourd'hui.

Elle fait une pause et respire bruyamment.

– C'est vrai : j'ai rejeté tout le monde après l'accident. C'est moi qui ai envoyé bouler Kenzie. Mais je savais qu'elle m'en voulait parce que j'aurais dû conduire. Je m'en veux aussi.

Sa voix vacille. Je voudrais dire quelque chose, mais je ne sais pas quoi.

– J'ai foutu en l'air la vie de tout le monde. Pour mes parents, je suis une pièce abîmée dans leur puzzle parfait. Mes amis me détestent. Je suis une paria au lycée et un parasite à la maison, où il faut me porter et m'aider pour tout. Quand t'es arrivée, pour la première fois depuis l'accident, je n'avais plus l'impression d'être une sangsue. Je me sentais heureuse au lieu de me sentir coupable.

Sa voix tremble de plus en plus. Elle fait une nouvelle pause.

– Je n'essaie pas de diriger ta vie, Ava. Mais j'ai besoin de toi.

Sa respiration se rapproche. J'imagine qu'elle se penche au-dessus la barrière du lit.

– J'ai encore un truc à t'avouer, peut-être le plus difficile à entendre. J'ai jamais vu quelqu'un qui fait si mal semblant de dormir. Sérieux. Comment tu as été prise au club de théâtre en jouant si mal la comédie, ça me dépasse.

Je souris malgré mes efforts pour rester impassible.

Elle me serre la main. Je serre la sienne.

Mais je ne dis rien – parce qu'il n'y a pas besoin.

Parfois, les mots sont inutiles.

À la fin de la semaine, le docteur Sharp retire mes fils.

– Que la lumière soit, dit-il.

Je cligne rapidement des yeux, la vision rendue trouble par un gel épais.

La lumière inonde mes rétines et chasse l'obscurité.

Je distingue d'abord le docteur Sharp, puis Glenn et Cora, qui se penchent pour que je les voie, un grand sourire aux lèvres.

Le docteur me tâte de ses doigts froids, tout en m'expliquant que ma vision va s'améliorer et que le rose sur les bords va s'atténuer. Il me demande d'être hyper vigilante avec le tube de gel qu'il me donne.

– Ce sont tes yeux, mee rappelle-t-il. Je ne pourrai pas t'en faire pousser d'autres.

Il me tend un petit miroir.

L'appréhension me happe. Je me souviens de la première fois où j'ai regardé mon visage. Je croyais bêtement que ce serait comme la fois où Sara m'avait fait tomber du trampoline et où j'avais eu quelques points de suture sur le menton. Une petite cicatrice, mais qui me laisse reconnaissable.

Aujourd'hui, je ne suis pas si naïve. Je sais ce qui m'attend.

Mes cicatrices sont toujours là. Ma bouche bave toujours et les greffes quadrillent mon visage, alternant bandes claires et foncées.

Mais au lieu des paupières tombantes qui me donnaient l'air à moitié demeuré, mes yeux sont normaux.

Ce sont *mes* yeux.

Je plonge dans le bleu et laisse disparaître le reste de mon visage.

La fille du miroir me voit pour la première fois, elle aussi.

Salut, toi.

Je te cherchais, tu sais.

7 mai

Quatre mois
après l'incendie,
je suis sortie de l'hôpital
sur mes deux jambes.

Bye-bye
infirmières morphine bips cris infection transfusions tissu-éponge pince à épiler opération gaze cathéters ballons visiteurs Linda torture escarres bassin hygiénique snacks de la cafétéria réanimation d'urgence robes de chambre vaseline musique d'ambiance points de suture postopératoire intraveineuses sepsis Batricine amputations débridement hydrothérapie sonde d'alimentation tournées des médecins blouses blanches douleur

sayonara
auf Wiedersehen
adios

Je rentrais
à la maison.

38

Cora me dépose au lycée quelques jours plus tard, dès que mes paupières ont assez dégonflé. Piper m'attend sur le trottoir, comme toujours. Mais cette fois, elle est debout. Elle ne tient pas encore seule, elle a besoin de l'aide d'un déambulateur et d'un appareil orthopédique en plastique qui enserre ses deux jambes jusque dans ses chaussures.

Ses mèches déstructurées volent librement dans le vent. À l'horizon, des nuages chargés de neige s'entassent sur les montagnes.

Je cours pour la serrer dans mes bras, un peu gênée par le déambulateur.

– J'ai bossé ma standing ovation, m'annonce-t-elle.

– C'est incroyable ! T'as plus de fauteuil ?

– Mon vieux chariot m'attend dans le bureau, mais c'est un début.

Elle s'appuie lourdement sur l'appareil, déjà fatiguée par l'effort.

– Je ne pouvais quand même pas te laisser faire tous les progrès sans moi...

Elle me fait signe de m'approcher.

– D'ailleurs, voyons ce nouveau visage... (Elle pose l'index sur son menton et m'observe.) Joli boulot, M. Doigts-Glacés.

– C'est vrai ? Tu penses que les gens vont le remarquer ?

– Par « les gens », tu veux dire Asad ? demande-t-elle, haussant les sourcils.

– Je veux dire les gens.

– Je pense que « les gens » (elle mime des guillemets) ne comptent pas. Je croyais que c'était pour toi que tu faisais cette opération.

– Bien sûr.

Je lui tiens la porte ouverte.

– Et j'en suis très contente.

– Alors c'est réussi.

Quand Asad entre dans le labo de sciences, je fais semblant de me plonger dans la lecture de mon manuel. C'est ridicule, je sais. Comme si on allait rejouer une de ces scènes classiques où la fille lève la tête de son livre et le garçon croise son regard pour la première fois. Ou encore quand la bibliothécaire studieuse lâche ses cheveux et que le garçon réalise qu'en fait c'est une vraie bombe.

Je n'imagine pas une seconde qu'Asad puisse se jeter sur moi, là, à côté de l'habitat des vers de farine, mais j'ai le pressentiment qu'aujourd'hui pourrait marquer un nouveau départ. Nouveaux yeux, nouveau moi.

– Elle est revenue ! dit-il, posant son poing sur la table devant moi.

Je lève les yeux. Il prend un air surpris, son sourire si contagieux aux lèvres.

– Hé ! C'est toujours toi !

Je ris.

– J'étais un peu déçue, parce qu'avant de partir pour l'anesthésie j'avais bien précisé que je voulais ressembler à Beyoncé. Mais quand je me suis réveillée, j'avais toujours le même fessier…

– Ah, les docteurs aujourd'hui… Trop nuls.

– Merci pour ta carte, au fait.

– C'est normal. Je ne sais même pas comment t'as fait. Je deviendrais fou si on me cousait les yeux !

– C'était assez horrible, j'avoue. Mais il faut ce qu'il faut, pas vrai ?

Il hoche la tête.

– Ah oui, le prix de la beauté…

Le mot résonne dans ma tête tandis qu'Asad soulève le couvercle de notre boîte.

– Figure-toi que pendant que tu subissais ta métamorphose, nos petits bonshommes ont eux aussi connu la leur…

À l'intérieur, il n'y a plus un seul ver, mais trois scarabées blancs.

– Et ce n'est pas tout, poursuit Asad. Moi aussi, j'ai eu une révélation qui m'a transformé ! Après notre discussion sur le courage, j'ai réalisé que je faisais comme ces gens, dans les duels, qui tirent en l'air plutôt que d'essayer de se battre…

– « My Shot », *Hamilton*.

– Oui. Mais ce que je veux dire, c'est que j'ai décidé que je ne serai plus jamais lâche, et je voudrais te remercier, parce que tu es vraiment un modèle pour moi…

Je grogne. Asad lève la main pour se défendre, comme si je venais de le choper en train de vendre de la drogue.

– Je sais, je sais, tu détestes ce mot. Mais c'est vrai ! Et tu vas être fière de moi parce que, l'année prochaine, je ne serai plus le mec des lumières. Je tenterai ma chance aux auditions.

– Et ton cher petit papa ?

– Je lui ai expliqué franchement que les études de médecine ne m'intéressaient pas, que c'était ma vie, que je voulais jouer mon propre rôle, que je ferais donc du théâtre et que je n'en étais pas moins un homme pour autant. Et tu sais ce qu'il a dit ?

Je secoue la tête.

– Rien. Il n'a rien dit, pas un mot depuis trois jours, déclare-t-il, comme si ce silence était une victoire. Trois jours ! Mais tu sais quoi ? Je suis encore en vie. La honte ne m'a pas tué, la déception ne l'a pas tué. Et vu que cette révélation n'a provoqué aucune mort, je vais affronter une autre de mes peurs. C'est risqué, mais je crois que je suis prêt.

– Prêt à quoi ?

– À sauter dans le vide. Mais ça dépend de ta réponse à une question très importante...

– Qui est... ?

Asad balaie la classe du regard, puis se penche vers moi.

– Pas ici. Après les cours, tu me rejoins dans la cabine lumières ?

Tenir le reste de la journée est une vraie torture. J'ai droit à quelques réactions sur mes yeux. Sophie me dit qu'elle peut mieux imaginer à quoi je ressemblais avant – je crois que c'est un compliment.

Kenzie me glisse que les cours de théâtre n'étaient pas pareils sans moi, mais je crois que ce n'est pas un compliment.

Lynch, le proviseur adjoint, m'arrête dans le couloir juste parce qu'il est content de me revoir. Il laisse même échapper un sourire, ce qui est incroyable, car je ne l'ai jamais vu sourire à personne. Ses lèvres retrouvent leur pli sévère après un dixième de seconde, mais c'est égal, je l'ai vu.

À midi, Piper a renoncé au déambulateur et réintégré son fauteuil roulant.

– Pas mal pour un premier jour…, commente-t-elle.

Elle se force à sourire en se frottant les jambes, avant d'avaler discrètement un antalgique. Elle me décrit les sangles, barres et autres inventions du diable que l'ergothérapeute utilise pour l'aider à marcher plus longtemps à chaque séance. Elle donne un coup dans la roue de son fauteuil.

– Je parie que je pourrai bientôt me passer de ce petit bonhomme une journée entière.

J'acquiesce, mais toutes mes pensées sont occupées par Asad. Asad et cette question à laquelle je suis la seule à pouvoir répondre.

C'est peut-être une bêtise. Par exemple, crois-tu que je devrais essayer avec des lumières de couleur différente ? Mais à l'éclat qui illuminait ses yeux, je parie pour quelque chose de plus important…

Lorsque j'arrive dans la cabine lumières en fin d'après-midi, Asad n'est pas encore là. Le suspense devient intenable, parce que la première chose que je vois en entrant – là, posé sur une des nombreuses consoles – c'est un bouquet de gerberas rose vif. Lui ai-je dit que c'étaient mes préférées ? Comment savoir ? Peu importe. Ma poitrine se contracte douloureusement, presque comme à l'hôpital, quand je recevais à la fois trop d'oxygène et pas assez.

Une petite carte est glissée entre les tiges. Devrais-je la lire ?

Non. Sûrement pas.

Je me décide finalement à regarder quand la porte s'ouvre en grand. Asad glisse dans la pièce, se laisse tomber sur sa chaise à roulettes et croise les jambes sur une console, tout en s'appuyant au dossier, les mains derrière la tête.

– Je t'explique, Ava Lee. Je suis fatigué d'attendre et d'espérer. Je veux être comme toi, prendre la vie à bras-le-corps.

Je jette un coup d'œil à Asad, puis au bouquet. Comment peut-il rester aussi calme en présence de ces fleurs ? Avec « la question » en suspens ?

– OK, donc… ?

Il repose les pieds par terre et se rapproche de moi, les yeux brillants.

– Tu te rappelles quand je t'ai dit qu'en matière de filles ce n'est pas la quantité qui compte ?

– Oui, oui, je me souviens de ta réponse suspecte quand je t'ai demandé combien de filles tu avais invitées dans ton repaire…

Asad soulève les fleurs.

– C'est ça. Parce que j'attendais la bonne. Et je crois que je l'ai trouvée – bon, en fait, ça fait déjà un moment…

Son sourire s'efface un peu.

– Mais j'avais trop peur de le lui dire parce qu'elle est… hum… c'est comme dans *Le Fantôme de l'Opéra*, tu sais. Leroux écrit que l'amour n'est malheureux que lorsqu'on n'est pas sûr d'être payé de retour. Et là, je ne suis pas sûr du tout.

Je m'avance légèrement.

– Tu devrais le lui dire, tout simplement.

J'avance encore d'un pas, ma peau fourmille mais ce n'est pas la démangeaison habituelle. C'est une sensation électrique, qui me fait sentir vivante et qui réveille des zones de ma peau que je croyais insensibles à jamais.

– C'est là que j'ai besoin de ton aide, déclare-t-il en posant sur moi un regard sincère. Tu es sa meilleure amie. Est-ce que j'ai la moindre chance ?

Alors que j'allais m'approcher de lui, je suis stoppée en plein élan, et la glace remplace le feu qui crépite dans mes veines.

– Piper, je dis, plus pour moi que pour lui. C'est de Piper que tu parles…

Asad cligne des yeux, l'air perdu, avant d'abaisser le bouquet de fleurs.

– Bien sûr. Tu pensais à qui ?

39

– Les fleurs sont pour Piper…

Asad sourit.

– Ça m'a pris des heures pour trouver le bon rose.

Le rose de Piper.

– Je sais qu'elle me chambre tout le temps, mais on a passé pas mal de temps ensemble cette année et je pense qu'elle commence à me voir autrement. Enfin, à me voir tout court.

Je recule lentement vers la porte. Les murs de cette pièce déjà trop petite se referment sur moi. Comment ai-je pu ne rien voir ? Il l'a emmenée au salon de tatouage. Il a insisté pour qu'elle passe les auditions. Il n'a jamais été question que de Piper.

– Tu es amoureux de Piper. C'est d'elle que tu es amoureux, je murmure, peinant à comprendre le sens de ces paroles.

Asad fronce les sourcils.

– Pourquoi tu répètes ça ?

Il s'interrompt soudain, et son sourire disparaît.

– Tu croyais que…

– Non, je l'interromps avant qu'il puisse mettre des mots sur ma gêne. Peut-être. Je ne sais pas.

– Oh, dit-il dans un souffle.

Il observe ses fleurs comme si c'était un portail qui lui permettrait de fuir dans une autre dimension, loin de ce moment embarrassant. Lorsqu'il relève les yeux, il grimace. Je préfère ne pas imaginer l'expression de mon visage.

– Je t'aime aussi, bien sûr, mais pas *comme ça*.

Bien sûr. Pas *comme ça*. Jamais *comme ça*. Pas moi.

Je hoche la tête et pose la main sur la poignée de la porte.

– C'est pas grave… Je… Je vais y aller…

Asad se frappe le front.

– Quel con ! Mais quel con !

Il est debout devant moi, les fleurs à nouveau entre nous. Ses fleurs à elle. Dans les yeux d'Asad, je lis quelque chose de nouveau, que je connais bien – mais pas venant de lui.

De la pitié.

– Je pensais que tu le savais. Je pensais que tout le monde le savait. Je suis amoureux d'elle depuis le collège. (Son visage se tord.) Ça va être bizarre, maintenant…

Je secoue la tête. *Par pitié, tais-toi.*

– Asad, ça va. Il n'y a pas de problème.

Je fais un pas en arrière, mes talons touchent la porte. Je ne peux plus reculer davantage. J'agrippe la poignée tandis qu'Asad avance.

– Sérieux, Ava. Je pense ce que j'ai dit l'autre soir. Je suis vraiment heureux de te connaître. Quand Piper m'a demandé de m'occuper de toi, je ne pouvais pas imaginer que tu deviendrais l'une de mes amies les plus proches. Et moi, comme un con, j'ai tout gâché...

Ma main lâche la poignée.

– Hein... Quoi ?

– Oui, vraiment. Il faut que tu saches que notre amitié compte vraiment pour moi.

– Non. Pas ça. L'autre chose. Piper t'a demandé de t'occuper de moi ? Quand ça ?

Asad hausse les épaules.

– Je ne sais plus, juste avant que tu viennes au club de théâtre.

Le jour où j'ai eu envie de quitter l'auditorium en courant. Il m'a convaincue de rester. Il m'a tenu la main. M'a remplie d'espoir.

– Tu ne m'as parlé que parce que Piper te l'avait demandé ?

– Non, je t'ai parlé en classe le premier jour, tu ne te rappelles pas ? Tu m'as totalement snobé.

Si, je me rappelle très bien. Il m'a parlé. J'ai été odieuse.

Et pourtant, au club de théâtre, il s'est montré adorable et plein d'attentions. Parce que Piper le lui avait demandé. Parce qu'il aurait fait n'importe quoi pour elle.

Et elle le savait.

Je lui tourne le dos et j'essaie maladroitement d'ouvrir la porte sans m'avancer vers lui ou vers ses fleurs. Il m'attrape par le bras.

– Ne pars pas comme ça, Ava. Qu'est-ce que ça change, la manière dont on s'est rencontrés ? L'important, c'est que tu sois devenue une de mes plus proches amies !

Amie. Bien sûr – la Grande Brûlée, condamnée à errer en *friendzone* pour la vie entière.

Je m'arrache à son étreinte.

– Je dois y aller.

– Où ça ?

– N'importe où. Ailleurs.

Il crie mon nom tandis que je dévale le petit escalier qui rejoint la salle de l'auditorium. Des larmes me montent aux yeux, et leur sel agresse ma peau encore tendre.

Ce n'est pas Asad le con ; c'est moi. Une petite intervention chirurgicale et je me mets à croire aux contes de fées.

La chirurgie ne peut pas faire de miracle.

La chirurgie ne peut rien pour moi.

Alors que je fuis vers le parking, je fonce quasiment dans Kenzie et Piper.

– Houla, y a pas le feu ! s'exclame Kenzie, avant de porter la main à sa bouche. Pardon, je n'ai pas fait exprès !

Piper est dans son fauteuil, son visage est rouge et son mascara a coulé. La larme qui coule sur la joue de Kenzie me fait comprendre que j'arrive en pleine dispute. J'accélère le pas. Je n'ai surtout pas besoin d'une dose de drame supplémentaire.

Mais Kenzie m'arrête d'une main sur l'épaule.

– Ce serait bien qu'on se parle. Peut-être chez moi ? Je n'arrive pas à m'immerger dans mon rôle avec toutes ces ondes négatives...

Je me débarrasse de sa main et continue à avancer. Piper me rattrape.

– Ouais, Ava et moi, on a d'autres plans.

Je baisse les yeux vers elle. Est-ce qu'elle sait qu'Asad est amoureux d'elle ? Et elle, est-ce qu'elle l'aime ?

Je me retourne vers Kenzie.

– En fait, c'est peut-être une bonne idée...

Piper me donne un grand coup dans le bras.

– Hé..., chuchote-t-elle. Qu'est-ce qui te prend ? Tu ne vas pas aller chez *elle* !

Je fronce les sourcils.

– Ce n'est pas toi qui décides avec qui je passe mon temps. Je vais chez elle si je veux !

Kenzie hausse les sourcils.

– Je crois qu'on a toutes...

– Dégage, l'interrompt Piper.

Kenzie lève les mains et s'écarte, mais elle reste à portée de voix et nous observe tandis que Piper me tire par la manche pour que je me rapproche d'elle. Je résiste.

– Ava, qu'est-ce que tu fiches ? On en a parlé. Elle se sert de toi pour m'atteindre.

Je dégage mon bras.

– C'est ça. Parce que tu ne peux pas imaginer un monde qui ne tourne pas autour de toi !

Piper se renfonce sur son fauteuil et baisse la voix pour éviter que Kenzie ne nous entende.

– Je croyais qu'on avait réglé ce problème. Je t'ai dit que tu faisais ce que tu voulais, mais pas avec *elle*, OK ?

– OK. Et Asad, alors ? Tu sais, ce type qui n'est devenu mon ami que pour te faire plaisir ?

À en juger par le temps qu'elle met à me répondre, elle ne s'attendait pas à ça.

– Non, c'était... ce n'est pas ça. Je lui ai juste demandé...

– Tu lui as demandé d'avoir pitié de moi. Et il l'a fait parce que – surprise ! – il est amoureux de toi. Mais je crois que tu le savais déjà.

Piper tire sur le poignet de sa manche compressive.

– Tu le savais, hein ? j'insiste. Tu le sais depuis le début ?

– Oui, reconnaît-elle sans lever les yeux.

La douleur et la gêne me montent au visage, j'ai chaud et ça me gratte, comme lorsque je passais dans les couloirs le premier jour au lycée et que tout le monde me regardait. Je croyais alors que rien ne pourrait être pire.

Je me trompais.

– Et tu n'as pas jugé bon de me prévenir ?

Piper redresse vivement la tête.

– J'ai essayé de t'arrêter. Je t'ai dit...

– Tu m'as dit que tu le voyais plus en ami. Tu aurais pu être plus précise et dire, je sais pas, un truc comme « Il est amoureux de moi depuis qu'on est des zygotes ». Ça m'aurait peut-être évité le ridicule ?

Piper fronce les sourcils.

– Qu'est-ce qui s'est passé ?

– Il s'est passé que j'ai eu le malheur de te rencontrer ! À l'hôpital, tu as prétendu que tu avais besoin de moi. En vrai, tu as surtout besoin de jouer les âmes charitables ! Mais ça suffit, j'ai eu ma dose.

Les commissures de ses lèvres s'abaissent.

– Ta dose de quoi, moi ?

– Tu m'as expliqué toi-même que je devais vivre ma vie.

– Oui.

– C'est difficile en restant dans ton ombre.

Elle se redresse et me fusille du regard. Je la fixe en retour. Voyant que je ne cille pas, elle lève les mains.

– Très bien ! Si je suis un tel poids pour toi, alors tu as raison, il est temps de prendre ton indépendance !

Je détache la chaîne en or avec le pendentif en forme de phénix.

– Garde-le, lance-t-elle avec mépris.

– Je n'en veux plus.

– Très bien ! s'exclame-t-elle en l'attrapant.

Elle serre le poing, plie le bras, puis le déploie. Le phénix doré vole à travers les airs et disparaît au milieu de la pelouse. Elle fait pivoter son fauteuil et retourne vers le lycée, ses propres ailes battant furieusement dans son dos.

Kenzie s'élance pour lui ouvrir la porte, mais Piper lui hurle qu'elle n'a pas besoin d'aide et force le passage en la bousculant. Je m'éloigne. Quand j'arrive à l'intersection, je continue tout droit. Les larmes que j'avais réussi à ravaler finissent par déborder. Même mes nouvelles paupières ne peuvent les retenir.

Je repêche mon casque au fond de ma sacoche et l'enfonce sur ma tête tout en continuant d'avancer en direction du magasin de Cora, essayant d'ignorer les regards des gens, qui ne peuvent s'empêcher de dévisager cette mutante au visage ruisselant de larmes. De légers flocons de neige commencent à tomber, saupoudrant le sol et les jonquilles tout juste écloses. À l'horizon, un brouillard blanc recouvre les montagnes.

Glenn avait raison : le printemps n'est qu'un leurre, l'hiver ne finira jamais.

Le temps de parcourir les trois kilomètres jusqu'au supermarché, je suis frigorifiée. Je parcours les allées à la recherche de Cora, frottant mes mains gelées l'une contre l'autre. Deux petites filles en tenue de foot quittent le rayon des céréales en pouffant. Je les entends chuchoter dans l'allée voisine, incapables de réprimer leurs rires.

J'imagine Josh Turner, un cornet de pop-corn à la main, paralysé par la peur à la vue de la fille qu'il embrassait autrefois. Je m'écroule par terre, terrassée par le souvenir.

L'expression de son regard. L'horreur que j'ai vue dans ses yeux. La pitié dans ceux d'Asad.

Pourquoi ai-je cru que ce serait différent ?

Je n'essaie même pas de lutter contre les ténèbres qui m'engloutissent. Je me laisse lentement sombrer, enveloppée par un néant familier.

Comme dans les trous noirs dont me parlait papa, ma propre gravité m'attire à l'intérieur.

J'implose à côté des Kelloggs.

Cora finit par arriver. Elle s'accroupit près de moi et m'ôte mon casque, puis elle me serre contre elle et je blottis mon visage contre son épaule.

– Rentrons à la maison, dit-elle.

Je secoue la tête, marmonnant contre la manche de sa chemise. Elle me relève le menton pour pouvoir m'entendre.

– Je peux pas, je répète.

– Bien sûr qu'on peut. Je vais prévenir ma cheffe que je pars tôt. Je ne sais pas ce qui s'est passé, mais on va régler ça.

– Non, je murmure, à nouveau assaillie par les larmes. On peut pas. Elle a disparu.

– Quoi, chérie ? Qu'est-ce qui a disparu ?

Ma bouche s'enfonce contre son épaule, et je chuchote ce mot qui me hante :

– Ma maison.

9 mai

Riennepeutremplacersamaison

Riennepeutremplacersamaison

Riennepeutremplacersamaison

Rien
Rien
Rien

40

Piper m'appelle trois fois dans la soirée.

Je ne réponds pas.

Je n'entends même pas son dernier appel, je le découvre le lendemain quand je me réveille avec Cora assise au bord de mon lit. Je suis enroulée dans le couvre-lit de Sara, assez serré pour que lumière ne filtre pas jusqu'à moi.

Elle me tapote doucement l'épaule.

– Ava, il faut qu'on parle.

Lorsque j'ouvre les yeux, la première chose que je vois, ce sont les vitrines vides qui me narguent. Je me tourne de l'autre côté pour leur échapper.

– Vous n'auriez pas dû vendre les Barbie de Sara pour moi, je dis, et la mémoire de ce qui s'est passé la veille me revient, me plongeant dans une détresse sans fond.

Cora m'épargne son discours faussement optimiste de

conférence de presse. À la place, elle lisse mes cheveux et m'embrasse sur le front.

– Je ne regrette pas une seconde, déclare-t-elle. Rejoins-nous quand tu es prête. Mme Layne est là.

Grognement.

– Tu as appelé ma psy à la rescousse ? Je vais bien.

Cora appuie sur l'interrupteur du mur, et je cligne des yeux.

– Non, affirme-t-elle d'une voix plus énergique que d'habitude. Tu ne vas pas bien.

Réunion impromptue du Comité. Layne est assise sur le canapé. Son fond de teint, d'habitude parfait, a été appliqué à la va-vite, laissant visibles les décolorations de ses cicatrices. Glenn est adossé au mur, le regard rivé au sol, les mains profondément enfoncées dans ses poches.

Mme Layne me sourit d'un air fatigué. Glenn et Cora ont l'air épuisés, eux aussi. La culpabilité m'assaille : ils sont tous inquiets pour l'estropiée de la chambre 528. Je me prépare à un assaut d'encouragements m'assurant que tout ira bientôt mieux.

Que je suis une battante.

– Ava, assieds-toi, me dit Mme Layne en tapotant le coussin à côté d'elle. Il faut qu'on parle.

Je me demande de quoi elle veut discuter. Hors de question que je leur raconte ma déception amoureuse, et comment pourraient-ils être au courant de ma dispute avec Piper ?

Mme Layne tripote son stylo, un tic nerveux qui tranche avec son attitude habituelle, posée et pro. Elle devrait se réjouir : j'ai enfin craqué. Un effondrement en public, ça doit bien se situer entre la colère et le marchandage sur l'échelle des sept étapes du deuil ?

Glenn évite mon regard. Cora se tamponne le coin des yeux avec un mouchoir.

Tout cela n'est pas normal.

– Je vais bien, vraiment, je dis, tout en essayant de comprendre l'étrange atmosphère qui règne dans la pièce.

Mme Layne me parle lentement, comme pour me calmer, à moins que ce ne soit pour rester calme elle-même.

– Ava, il est arrivé quelque chose à Piper.

41

Les ténèbres s'insinuent en moi.

– Ses parents l'ont trouvée tôt ce matin. Ils pensent qu'elle a dû avaler trop d'antalgiques.

Cora renifle et porte la main à sa bouche. Glenn fixe ses pieds. Layne me regarde.

– Elle a fait une overdose ? je demande.

Ma colère se mue en peur et en culpabilité. Elle m'a appelée trois fois.

Layne soupèse soigneusement ses mots.

– Ce n'est pas très clair…

Je l'interromps.

– Elle est morte ?

Ma voix monte tandis que la panique me gagne. On m'a déjà caché la vérité pour me protéger – pour que je choisisse de me battre, malgré la douleur. Je ne veux pas qu'on me mente à nouveau.

– Il faut dire la vérité quand quelqu'un qu'on aime est mort ! Dites-moi la vérité ! Elle est morte ou vivante ?

Layne pose la main sur la mienne.

– Vivante. Elle est vivante.

L'air s'engouffre dans mes poumons. Ma tête pèse soudain une tonne, j'appuie ma joue sur l'accoudoir.

– Elle n'aurait pas fait ça. Pas exprès.

Mais alors que je prononce ces mots, les ténèbres pénètrent plus profondément en moi. Je savais que c'était dur pour Piper. Je le *savais*. Mais elle m'avait dit que ça allait mieux depuis que j'étais là.

Sauf que je n'étais pas là. Pas hier soir. Que lui ai-je dit ? Que notre amitié était un fardeau. Elle a jeté le collier.

Elle m'a appelée trois fois.

Je l'ai jetée, moi aussi.

– Je savais que c'était compliqué, mais je ne pensais pas que...

Je m'arrête, comme si prononcer les mots à voix haute risquait de les rendre réels. Mme Layne me tapote la main doucement.

– Ce n'est la faute de personne, Ava. Mais on sait que tu es proche d'elle et on s'inquiète pour toi. Cora m'a parlé de ce qui s'est passé hier soir. Au magasin.

Je remarque les cernes sombres sous les yeux de Cora. A-t-elle seulement fermé l'œil de la nuit ? Glenn, lui aussi, a l'air hagard.

– J'ai eu une mauvaise journée.

– Est-ce que ça arrive souvent ? insiste Layne.

– Je ne vais pas vider un flacon de codéine, si c'est ça la question.

J'essaie de prendre un ton détaché, comme l'aurait fait Piper, mais les mots accrochent dans ma gorge.

Mme Layne s'incline vers moi. Le poids de son corps sur le coussin du canapé me fait légèrement pencher vers elle.

– Ce que vous vivez en ce moment, les filles, est plus lourd que ce que la plupart des gens pourraient supporter. Il n'y a aucune honte à demander de l'aide. On regrette tous que Piper n'ait rien dit. (Ses yeux plongent dans les miens.) Comment te sens-tu, vraiment ?

Je pense à hier et à quel point je suis fatiguée de lutter contre le néant qui m'aspire.

Piper a-t-elle éprouvé cette lassitude, elle aussi ?

Elle m'a appelée trois fois.

– Je pense...

Je regarde Cora et Glenn, leurs cernes et leurs yeux rougis, qui doivent ressembler aux miens.

– Je pense que personne ne va aussi bien qu'il le prétend.

Mme Layne acquiesce.

– Je crois que tu as raison.

– Je pourrais la voir ? J'ai besoin de la voir.

– Bientôt. Pour l'instant, les docteurs s'occupent d'elle, mais je voudrais t'aider, si tu veux bien.

– Comment ?

– Eh bien, pour commencer, je voudrais qu'on fasse un petit tour en voiture.

Mme Layne ne me dit rien sur notre destination, sans doute par peur que j'ouvre la portière et me laisse tomber sur le bas-côté. Mais après vingt minutes sur l'autoroute sud, je sais exactement où on va.

Je m'enfonce dans mon siège, tout en lui étant reconnaissante pour son silence. Derrière la vitre, les fermes remplacent l'interminable banlieue. Le vert tendre du printemps s'étend de l'autoroute jusqu'au pied des montagnes.

Si mes yeux regardent les champs, les chevaux, les premières collines, mon esprit reste avec Piper.

J'aurais dû l'aider à repousser les ténèbres.

On aurait lutté ensemble.

Au bout d'une heure environ, un lac apparaît dans les contreforts à l'ouest.

Chez moi.

Mon ventre se noue à la vue des collines qui entourent les exploitations agricoles. Ces pâturages où paissent vaches et chevaux me donnaient autrefois l'impression de ne pas avoir de limite, d'être aussi vaste que ces sommets et ces vallées qui s'étendent à perte de vue.

Aujourd'hui, elles me remplissent d'effroi.

Mme Layne quitte l'autoroute et continue vers l'ouest.

On passe devant le verger où, chaque été, je cueillais des cerises avec Sara. Devant des enfants qui jouent au ballon sur le bitume où je me suis râpé le genou quand j'avais huit ans. La crique avec le pont en bois où Chloé et moi, on a gravé nos initiales. Les tribunes où Josh m'a embrassée.

On passe devant le glacier où maman et moi, on achetait nos glaces pistache-amande. La quincaillerie où papa faisait semblant de savoir différencier un écrou de roue d'un boulon.

Alors que mon ancienne vie défile devant moi, j'aperçois mon reflet dans la vitre. Comment mon chez-moi a-t-il pu rester identique alors que je suis si différente ?

Mme Layne s'arrête en bord de route. À quelques mètres, derrière un cerisier en fleur, commence ma rue.

– Je ne veux pas te forcer. Si tu dis non, je fais demi-tour tout de suite.

Sur le trottoir, Mme Heckman m'adresse un signe de la main, comme elle le fait avec tout le monde, tout en se débattant avec ses trois corgis pour leur promenade matinale. Dans le jardin du colonel Ashby, les rangées de tulipes sont alignées avec une précision toute militaire.

J'ai l'impression étrange que ma vie a continué sans moi.

Une part de moi voudrait fuir, mais celle que j'ai été

pendant seize ans n'a qu'une envie : tourner le coin de la rue.

– C'est trop tard pour reculer, je réponds.

Mme Layne redémarre, et on s'engage dans la rue où je vivais.

42

Elle se gare sous l'érable devant notre jardin.

Derrière, un grand vide.

Les équipes de démolition ont abattu le peu qui restait, on ne voit plus que les fondations enterrées, dont jaillissent des tiges de fer à béton rouillées et tordues.

– Pourquoi on est venues ? je demande, détournant les yeux de ce qui était ma vie.

Mme Layne s'adosse à son siège, les doigts pianotant sur le volant. Au bout d'une minute, elle désigne mon cou.

– Tu ne portes plus ton collier ? Celui que Piper t'avait donné ?

Je touche ma peau nue.

– Tu sais, la plupart des gens pensent que le phénix symbolise la survie, continue-t-elle.

Je revois les ailes sur le dos de Piper s'envolant loin de moi, hier.

– Je sais – il traverse les flammes intact, blablabla...

Le regard de Mme Layne fixe l'emplacement vide, derrière moi.

– Pas tout à fait. Les flammes le *brûlent*. Elles le consument entièrement. La magie du phénix, ce n'est pas qu'il reste intact, c'est qu'il renaît de ses cendres.

Je me tourne vers la vitre. J'ai du mal à croire que la vue de ces cendres va me transformer par magie. Mme Layne tente une nouvelle approche.

– Regarde. Qu'est-ce qui était le plus dur, à l'hôpital ?

Je n'ai pas besoin de réfléchir.

– Le parage.

Rien que prononcer ce mot me fait mal, tandis que me revient le souvenir des infirmières frottant mes croûtes, m'arrachant des lambeaux de peau à la pince à épiler.

– On est d'accord. Mais il fallait retirer les zones brûlées pour que les greffes puissent se développer. Si tu refuses de te séparer de ton ancienne peau, tu ne cicatrises jamais.

Elle se penche devant moi, tire la poignée et ouvre ma portière.

– Il est temps de lâcher prise.

Je la suis à contrecœur sur la pelouse. Les tulipes rouges et orange de maman ont repoussé le long du sentier qui menait à la porte d'entrée. On marche sur un tapis moelleux, fait de cendres, de terre et de petits morceaux calcinés, restes de ce qui fut peut-être quelque chose que j'aimais.

Mme Layne me demande de lui décrire la disposition des pièces. J'essaie de m'imaginer en train de franchir le seuil : face à moi, les vitrines qui contiennent la collection de clochettes de maman, à ma droite un énorme canapé en cuir. Je contourne les fondations, qui me paraissent maintenant minuscules. À les voir, il est difficile d'imaginer toute la vie – et tout l'amour – qu'elles ont autrefois abritée.

– Ici, c'était le séjour.

Je le traverse pour gagner ce qui était la cuisine.

– Notre table était juste…

J'avance de quelques pas pour retrouver la vue que j'avais sur le sommet des montagnes quand je prenais mon petit déjeuner.

– … là.

Le vent fait claquer les pointes de mon bandana contre mon cou. Alors qu'il souffle à travers les arbres, j'entends presque résonner la voix de papa qui lit les gros titres et le rire de maman au téléphone. Je ferme les yeux et je l'entends chanter, le bruit des poêles tandis que papa fait cuire le bacon le dimanche matin, maman qui me crie dessus parce que je n'ai pas respecté l'heure limite prévue, papa assis à la table, en larmes, parce que son père est mort.

Je rouvre les yeux.

Les voix se taisent.

Une rafale soulève les cendres de mon passé, formant un minitourbillon. Tournoyant à l'intérieur de mon ancienne cuisine, rien pour les contenir, rien pour les retenir.

– À quoi ça rime ? je demande. Ça fait partie de la thérapie ? C'est pour pouvoir cocher les sept étapes ?

Mme Layne me regarde sans répondre.

– À quel stade j'en suis ? À la colère, c'est ça ?

Je me baisse et ramasse une pleine poignée de cendres et de terre, ma vie glissant entre mes doigts. Je la lance dans le tourbillon de poussière, essayant de l'atteindre. De lui faire du mal. Qu'il cesse d'avoir l'air si triste, si solitaire, si pitoyable.

Je jette une autre poignée.

Et une autre encore.

La terre et la cendre me reviennent en pleine face, déposant une couche rugueuse sur mes lèvres.

– Et maintenant ? je hausse la voix par-dessus le vent. Je suis guérie ? Je dois tourner la page, oublier tout ce que j'ai vécu ?

Je m'apprête à lancer une nouvelle poignée, mais mes forces me quittent. J'ouvre les mains et m'écroule. Mme Layne, s'agenouillant près de moi, passe un bras autour de mes épaules.

– Tourner la page ne veut pas dire oublier, murmure-t-elle. Ça veut dire laisser partir la douleur.

Le tourbillon de poussière se dissout dans les airs. J'essaie de trouver les mots pour décrire ce que je ressens.

– Mais la douleur, c'est tout ce qui me reste. Quand elle sera partie, mes parents seront partis aussi. Je serai totalement seule.

Elle me serre plus fort.

– Tu n'es pas seule.

– Si. Tout le monde me laisse tomber. Vous voulez savoir ce que j'ai pensé quand j'ai appris pour Piper ? J'ai pensé : évidemment. Tous ceux que j'aime s'en vont.

Mon bras balaie l'espace, désignant le vide autour de nous.

– Tout a disparu. Je. Suis. Seule.

– Depuis quand ? demande Mme Layne d'une voix plus sévère que je ne m'y attendais. Quand as-tu été seule ?

– Depuis la première nuit. C'est ça, être la *seule survivante*.

Ses lèvres se plissent d'un seul côté.

– Tu veux dire à l'hôpital, entourée d'infirmières et de docteurs qui se démenaient pour te sauver la vie ? Ou quand Cora et Glenn étaient à ton chevet vingt-quatre heures sur vingt-quatre ? Ou quand Piper…

– Piper, parlons-en, je la coupe. Elle court vers la sortie, elle aussi.

– Piper n'est pas en train de t'abandonner. Elle souffre. Elle a besoin de toi. Comme Cora, comme Glenn, comme tous ceux qui t'aiment. Ils ont tous besoin de toi, de la même façon que tu as besoin que Piper continue à se battre.

– Je vous l'ai déjà dit, je ne ferai rien d'irréparable.

– Je ne parle pas de vie ou de mort, Ava. Toute la question, c'est que tes cicatrices peuvent te couper des autres, mais elles peuvent aussi t'en rapprocher… (Elle porte la main à son visage.) Tu n'as pas choisi d'être brûlée. Moi non plus. J'aurais pu rester en colère, à rejeter le monde entier. Mais j'avais le choix, comme toi aujourd'hui. (Elle fait glisser ses doigts le long de ses marques.) C'est toi qui décides ce que tes cicatrices font de toi. Toi qui décides si tu acceptes de t'ouvrir à l'amour. Cette nuit-là, dans l'incendie, tu as choisi de vivre. Il faut continuer à choisir la vie.

Je me lève et quitte la dalle de béton pour marcher dans l'herbe, me dirigeant vers l'endroit où aurait été ma chambre à l'étage. Puis je me tourne vers Mme Layne.

– Je n'ai rien *choisi* du tout. Mon père m'a poussée par la fenêtre et j'ai atterri ici, dans une vie que je n'ai *pas* choisie.

Elle fronce les sourcils, peinant à comprendre.

– Tu penses que ton père t'a poussée ?

Je hoche la tête.

– La dernière chose que j'ai vue avant que le plafond s'écroule, c'est lui en train de courir vers moi. Il m'a poussée, et je suis tombée. Ici.

Mme Layne se relève à son tour et croise les bras dans

un léger déhanché. Elle fixe la pelouse, là où ma voisine m'a découverte.

– Ava. J'ai vu le rapport de la police. Le corps de ton père a été retrouvé dans le couloir qui longeait ta chambre. Tu as raison, je pense qu'il essayait de te rejoindre. Mais l'effondrement du plafond l'en a empêché.

– Il m'a poussée, je proteste. Comment serais-je passée par la fenêtre sinon ?

La poussière tourbillonne entre nous, mais Mme Layne ne cille pas.

– Ava, ton père ne t'a pas poussée. C'est toi qui as sauté.

43

Ça ne peut pas être vrai.

Je me laisse tomber par terre, repassant les images de cette nuit dans ma tête. La chaleur qui descend du plafond. Des flashs de panique et de fumée, et ma gorge qui brûle. J'ouvre la fenêtre pour respirer.

Le visage de papa à travers les flammes. Sa bouche qui articule quelque chose. Et voilà – je suis sur le sol, je m'accroche aux étoiles, ma voisine penchée au-dessus de moi me suppliant de tenir.

Je pose la tête sur l'herbe froide, à l'endroit exact où je suis tombée, cette nuit-là. Cette fois, pas d'étoiles scintillantes, mais de gros nuages touffus. Mme Layne me dit de prendre le temps qu'il me faut.

Même si j'ai vraiment sauté, je ne savais pas ce qui m'attendait. Je ne savais pas à quoi je ressemblerais, ni que je me réveillerais seule.

Même si j'ai choisi de vivre dans un moment de panique, comment continuer à choisir de vivre ?

Une silhouette à contre-jour apparaît dans mon champ de vision. Je crois être victime d'une hallucination surgie du passé… quand le souvenir se met à parler.

– Bonté divine ! déclare une voix de femme.

Je me protège du soleil et reconnais Mme Sullivan, la voisine qui m'a retrouvée cette nuit-là, en flammes sur la pelouse. Lorsque je me relève, elle porte la main à son cœur. Et dès que je suis debout, elle me serre contre elle, puis me tient à bout de bras.

– Laisse-moi te regarder. Tu as l'air…

Elle examine mon visage, un sourire aux lèvres.

– Magnifique.

Je la laisse me serrer à nouveau.

Elle me tient longtemps contre elle, puis comme elle me relâche, elle m'attrape par les épaules et cherche mon regard.

– Tu ne peux pas imaginer le bonheur que c'est de te voir ici. Vivante et en bonne santé.

Une larme coule sur sa peau ridée, elle rit, puis me lâche pour tirer de la poche de sa chemise un mouchoir jauni avec une fleur rose brodée. Elle s'essuie les yeux.

– Quelle nunuche je fais, dit-elle.

Elle s'essuie à nouveau, puis s'apprête à ranger son mouchoir et se ravise, car de nouvelles larmes inondent ses yeux.

– Je pense à toi tout le temps. On prie pour toi tous les dimanches.

– Pour moi ?

– Bien sûr, mon petit. Tous. (Elle secoue la tête.) Tu m'as fait une de ces frayeurs, cette nuit-là, tu sais. Une ou deux fois, j'ai cru t'avoir perdue pour de bon.

L'essentiel de cette nuit a disparu dans un brouillard de fumée, mais je n'ai jamais pensé à ce qu'elle avait vécu, elle. À la peur qui avait dû l'envahir tandis qu'elle tentait de me maintenir en vie alors que la maison brûlait derrière nous.

– Je ne vous ai jamais remerciée. De m'avoir aidée.

Le mot paraît ridicule, minuscule, disproportionné. Elle rit et agite son mouchoir dans les airs.

– Oh, mon Dieu, tu ne vas pas me remercier, quand même ! À dire vrai, je ne suis pas sûre d'avoir servi à grand-chose...

Elle prend ma main et la tapote légèrement, sans montrer la moindre surprise face à mon énorme pouce. Sa peau est fine et douce contre la mienne.

– Je ne vais pas prétendre savoir pourquoi Dieu laisse des choses pareilles arriver à des gentilles personnes comme toi et tes parents, mais je sais une chose : Dieu place des gens sur notre chemin, et mon chemin a croisé le tien cette nuit-là. Ton histoire est liée à la mienne, maintenant, je sais que c'est ce qu'Il a voulu – que nos cœurs soient liés.

Ses yeux tombent sur les vestiges de ma vie.

– Il y a une forme de beauté dans les cendres. Il faut parfois du temps pour la voir.

Elle me serre encore une fois contre elle, recule et secoue la tête comme si elle n'arrivait pas à croire que j'étais réelle.

– Dieu te bénisse, ajoute-t-elle.

Elle s'essuie les yeux l'un après l'autre, puis elle repart vers sa maison. J'ai soudain envie de la rappeler pour lui dire qu'elle m'a sauvé la vie cette nuit-là.

Que sa voix m'a arrachée aux ténèbres.

Qu'elle m'a aidée à choisir de rester.

Quand je me suis réveillée, d'autres voix ont pris le relais. Cora et sa patiente veille. Glenn, son ton calme et posé, ses paroles rassurantes.

Le docteur Sharp. Tant d'infirmières que j'en perds le compte. Mme Layne, appuyée sur le capot de sa voiture, qui m'attend – qui m'attend depuis le début.

Elle a raison : je n'ai jamais été seule.

À part peut-être un seul instant.

Cet instant où je me suis jetée par la fenêtre. Ce choix de vivre que j'ai fait alors – le premier d'un million à venir –, je l'ai fait seule.

Mais ensuite, il y a toujours eu quelqu'un.

Sur mon chemin.

Pour m'aider à me battre.

Linda, avec sa tendresse rude, qui m'a arrachée à mon

lit pour me faire marcher. Et même Terry, avec ses instruments de torture, qui s'est échiné pour que je puisse plier le coude et m'habiller seule.

Tony qui m'a hissée sur la scène. Asad qui m'a donné l'espoir que quelqu'un pourrait aimer mon visage. Piper qui a rendu la traversée du cauchemar moins solitaire.

Piper.

Qui fait un doigt au ciel avec sa playlist « Incendie ».

Comment n'ai-je pas vu qu'elle se battait elle aussi contre ses propres ténèbres ?

Mais surtout, qui l'aide à se battre maintenant ?

Qui l'aide à choisir de vivre ?

Le vent secoue les feuilles de l'érable, et je me revois en train de courir vers papa tandis qu'il descend de voiture. Il me jette en l'air, puis me rattrape.

Je ris et je crie : « Encore ! » Je n'éprouve pas la moindre peur, ni le moindre doute.

Il y aura toujours des bras pour me recevoir.

Je me relève et secoue les cendres de mon pantalon.

– Il faut y aller ! je crie à Mme Layne.

– Prends le temps qu'il te…

– Ma maison n'existe plus. J'ai compris. (Je jette un dernier regard à cet endroit qui était chez moi.) Mais ma meilleure amie est toujours là, elle, et elle a besoin de bras pour la rattraper.

44

On fait d'abord un détour par le lycée avant de rejoindre l'hôpital. Mme Layne m'aide à ratisser la pelouse à la recherche du phénix doré.

– J'ai été plus que nulle, je marmonne tout en soulevant une motte d'herbe fraîchement tondue. J'aurais dû être là pour elle.

– Tu peux être là maintenant. Est-ce que c'est ça ?

Elle me montre le phénix, dont l'aile droite a été sectionnée, sans doute par la lame en acier d'une tondeuse.

J'effleure des doigts la brisure.

– Et si jamais elle me déteste ?

Mme Layne se relève, puis me tend la main pour m'aider à me relever à mon tour.

– Tu restes quand même là pour elle.

Quand j'arrive au troisième étage de l'hôpital, les parents de Piper s'entretiennent avec une femme en blouse blanche. Sa mère coupe la parole à la docteure pour se précipiter vers moi et me serrer dans ses bras. Elle m'explique que Piper est sortie des soins intensifs, mais qu'elle reste sous haute surveillance. Elle grimace en prononçant le mot, comme si la pensée que sa fille a besoin d'être veillée vingt-quatre heures sur vingt-quatre la faisait souffrir physiquement.

– Je peux la voir ?

Elle hoche la tête.

– Mais tu sais, Ava, elle est sous sédatif et elle est épuisée, je ne suis pas sûre qu'elle aura même conscience de ta présence.

J'écarte les rideaux séparateurs dans cette chambre où règne un silence de mort, à peine entrecoupé par les bips réguliers de la machine qui suit les battements de son cœur. Sur son lit blanc, Piper me paraît soudain petite, très jeune, immensément fragile. Elle disparaît presque au milieu des draps, et j'ai l'impression de la voir pour la première fois.

Je rapproche ma chaise et pose une main sur la sienne. Un bleu est apparu là où une infirmière peu habile s'est escrimée à insérer une intraveineuse.

Je ne sais que dire. C'est moi, d'habitude, qui suis sur le lit. Lorsque Cora et Glenn me rendaient visite au service des grands brûlés, je les regardais depuis mon perchoir, immobile, tandis qu'ils enfilaient chaussons, blouse et filet à cheveux afin de ne pas apporter les dangereux germes du monde extérieur dans ma petite réalité protégée. J'étais comme un animal dans sa cage.

C'est moi, maintenant, qui tape sur la vitre.

– Piper ?

Ses lèvres laissent échapper un murmure, mais ses yeux clignent à peine.

– Tu n'as pas besoin de parler. Je veux juste te demander pardon de n'avoir pas été là quand tu avais besoin de moi…

J'essaie de desserrer le nœud dans ma gorge.

Les bips résonnent dans l'espace silencieux.

Je lui sors alors les mêmes mots d'encouragement que les gens employaient avec moi. Je les détestais, et je me déteste de les prononcer, mais je n'ai rien d'autre – rien sinon l'espoir que mes mots parviennent à l'atteindre.

– Il faut que tu te battes. J'ai besoin de toi. Tu dois te réveiller parce que j'ai un truc incroyable à te dire. J'ai trouvé ma nouvelle « normalité ».

Je retourne sa main et dépose le phénix dans sa paume inerte.

– C'est toi. Toi, Cora et Glenn, et j'ai failli ne pas vous voir, à force de rester accrochée à celle que j'étais avant. J'étais aveugle à tout ce qu'il y a de beau autour de moi.

Je replie ses doigts sur l'oiseau.

– Mais j'ai ouvert les yeux, Pipe. Je te vois. Alors il faut que tu guérisses pour que je puisse te demander pardon. J'aurais dû être là. Mais je suis là, maintenant, et je ne m'en irai plus. Tu fais partie de ma vie, et je fais partie de la tienne.

L'odeur d'antiseptique et les bips me ramènent dans l'unité des grands brûlés. Quand je voyais Cora passer ses nuits recroquevillée dans son fauteuil, je pensais qu'elle avait une vocation ratée de martyre.

Éprouvait-elle ce que j'éprouve en tenant la main de Piper ? Que pour rien au monde je ne voudrais être ailleurs ?

Puis je fais la seule chose que je sais bien faire : je chante doucement une chanson qui parle de rêves, de merlebleu et de problèmes qui se dissolvent comme des gouttes de citron.

Avant de partir, je griffonne un message sur une serviette en papier.

Il te reste de nombreuses heures de vol de ce côté-ci de l'arc-en-ciel.

PS : ne me laisse pas tomber.

Alors que je me dirige vers la porte, le père de Piper s'excuse de n'avoir pas été dans un état très présentable lorsque je l'ai rencontré la dernière fois chez eux – ce qui me met profondément mal à l'aise.

– Ça ne m'arrivait jamais, avant, continue-t-il, comme

si je lui avais demandé de se justifier. Mais parfois, j'ai l'impression qu'on a tous eu cet accident avec elle. Tu vois ce que je veux dire ?

Je hoche la tête, mais non, je ne vois pas. Il n'a pas eu d'accident, lui. C'est Piper qui a vécu cet accident, Piper qui s'est retrouvée dans un fauteuil et, ensuite, tout son entourage en a subi les répercussions. Je suis bien placée pour savoir que les proches ne restent pas indemnes… C'est un poids assez lourd à porter…

Tout en me dirigeant vers la porte de la chambre, je me demande si ce n'est pas ce poids, justement, qui a pu la faire basculer hier soir, au point qu'un flacon de pilules ait pu lui paraître salvateur.

Son père prend ma place sur la chaise près de son lit. Une infirmière tire les rideaux, et la mère de Piper m'accompagne dans le couloir, me mitraillant de questions.

– Est-ce que Piper t'avait parlé de quelque chose ? De ce qui n'allait pas ? Ou qu'elle avait ce… ce genre de pensées ?

Ses yeux fouillent mon visage à la recherche d'une réponse que je ne peux pas lui donner.

– Non, je croyais qu'elle allait bien. Elle arrivait à faire quelques pas avec son déambulateur. Elle aidait son équipe de volley…

La perplexité se peint sur son visage.

– Quelle équipe de volley ?

– Vous savez bien, elle assistait son ancienne équipe…

Elle secoue la tête.

– Non, pas du tout.

Je voudrais argumenter, mais je me rends compte que je n'ai pas la moindre preuve. Je ne l'ai jamais vue avec l'équipe. Elle disait qu'elle «séchait» l'entraînement pour venir avec nous aux répétitions, ou alors qu'elle n'avait pas volley parce que l'équipe était en déplacement. Mais en fin de compte, a-t-elle jamais parlé à l'entraîneuse?

Je tourne la tête vers la chambre de Piper.

Asad a peut-être raison; j'étais tellement occupée à fixer le sol que j'ai été aveugle à la souffrance de ceux qui m'entouraient. Comme Asad dans sa cabine lumières et moi derrière mon rideau, Piper se cachait.

Pendant toute la soirée, Cora et Glenn marchent sur des œufs et m'observent à la dérobée. Je ne peux pas leur en vouloir : ces dernières trente-six heures, j'ai craqué de façon spectaculaire, fait un douloureux voyage dans le passé et rendu visite à mon amie suicidaire à l'hôpital. Pas étonnant qu'ils me regardent comme une bombe prête à exploser...

Cora m'applique la lotion en silence et, quand j'ai fini de zipper ma deuxième peau, elle s'assied au bord de mon lit. Glenn vient aussi, s'arrêtant d'abord pour retirer ses bottes qu'il dépose près du mur. Cora sourit.

– Ah, celui-là... Cow-boy il est né, cow-boy il mourra, dit-elle, riant à moitié.

Puis elle ajoute, d'une voix plus douce :

– C'est aussi ça que j'aime chez lui…

Une fois débarrassé de ses bottes, Glenn se penche pour déposer un baiser sur la raie de ses cheveux. Elle s'appuie contre lui.

– Comment va-t-elle ? me demande-t-il.

– Elle n'était pas vraiment réveillée quand je l'ai vue, je dis d'une voix que l'émotion rend rocailleuse.

– Et *toi*, comment tu vas ?

– Je ne sais pas, je murmure. C'était si bizarre de la voir là, si petite. Je me suis dit que je ne pourrais pas supporter de la perdre. Mon cœur ne tiendrait pas le choc.

Glenn soulève la clochette calcinée sur la commode et joue avec.

– C'est dur de voir souffrir quelqu'un qu'on aime. On voudrait prendre sa place, mais ce n'est pas possible. C'est *sa* souffrance.

– Comment vous avez fait ? Avec moi, je veux dire. Sara n'était plus là. J'étais dans un tel état… Comment vous avez réussi à tenir ?

Cora prend la clochette des mains de Glenn et effleure sa surface noircie.

– Parce que j'avais besoin de vous ? je suggère.

– C'est nous qui avions besoin de toi…

– *Vous* aviez besoin de moi ?

Cora déglutit péniblement, puis prend la main de Glenn.

– J'étais une mère qui venait de perdre son enfant. Il n'y avait que toi qui pouvais empêcher le chagrin de me broyer. Oui, j'avais besoin de toi, Ava.

Cora fait une pause, comme pour reprendre son souffle.

– J'ai encore besoin de toi. S'il t'arrivait quoi que ce soit…

Je pose la main sur son bras.

– Je suis là et je compte bien rester.

Cora sourit. Son pouce suit le contour de mes doigts estropiés.

– Tu te souviens ? À chaque nouvelle greffe, on était sûrs que ça allait marcher.

Je repense à ces lambeaux de peau blanche cousu sur mon corps. Jour après jour, les infirmières changeaient mes pansements, guettant si mon corps acceptait ou refusait cette nouvelle partie de moi.

Puis, un jour, de petits points roses apparaissaient à fleur de peau.

– Quand les bourgeons arrivaient, on savait que c'était gagné.

Cora acquiesce.

– Oui, une fois reliée au cœur, la greffe avait toutes les chances de prendre.

Ses doigts fins aux ongles manucurés enveloppent ma main, orteil et nageoire compris.

– Tu es greffée dans nos cœurs, maintenant.

Cora me serre dans ses bras et Glenn dépose un baiser sur mon crâne. Il s'arrête près de la porte pour éteindre, comme chaque soir, et sa silhouette se découpe dans la lumière du couloir.

Une fois que je me retrouve plongée dans le noir, les pensées se bousculent dans ma tête. Comment réussir à aider Piper ? Comment effacer les horreurs que j'ai dites ? Et comment affronter les couloirs sans elle… sans parler de la scène ?

J'enfile mon casque, lance la playlist « Incendie » et écoute l'hymne autoproclamé de Piper.

C'est un phénix qui brûle
Brûle d'un feu intérieur,
Son histoire est écrite sur sa peau.
Elle était brisée, mais maintenant elle vole
Vole en plein ciel.
Elle a vaincu ses démons,
Et ses cicatrices la portent comme des ailes.

Une heure plus tard, je ne dors toujours pas. J'écoute le message de maman sur les déos mais, dès qu'il est fini, je repense à Piper, et les ténèbres reviennent. J'écris quelques mots dans mon journal de thérapie, en vain. Plutôt que me débattre seule, j'attrape le DVD du *Magicien d'Oz* et je frappe à la porte en face de ma chambre.

Quand une voix me dit d'entrer, je trouve Glenn

adossé à une pile d'oreillers, Cora appuyée contre lui. Ils regardent un documentaire à la télé.

– Ça ne va pas, ma puce ? s'inquiète-t-elle.

Glenn éteint le son. Ils attendent que je parle, mais les mots restent coincés dans ma gorge.

Je voudrais leur dire que j'ai peur. Je voudrais leur parler des ténèbres et leur expliquer que je ne veux pas baisser les bras.

Je voudrais les remercier d'avoir été là à mon réveil.

Que je suis une enfant qui a perdu sa mère.

Que j'ai besoin d'eux, moi aussi.

– Vous êtes partants pour une comédie musicale ? je demande en brandissant le DVD.

– Bien sûr ! s'exclame Cora en poussant Glenn du coude pour qu'il me fasse de la place.

Elle relève la couette de son côté, tandis que Glenn sort du lit pour glisser le disque dans l'appareil. Elle retape l'oreiller à côté d'elle.

– Viens vite !

Je me glisse sous la couette toute chaude. Sa main qui vient trouver la mienne dissipe légèrement les ténèbres.

Je ne suis pas encore arrivée à Oz que je somnole déjà.

Tout ce que je sais, c'est que c'est bon d'être ensemble.

10 mai

Je ne me souviens de presque rien.
Le visage de mon père
à travers les flammes.

La chaleur m'est tombée dessus.
Papa
a disparu.
La fenêtre ouverte
m'appelait.

Je me souviens avoir pensé :

Si je saute, je vais vivre.

Si je reste, je vais mourir.

J'ai sauté.

45

Cora m'emmène à l'hôpital le lendemain avant les cours, mais la mère de Piper nous dit qu'elle n'est pas prête à recevoir des visiteurs.

Des visiteurs? Ou juste moi? je me demande en repartant.

Lorsque Cora me dépose au lycée, j'ai l'impression de revivre mon premier jour. J'étais seule, alors, comme aujourd'hui.

Je dis au revoir à Cora, puis je me prépare mentalement au vide que je vais trouver devant la porte, à l'endroit où Piper et ses rayures roses m'attendaient d'habitude, pour m'aider à affronter le pire de ce que les couloirs nous réservaient. Aujourd'hui, pas de fauteuil. Mais ce n'est pas pour autant le vide que je redoutais.

Asad m'attend au même endroit. Quand il m'aperçoit, il se balance en arrière sur ses talons.

– Ava.

– Asad.

Une fois nos identités vérifiées, on ne sait pas quoi ajouter. Le souvenir de notre dernière discussion – où je me suis couverte de ridicule – tourne en boucle dans ma tête.

– Je vois que la perruque est de retour, dit-il après le plus long silence qui ait jamais existé.

Je tire instinctivement sur les mèches de mon carré.

– Je voulais faire quelque chose pour Piper…

– Comment va-t-elle ?

– Ça va. Enfin, je crois.

Le visage d'Asad est tendu.

– Kenzie raconte que vous vous êtes disputées, toutes les deux. C'était à cause de moi… enfin, à cause de ce qui s'est passé entre nous ?

Nous.

Je lève les yeux vers lui – ce que j'essayais d'éviter, parce que ses yeux noirs et profonds me torpillent le ventre.

– Tu veux dire, la fois où j'ai cru que tu m'aimais bien, alors que non, mince, en fait, tu étais amoureux de ma meilleure amie ?

Asad rougit, mais me sourit.

– C'est ça.

Il se mord la lèvre.

– C'est ma faute ?

Je réponds juste non, sans préciser que si notre amie

est actuellement au troisième étage de l'hôpital, sous surveillance renforcée, c'est peut-être à cause de moi.

– Et nous, ça va ?

Encore ce « nous ».

Second coup de couteau dans le ventre.

– Ça va aller.

Il laisse échapper un soupir qui donne l'impression qu'il retient sa respiration depuis un mois, puis il pousse la porte pour qu'on fasse le trajet ensemble.

À l'intérieur, pluie de regards. J'avais presque oublié la sensation de ces yeux qui me suivent le long des couloirs étroits. Sauf que, cette fois, ce n'est pas moi l'objet de toutes les curiosités ; c'est Piper.

Quelques braves âmes trouvent le courage de me demander comment elle va. Pourquoi n'ont-elles jamais pris la peine de le lui demander ?

Ils veulent savoir quand elle revient. Ce qui s'est passé, exactement.

À tous, je donne la même réponse :

– Elle va bien.

D'autres chuchotent derrière leur main, tissant une toile de rumeurs que je vois presque physiquement, s'étendant de bouche à oreille, faisant des boucles et des allers-retours, jusqu'à ce que le lycée entier ne parle plus que de La Fille Qui A Avalé Des Médicaments.

Asad m'accompagne tout au long de cette journée qui ne fait qu'empirer : quand les gens ne chuchotent pas, ils en rajoutent des tonnes sur leur inquiétude. Comme s'ils avaient fait les cent pas toute la nuit pour une fille dont ils ne savaient rien une semaine plus tôt.

Un garçon que je n'ai jamais vu m'arrête pour me dire que Piper était vraiment sympa.

– *Est*, je corrige. Piper *est* sympa.

Il m'offre un visage plein de compassion, penchant la tête sur le côté avec une espèce de moue bizarre. Puis il prend un air inspiré, comme si on venait de partager les confidences les plus intimes, et s'éloigne sans me quitter des yeux.

En maths, une fille va même jusqu'à me faire un cours de psycho.

– Mon père dit que les grands brûlés ont beaucoup plus de risques de tomber en dépression.

– Nous ne sommes pas des statistiques, je proteste. Nous sommes des personnes.

Elle me fixe sans comprendre.

Le pire, c'est quand je passe devant le casier de Piper, transformé en sanctuaire sur lequel ont été placardés des photos et des petits mots dégoulinant de bons sentiments trouvés sur Internet.

CONTINUE À TE BATTRE !

ÇA VA ALLER !

ON EST TOUS LÀ POUR TOI !

Je pense à la boîte pleine de déclarations creuses qui m'attend dans ma chambre. Je sais que ça part de bonnes intentions, mais ça m'exaspère quand même. Elles étaient où, leurs bonnes intentions, il y a un mois ? Quand Piper n'était qu'une simple fille dans un fauteuil roulant ?

– Quel déluge de soutiens, commente M. Lynch en s'arrêtant près de moi, tandis que je contemple le dégueulis de fausse affection.

Je hoche la tête.

– Ouaip... Tout à coup, Piper se retrouve avec une centaine de meilleurs amis dont elle ignorait totalement l'existence.

M. Lynch s'interpose entre le casier et moi, et me regarde droit dans les yeux, comme le premier jour.

– Si tu as besoin de quoi que ce soit. Quoi que ce soit, répète-t-il, ma porte est toujours ouverte.

Je sais que ce n'est pas une promesse vide. Lui, au moins, on ne peut pas l'accuser d'hypocrisie, contrairement à tant d'autres dans ce lycée.

– J'aurais dû me rendre compte que Piper allait mal, reprend-il. J'aurais dû repérer les signaux. Mais je n'ai rien vu.

– Personne n'a rien vu, je dis, envahie par ma propre culpabilité. Il acquiesce, puis se tourne vers toutes ces cartes arrivées trop tard.

– C'est une bonne piqûre de rappel. Tout le monde

a des cicatrices. Certaines sont juste plus visibles que d'autres.

À midi, Asad et Sophie délaissent leur bande habituelle pour déjeuner avec moi. Elle me demande des nouvelles, puis fait une drôle de tête, comme si elle était sur le point de pleurer ou de vomir.

– J'aurais dû en faire plus...

– Bienvenue au club, je dis.

À l'autre bout de la cafétéria, l'équipe de volley a installé une grande feuille de papier pour que tout le monde puisse signer. « RÉTABLIS-TOI VITE ! » ordonne-t-elle. Je jette mon sandwich tout mou sur la table.

– Il faut qu'on fasse quelque chose maintenant. Quelque chose de concret. Pas juste écrire des cartes ou scotcher des smileys cœurs sur son casier ! On sait bien qu'il n'y aura plus personne le jour où elle reviendra et qu'elle se retrouvera face à tous ses problèmes. Il faut empêcher ça.

– Comment ? demande Asad.

– Je ne sais pas. Il y a sûrement *quelque chose* à faire !

Sophie mâche lentement, pensive.

– Qu'est-ce qui a pu pousser Piper à franchir le pas ? Pourquoi maintenant ?

Je croise le regard de Kenzie quelques tables plus loin. Elle m'observe à la dérobée, les yeux rougis. Soudain, quelque chose fait tilt dans ma tête.

– Le jour où Piper a avalé ses médocs, elle s'était disputée avec Kenzie.

Et moi, j'avais bêtement pris le parti de Kenzie.

Sophie secoue la tête.

– Kenzie ne m'a pas parlé d'une dispute avec Piper. Elles s'adressent à peine la parole !

Kenzie se lève, fait un pas vers moi, puis se ravise et se rassied. Une pensée prend soudain forme dans mon esprit. L'envoi anonyme de cette photo de moi en train de fondre. Les messages cruels que Kenzie envoyait à Piper...

Piper disait qu'il fallait plus que quelques textos pour la déstabiliser. Mais s'il y avait eu plus que ça ?

Je serre Sophie dans mes bras.

– Tu es un génie. Bien sûr, Kenzie n'adresse pas la parole à Piper. Ce n'est pas son style !

Après les cours, je retourne à l'hôpital armée de ma perruque et investie d'une mission.

Je trouve la mère de Piper dans la salle d'attente, les yeux injectés de sang, plongée dans la lecture d'une brochure sur la dépression. Elle me rappelle que Piper ne veut voir personne.

– Où est son téléphone ? je demande.

Sa mère fouille dans un sac à cordon coulissant, où sont rangées les affaires personnelles de Piper, et finit par en sortir son portable rose vif.

J'entre le code que je l'ai vu taper mille fois et clique

sur l'icône des messages. Comme je m'y attendais, je trouve quatre SMS non identifiés, reçus le soir de son overdose.

Tout le monde te déteste

Tu sais très bien que c'est toi qui aurais dû conduire

Pourquoi n'es-tu pas morte cette nuit-là ?

Et si tu choisissais de mourir maintenant ?

Je montre l'écran à sa mère, qui porte la main à sa bouche.

– Mais qui peut faire ça ? murmure-t-elle.

Je rentre le numéro anonyme dans mon propre téléphone. La mère de Piper continue à faire défiler les textos. Elle répond à peine quand je lui conseille de faire écouter à Piper sa playlist « Incendie ».

– Et dites-lui que je vais régler le problème. Que je vais tout arranger.

46

Asad me regarde comme si j'avais perdu la raison.

– Pas question. S'attaquer à Kenzie, ça a tout de l'opération kamikaze, dit-il en préparant les vers de farine pour leur libération prochaine.

Alors que je dessine le scarabée que nous avons surnommé Rum Tum Tugger sur notre compte-rendu du jour, je remarque qu'il a une patte cassée et qu'il boite. Le spectacle qu'il offre tandis qu'il se traîne héroïquement à travers l'habitat est si pathétique que j'arrive à peine à le regarder.

– Tu proposes quoi ? Il faut régler ce problème, et j'ai besoin de ton aide.

Asad secoue la tête.

– Une de mes amies pleine de sagesse m'a dit un jour que, dans l'univers du lycée, les harceleurs étaient aussi inévitables que la gravité.

– Et une sorcière à la peau verte a dit un jour qu'il fallait essayer de défier la gravité...

Il pousse un soupir, un sourire aux lèvres.

– Utiliser Broadway pour remporter un débat... C'est de très mauvais goût.

– J'apprends de mes maîtres.

– Malheureusement, la vie n'est pas une comédie musicale. On ne peut pas mener les combats de Piper à sa place!

Je plonge le doigt dans la boîte pour aider Rum Tum Tugger à grimper sur l'éponge.

– Pas tous les combats, mais celui-là, oui.

Un quart d'heure plus tard, on suit M. Bernard le long du terrain de foot pour gagner la forêt qui sépare le lycée du voisinage. Arrivé au bout, il lève la main d'un geste emphatique.

– Le temps est venu de dire adieu à nos petits amis qui nous ont emmenés dans ce beau voyage de découverte. Nous les avons observés former une communauté, puis nous avons assisté à leur métamorphose. À présent, nous leur souhaitons une belle et longue vie.

Il prononce alors une prière, puis termine par des extraits de poèmes de Maya Angelou, comme quoi personne ne peut s'en sortir seul dans la vie. Une fois son petit discours achevé, il nous fait signe d'un geste aussi solennel que si on s'apprêtait à laisser dériver nos grands-parents sur un iceberg – alors qu'il s'agit juste de relâcher quelques insectes dans un champ où les seniors viennent parfois pisser pendant leurs cours de sport.

Asad et moi, on tient la boîte ensemble et on la dépose doucement par terre.

Mr Mistoffelees et Macavity s'éloignent rapidement, mais Asad doit secouer la boîte pour faire tomber Rum Tum Tugger.

Il passe le bras autour de mes épaules tandis qu'on regarde les scarabées s'enfoncer dans l'humus.

– Tu crois qu'ils vont s'en sortir dans ce monde cruel ? demande Asad d'une voix faussement émue.

– Tant qu'ils se soutiennent, oui. Tant qu'ils savent qu'ils peuvent compter les uns sur les autres même dans les situations les plus difficiles…

Asad s'agrippe la poitrine.

– Tu me brises le cœur !

Quand je prends un air boudeur, il lève les mains en signe de capitulation.

– Tu as gagné. Explique-moi ton plan.

Mon plan est le suivant : si le numéro non identifié provient du téléphone de Kenzie, il suffit de l'appeler alors qu'elle est dans les parages. Elle ne pourra plus nier qu'elle harcèle Piper.

On tente un premier essai pendant le théâtre. Asad prétend installer un décor juste derrière Kenzie qui travaille son rôle, son téléphone visible à travers le filet de la poche extérieure de son sac à dos. Lorsque j'appelle le numéro, la sonnerie retentit sans fin contre mon oreille, mais le portable de Kenzie reste silencieux.

Je renouvelle l'essai dans le couloir, le jour suivant.

Rien.

Asad se place près de Kenzie dans la file de la cafétéria pendant que je l'appelle.

Rien.

Il en conclut que Kenzie éteint sa sonnerie quand elle est au lycée.

– Ou alors, ce n'est pas elle, ajoute-t-il.

– C'est elle, je rétorque. J'en suis sûre.

On l'appelle même une fois où elle attend ses parents sur le trottoir devant le lycée, son portable à la main. Cette fois encore, ça raccroche au bout de quelques sonneries.

À chaque échec, j'ai l'impression de trahir Piper. Elle est sortie de l'hôpital au bout d'une semaine, mais elle refuse toujours de me voir. Je vais chez elle tous les jours après les cours et, tous les jours, sa mère me dit qu'elle n'a pas envie de compagnie.

– Laisse-lui du temps, me conseille-t-elle.

Un après-midi, je coince le pied dans l'entrebâillement de la porte avant que sa mère ait eu le temps de la refermer, et je crie à pleins poumons :

– Tu ne te débarrasseras pas de moi, Piper ! Et t'inquiète, je vais tout régler !

Une fois rentrée, je vais sur le profil de Piper et fais défiler ses photos dans l'espoir d'un signe de vie. Je ne trouve que des messages de ses camarades de classe, semblables à ceux qui ont été affichés sur son casier.

J'ouvre mon propre profil, qui n'a pas bougé depuis mon dernier post nous montrant, Sara et moi, en pleine séance de maquillage. Je consulte ma galerie photos sur mon téléphone et choisis la dernière : Piper et moi dans le magasin de perruques, sa joue appuyée contre mes cheveux rose fluo.

Sans me laisser le temps de réfléchir, je la télécharge sur mon mur.

#sœursdecicatricespourtoujours #continueàvoler

Je voudrais ajouter quelques mots, drôles, personnels, parfaits. Des mots justes. Mais rien ne me vient.

J'appuie sur « Envoyer ».

Un instant plus tard, la photo s'affiche sur mon fil. En un clic, l'illusion de perfection donnée par la photo d'Ava Avant l'Incendie a disparu.

Je tague Piper et je referme l'écran avant que quiconque ait pu poster un commentaire.

Sans Piper, la vie continue cahin-caha, dans une apparente normalité. Les devoirs. Les répétitions de théâtre. Les essais ratés pour coincer Kenzie. Cora m'inscrit aux SAT[1], et un énorme livre intitulé *Guide de survie pour les inscriptions à l'université* remplace *La Revue des grands brûlés* sur sa table de chevet. Elle évoque même l'idée d'aller visiter un campus ou deux, cet été.

L'approche de la fin de l'année enfièvre Crossroads

1. Examens de fin de lycée pour entrer à l'université.

High. Les couloirs sont si encombrés par les affiches vantant le bal de promo (« Une soirée In-Ou-Bli-Able ») et par les attroupements de filles en train de signer leur album que personne ne remarque qu'au bout de quelques semaines, les photos et les cartes commencent à se décoller du casier de Piper. Un jour, je vois quelqu'un piétiner une photo d'elle sans se rendre compte de rien, tout comme personne ne voit le vide que Piper a laissé à mes côtés.

Je peux affronter les couloirs seule maintenant, sauf que je n'en ai aucune envie.

Tout comme je n'ai aucune envie de monter sur scène si Piper n'est pas dans le public. Pendant la répétition générale, je patiente dans ma robe de Glinda épouvantablement rose, clignant des yeux sous la lumière des projecteurs. Plus qu'une semaine avant la représentation. Ce sera la première fois que je monterai sur scène sans mes parents dans la salle. Et si Piper n'était pas là non plus ?

Chaque soir, je m'endors en écoutant l'hymne de Piper, où les cicatrices deviennent des ailes. Mais alors que le jour de la première approche, je commence à douter de réussir à régler quoi que ce soit. Je demande à Cora de bien vouloir m'emmener au groupe de soutien.

– Je crois que j'en ai besoin.

Dans cette salle immense, le cercle des quatre chaises paraît ridiculement petit. Je fixe l'endroit où aurait dû se trouver Piper.

– Elle reviendra, m'assure Mme Layne en passant les bras autour de mes épaules. Quand elle sera prête.

Tandis qu'on parle d'amour, je ne vois que le vide qu'elle a laissé. On évoque sa puissance. Les différentes manières de l'exprimer. Le besoin de se sentir aimé. Et qu'on mérite tous de l'être.

Pour une fois, je prends la parole quand vient mon tour. Je raconte que j'essaie d'aider Piper en acculant Kenzie.

– Je m'en veux de ne pas avoir été plus présente, et je suis sûre qu'elle aussi, elle m'en veut. Mais je vais régler le problème pour elle.

Un silence accueille mes paroles. Même Braden ne dit rien – Braden qui, de façon étonnante, ne pleure pas non plus. Il lève la main d'un geste hésitant.

– Si tu veux parler de culpabilité, tu as devant toi un champion toutes catégories. J'ai fait passer une bonbonne de gaz au-dessus d'un feu de camp : je ne peux m'en prendre qu'à moi-même. Et pendant longtemps, c'est ce que j'ai fait. À chaque opération, je me répétais que je méritais de souffrir. Que c'était ma faute si mon père était parti. Ma faute si ma mère était devenue un parent isolé qui croulait sous les factures de l'hôpital.

Il relève sa manche pour nous montrer son bras marbré, décoloré et ridé, depuis l'épaule jusqu'à cet endroit de l'avant-bras où il s'arrête net.

– Mais après des années à m'en vouloir, vous savez

ce que j'ai découvert ? (Il frotte ses marques.) Que j'étais toujours aussi brûlé. Me sentir coupable n'enlèvera pas mes cicatrices. Ce que je veux dire, je crois, c'est que s'en vouloir ne sert à rien.

– Il a raison, intervient Olivia. Je sais que c'est bizarre que je continue à venir à ces réunions. Je devrais aller mieux, depuis le temps, non ?

Je n'ose pas acquiescer.

– Mais je ne viens pas parce que j'ai des problèmes. Je viens parce qu'ici, on m'accepte telle que je suis. (Elle se tourne vers moi.) Tu ne peux pas régler les problèmes de Piper. Tout ce que vous pouvez faire, c'est être plus fortes à deux.

En guise de conclusion, Mme Layne nous demande de témoigner de l'amour à quelqu'un aujourd'hui, même si on n'aime que soi. Je souris en pensant que Piper aurait sans doute dit que Braden s'aime plus que de raison.

Puis Mme Layne nous invite à un câlin de groupe qui vaut bien 10.5 sur l'échelle des moments gênants. Mais alors que je m'écarte après une brève étreinte, Olivia m'attire à nouveau vers elle. Elle glisse son bras sous le mien, tandis que Mme Layne me serre contre elle et que Braden pose son demi-bras sur l'épaule d'Olivia.

Je me détends et, soudain, la salle me paraît moins vide. Peau contre peau – cicatrice contre cicatrice –, nous formons un petit cercle de confiance qui remplit l'espace.

Alors que je me dirige vers la porte, Mme Layne me

donne une nouvelle brochure sur les camps d'été pour grands brûlés et me dit de « prendre le temps d'y réfléchir ».

Cette fois, je ne la refuse pas.

Je regarde mon fil dès que je rentre à la maison. Aucun signe de Piper. Mais la photo #sœursdecicatrices a reçu un déluge de commentaires.

Queenchloe84 Ava ! Où t'étais passée ?
4eva_emma J'adore tes cheveux roses
Nightavenger T'as l'air en forme ! Tu nous manques !
Sttb704 Tu es un modèle pour moi !

Mon premier réflexe est de ricaner devant ces pages pleines de mots creux. Pathétiques. Maladroits.

Mais quand je regarde les photos des profils de mes anciens amis, ces visages que je connaissais si bien, une pensée me traverse : et s'ils éprouvaient la même impuissance que moi face à Piper ? S'ils ne savaient tout simplement pas quoi dire ni quoi faire ? Combien de temps ont-ils gardé les doigts au-dessus du clavier, à la recherche de mots justes ? Combien de fois ont-ils écrit, effacé, réécrit, avant d'appuyer sur le bouton « Envoyer » ?

Je retourne lire d'anciens commentaires. Les filles du théâtre qui ont essayé de me soutenir ? Je les ai repoussées, craignant qu'elles ne supportent pas ce que j'étais devenue. Craignant qu'elles ne me jugent fichue à jamais.

Comme moi, elles ne savent pas trouver les mots parfaits, mais elles sont là quand même, et elles disent ce qu'elles peuvent.

Peut-être que les mots ne comptent pas tant que ça.

Peut-être que le groupe de soutien a raison et que l'important, c'est d'être là – de tendre la main – même s'il n'y a aucun espoir de guérison.

Je tape une brève réponse en haut du fil.

dramagrrl Merci ! Vous me manquez tous aussi ! Je viendrai vous voir bientôt

Le plus étonnant, c'est que je pense vraiment ce que j'ai écrit.

Je m'allonge sur mon lit et écoute « Un phénix en flammes ». Pendant que la fille chante, je ramasse la brochure sur les camps d'été. Sur la couverture, un homme arborant comme moi un trou à la place de l'oreille porte dans ses bras un petit garçon qui rit. Les cicatrices rendent leur visage flou, tandis qu'un slogan clame : « Le meilleur médicament, c'est le partage ». Un dessin de phénix rose s'élève au-dessus des mots.

J'interromps la playlist et envoie un texto à Asad.

Tu te souviens du tatoueur
où tu avais emmené Piper ?

Ouais. Pourquoi ?

Parce que tu vas m'y emmener aussi

47

Tandis qu'Asad conduit, je serre précieusement dans mes mains la lettre de Cora m'autorisant à mutiler mon corps autant que ça me chante. Au départ, elle n'était pas emballée. Bon, en vrai, elle a même dit que c'était l'idée la plus folle qu'elle ait jamais entendue.

– Pourquoi veux-tu *rajouter* des cicatrices sur ton corps ? s'est-elle exclamée, perdue.

Je lui ai rappelé que c'était, précisément, *mon* corps et que, jusqu'ici, j'avais subi mes cicatrices.

– Mais ce tatouage, c'est moi qui le choisis, pour une fois, j'ai expliqué.

Ça l'a convaincue.

Ma décision d'aller en camp l'a aussi plongée dans une humeur particulièrement joyeuse. Après un rapide coup de téléphone au docteur Sharp, qui a donné sa bénédiction médicale, elle a signé le formulaire, tout en précisant en lettres majuscules en haut de la page : « QUELQUE CHOSE DE PETIT ! DE BON GOÛT ! QUI NE FERA PAS PEUR À SES PETITS-ENFANTS ! »

Asad ne m'a posé aucune question, mais je suis sûre qu'il a remarqué que je ne portais pas mes vêtements compressifs. Mes bras et mes jambes sont striés de cicatrices sinueuses et, même moi, je n'ai pas l'habitude de les voir exposées en plein jour. Mais je n'ai pas encore choisi l'emplacement de mon tatouage et je ne veux pas devoir me tortiller pour enlever mes vêtements en public.

Le salon de tatouage ne ressemble pas à du tout à ce que j'imaginais – un vrai cliché de cinéma avec des filles et des mecs en cuir qui se font tatouer dans une arrière-salle glauque. En fait, c'est un magasin impeccablement propre, situé en plein milieu d'un centre commercial de banlieue.

Ses fauteuils inclinables et ses instruments stériles évoquent plus un cabinet de dentiste que le haut lieu de dépravation que j'avais en tête. J'essaie de ne pas laisser la réalité entamer mon humeur rebelle. Asad examine avec attention les images punaisées au mur, qui présentent un éventail des différentes possibilités. Il me désigne une fermeture Éclair qui semble ouvrir la peau en deux.

– Tu devrais choisir celui-là !

Je rétorque que ça contreviendrait à la règle de Cora (ne pas faire peur à mes petits-enfants !) et que, de toute façon, je sais déjà ce que je veux.

Asad se tourne vers moi, haussant les sourcils.

– Pitié, pas un proverbe chinois ! La plupart du temps, ils ne disent pas du tout ce que tu crois et alors que tu penses avoir « Espoir et Amour » sur le poignet, il y a écrit « Où sont les toilettes ? ».

Je sors de ma poche arrière la brochure des camps pour grands brûlés. Je lui montre l'oiseau.

– Je veux ça. Comme Piper.

– Piper, vous voulez dire Piper le phénix ? s'exclame une voix dans notre dos.

Un type à peine plus âgé que nous déboule de derrière un rideau de perles. Il n'a pas le look barbu et blouson de cuir que j'espérais, mais avec son chignon de samouraï et ses lunettes à l'épaisse monture noire, il a un petit côté planant, genre « Je viens de fumer mon narguilé dans la réserve » qui devrait faire l'affaire. Sur son biceps, un dragon coloré se déploie jusqu'à son poignet.

– Vous connaissez Piper ? je demande.

– Tu m'étonnes. C'est moi qui ai fait son tatouage !

Il me tend la main.

– Gabriel.

– Ava.

– Bienvenue, Ava ! Ravi de rencontrer une amie de Piper. Tu es une Viking, toi aussi ?

Je hoche la tête.

– Moi aussi. J'ai fini le lycée l'année dernière. Ton amie Piper a été ma première œuvre en solo. Elle est venue me demander quelque chose de majestueux, d'extraordinaire, qui lui donne des ailes ! (Il me sourit.) Comment elle va ?

Je fais une pause avant de répondre.

– Pas terrible, en fait. C'est un peu pour ça que je suis là. (Je lui tends la brochure.) Je voudrais un phénix comme le sien, mais pas quelque chose qui couvre tout le dos…

Tout en se tenant le menton, Gabriel s'appuie sur un des fauteuils inclinables afin d'observer mon corps. S'il est choqué par mes cicatrices, il n'en montre rien. Il me scrute posément, centimètre par centimètre.

– Je vais te dire pareil qu'à Piper, reprend-il enfin. Tu n'as pas besoin d'un tatouage.

– Tu es un drôle de commerçant…

– Écoute… Les gens viennent choisir une image sur ce mur pour dire au monde qui ils sont. Pour exprimer quelque chose d'eux. (Il tend la main mais s'arrête avant de me toucher.) Je peux ?

J'acquiesce. Il attrape mes deux mains, visiblement pas impressionné, et écarte mes bras.

– Mais toi ? Tes cicatrices racontent déjà tout.

– Et qu'est-ce qu'elles racontent, exactement ?

Il me fixe avec une intensité troublante.

– Que tu es plus forte que ce qui a failli te tuer.

Même si je perçois à peine le contact de ses doigts sur ma peau insensible, un frisson me parcourt.

– Oublie le tatouage, continue-t-il. Tu es déjà une œuvre d'art à toi toute seule !

Asad lève les yeux au plafond. J'ignore sa moquerie, même si c'est vrai que ce gars est complètement perché. Je reste fascinée pendant une minute, jusqu'à ce qu'Asad agite la main entre nous.

– Alors on le fait, ce tatouage ?

– Oui, je confirme. Je ne le fais pas que pour moi, mais pour Piper. Je veux qu'elle sache que je suis avec elle, quoi qu'il arrive.

Gabriel examine l'oiseau de la brochure, puis sort un stylo de son chignon.

– OK. Mais si on fait un phénix, on fait pas ce truc triste, là. On y va pour de bon.

Comme par magie, en ajoutant quelques traits, il transforme la petite image en chef-d'œuvre.

– J'adore !

Il disparaît derrière le rideau de perles, puis revient avec une femme dont les bras sont entièrement tatoués.

– Officiellement, je suis encore apprenti, donc il me faut l'accord de ma cheffe, explique-t-il.

La femme sourit en me serrant la main. Ses yeux parcourent ma peau. Sa réaction me fait penser à Tony après l'audition : un mélange d'étonnement et de… respect ?

Gabriel me désigne un fauteuil, et il se rapproche sur un siège à roulettes comme celui du docteur Sharp. Entre l'odeur d'antiseptique et la chaise en vinyle, j'ai l'impression de me retrouver dans son cabinet, avant une nouvelle opération.

Mais, comme je l'ai expliqué à Cora, cette fois, c'est moi qui l'ai décidé.

Il faut plusieurs minutes à Gabriel pour trouver l'endroit de ma peau qui va lui servir de toile. Je suis trop nerveuse et excitée pour éprouver de la gêne tandis qu'ils m'examinent sous toutes les coutures, lui et sa cheffe. On finit par choisir un espace sur ma cheville droite, où la peau intacte de mes pieds rencontre les cicatrices rugueuses de mes mollets.

– Je peux faire la moitié de l'oiseau sur la cheville, en train de s'envoler au milieu des cicatrices, dit-il. Comme s'il les traversait d'un coup d'ailes ?

– D'accord.

Une fois que je suis allongée dans le fauteuil, il soulève ma cheville et esquisse le contour du dessin. Lorsque je valide, la cheffe lui fait un signe approbateur et Gabriel se met au travail. Asad me prend la main.

– Oh, ce n'est pas si terrible, tu sais…

Je détends mes muscles, tandis que la petite machine me pique la peau, comme une série de minuscules élastiques qui claquent.

– Après ce que t'as vécu, je suis sûr que c'est du gâteau, dit Gabriel.

Il parle tout en dessinant. Il me demande si j'aime Crossroads High et comment j'ai été brûlée. Alors que je le connais à peine, je me surprends à me confier. Quand je lui raconte ce qui est arrivé à Piper, il s'arrête.

– Ah, dur. C'est une fille cool.

J'adore qu'il ait employé le présent.

Sans comprendre comment j'en suis arrivée là, je me retrouve à lui déballer toute ma vie. L'incendie. Comment j'ai été sélectionnée pour jouer dans *Le Magicien d'Oz*, que c'est la première fois que je vais remonter sur scène avec mes cicatrices, et à quel point le chant et les comédies musicales m'ont manqué.

Il me dit qu'il n'en a vu qu'une seule, *Cats*, mais qu'il a adoré. Alors qu'il continue à travailler, je le vois remuer légèrement les lèvres et je réalise qu'il chante doucement, couvert par le vrombissement de la machine. Lorsque je reconnais l'air, j'entonne avec lui le dernier refrain de « Memory ».

Asad secoue la tête.

– *Cats* ? Sérieux, les mecs !

Gabriel hausse les épaules, les yeux rivés sur ma cheville.

– Qu'est-ce que tu veux ? J'ai un faible pour les classiques. (Il relève les yeux et me sourit.) T'as une voix qui déchire, au fait. Le public va rien capter de ce qui lui arrive !

Je lutte contre l'envie de détourner les yeux.

– Merci. Toi aussi.

Gabriel lève ses mains gantées d'un air triomphant, comme s'il allait se lancer dans un bis.

– Voilà !

Il désigne ma peau, où il a saisi un phénix en plein vol, les ailes déployées, rouge, orange et jaune vibrants, comme celui de Piper. Fins comme une flèche, sa tête et son bec sont tendus vers mes cicatrices.

Gabriel m'aide à me redresser puis, quand je suis debout, il me fait lentement pivoter sous son bras.

– *Elle a vaincu ses démons et ses cicatrices la portent comme des ailes*, commente-t-il tandis que je termine mon tour. Piper a de la chance d'avoir une amie comme toi !

– J'ai de la chance, moi aussi.

Avant de partir, Gabriel note son numéro sur une carte de visite.

– Je te mets mon 06. Appelle-moi si tu as une inflammation ou s'il y a un spectacle amateur que je ne dois absolument pas rater. (Il me fait un clin d'œil en me présentant la carte.) Je ne chanterai pas, promis.

Une fois dehors, je m'arrête pour admirer son œuvre dans la lumière du crépuscule.

– Piper va adorer, déclare Asad. C'est vraiment une super façon de l'accueillir quand elle reviendra !

– Bon, et toi, alors ?

Asad se met à rire en m'ouvrant la portière.

– Ouais, c'est ça. Mon père recommence tout juste à me parler après notre petite discussion sur le théâtre. Alors un tatouage...

– Non, je pensais à Piper. Est-ce que tu as l'intention de lui déclarer ta flamme quand elle reviendra ?

Asad referme la portière avant de répondre, puis il contourne la voiture et s'installe au volant, qu'il fixe pendant une bonne minute.

– Un jour, peut-être. Je pense que tu as raison… Pour le moment, Piper a surtout besoin d'un ami.

Je lève la main par-dessus la boîte de vitesses entre nous.

– Coincé dans la *friendzone* ! Bienvenue au club !

Mais Asad ne me tape pas dans la main. À la place, il désigne le salon de tatouage, où Gabriel nous fait un signe derrière la vitrine.

– Hé ? T'étais là, avec moi, non ? Ce gars, là, le hippie, il n'a pas arrêté de flirter avec toi ! (Il bat des cils :) Laissez-moi vous faire tournoyer dans tout le centre commercial, mademoiselle.

Je lui donne un coup dans l'épaule.

– Il était juste gentil !

Asad démarre le moteur et pose le bras sur mon fauteuil pour faire sa marche arrière.

– Si tu ne sais pas que ça s'appelle flirter, t'es aussi perchée que lui. Je ne dis pas que ce sera forcément lui – parce que bon, il a un chignon, quand même – mais, un jour, un mec va t'arracher de la *friendzone* de gré ou de force.

– Un aveugle, peut-être ?

– Peut-être, dit Asad en riant. Ou quelqu'un qui aime tes cicatrices, parce qu'elles font partie de qui tu es. (Il sourit, légèrement moqueur, en reprenant sa position normale.) Tu es une œuvre d'art à toi toute seule, n'oublie pas !

Je fais un signe à Gabriel tandis qu'on s'éloigne, puis je glisse sa carte dans mon sac pour ne pas la perdre. Pendant qu'on roule, je tourne le mollet pour admirer son œuvre.

La queue du phénix s'étire sous l'oiseau puissant, formant des vrilles de la même couleur de feu que les ailes.

Je ne vais pas y aller de mon petit couplet « les cicatrices, c'est extra » mais, à la même époque l'année dernière, je n'aurais jamais pensé qu'une partie de mon corps puisse être si belle.

22 mai

Mon histoire.
Une protection dérisoire.
Une étoile.
Que sont ces cicatrices?

Suis-je cette peau?
Suis-je à jamais enfermée
derrière les barreaux
de ce corps estropié?

Ou suis-je plus que ça?
Plus que cette mosaïque
de honte et de culpabilité?

Une petite voix m'assure,
que sous les sutures,
je suis toujours là.

Faite
De cendres

De fumée,
De cicatrices –
Une fille.

Ses ailes
Attendent
de se déployer.

48

Sans crier gare, douze heures exactement avant que je remonte sur les planches, Piper réapparaît.

Le matin même de la première, alors qu'Asad et moi on sort du cours de sciences, je l'aperçois au bout du couloir, le visage tordu de douleur à chaque pas qu'elle fait avec son déambulateur.

Elle avance lentement au milieu de la foule, les yeux rivés sur le lino, tandis que tout le monde se retourne sur elle avec aussi peu de discrétion qu'à mon arrivée le premier jour, lorsque j'avais l'impression de passer par les baguettes. Les regards appuyés. Les voix qui chuchotent derrière les mains, qui colportent.

Des rumeurs sur La Fille Qui A Avalé Les Médicaments. Cette fille qui marche, avec une lenteur extrême, au milieu de tout ce qu'elle a voulu fuir. Parce que je n'ai rien réglé du tout.

Lorsqu'elle s'arrête devant son casier, elle s'appuie sur son déambulateur pour arracher les deux dernières cartes qui ont réussi à tenir jusqu'à son retour. Quelques mètres plus loin, Kenzie observe, elle aussi, l'attitude glaciale de Piper. Je donne un coup de coude à Asad : Kenzie tient son téléphone à la main. Il secoue la tête.

– Oublie, dit-il. Ça ferait tout un scandale.

Une colère noire m'envahit quand je pense aux textos de Kenzie, à ses mots haineux.

« Tout le monde te déteste. »

Je sors mon téléphone de ma sacoche et affiche le numéro qui a persécuté Piper.

– Un scandale, c'est exactement ce que je veux.

Je fonce vers Kenzie, mais elle traverse le couloir et tend à Piper une enveloppe bleue. Je l'entends qui dit :

– … de la part de nous tous. On était tellement inquiets pour toi !

Je lui arrache l'enveloppe des mains avant que Piper ait pu esquisser un geste.

– Ah oui, vraiment, tu étais *tellement* inquiète ? Tu peux arrêter ton cinéma, Kenzie.

Elle me regarde, sans voix.

– On sait très bien quel genre d'amie tu as été, j'ajoute.

La colère brûle en moi. Tout le couloir m'observe. Un autre jour, j'aurais pris la fuite, la tête basse. Mais pas aujourd'hui.

Pas alors que Piper a besoin de moi.

« Tu sais très bien que c'est toi qui aurais dû conduire. »

– Qu'est-ce que tu fais ? siffle Piper entre ses dents. Tout le monde nous regarde.

– Tant mieux, je rétorque.

Autour de nous, je sens les corps qui se rapprochent, les oreilles qui se tendent. Quelques garçons scandent : « Une bagarre, une bagarre ! » Kenzie bascule d'un pied sur l'autre, mal à l'aise.

– Ce n'est pas ma faute, chuchote-t-elle. Ce n'est pas moi...

– Ce n'est pas toi qui quoi ? Ce n'est pas toi qui étais au volant, peut-être ? Ce n'est pas toi qui as essayé de rejeter la faute sur Piper ?

Kenzie écarquille les yeux, les narines frémissantes. Elle secoue la tête.

– Ce n'est pas moi qui...

– Non, je la coupe, ce n'est pas toi qui lui as donné les comprimés. Mais tu as fui ta responsabilité et, depuis l'accident, tu n'as pas arrêté de fuir Piper.

Kenzie se tourne vers Piper, qui vacille sur ses jambes.

– C'est toi qui m'as détestée du jour au lendemain. Chaque fois que je te vois dans ce fauteuil, je voudrais revenir en arrière, mais je ne peux pas. Qu'est-ce que j'aurais dû faire ?

Je me faufile entre elles. Le feu brûle en moi avec une telle rage que je m'entends à peine penser. Asad s'avance vers Piper et tend la main pour la soutenir.

– Ava, arrête.

La voix de Piper est minuscule, presque un gémissement.

Je fais un pas vers Kenzie.

– Tu étais supposée être son amie. Pas lui écrire qu'elle devrait mourir !

Kenzie se tasse comme si je lui avais donné un coup de poing dans l'estomac. Des murmures se font entendre autour de nous.

– Je n'ai pas écrit ça, dit-elle. Je le jure, Piper, jamais je n'aurais fait ça.

– Oui, tout comme tu n'as jamais envoyé cette photo de moi, j'imagine ?

Kenzie regarde les gens assemblés autour de nous, le sol, tout sauf moi. Elle ne répond pas.

– C'est bien ce que je pensais.

J'affiche le numéro sur mon portable.

Une main se pose sur mon bras. En me tournant, je découvre Piper, le regard suppliant, le visage blême.

– Laisse tomber, implore-t-elle. Ça n'a pas d'importance.

« Pourquoi tu n'es pas morte cette nuit-là ? »

– Si, ça a de l'importance. Parce que *tu* es importante.

Je lance l'appel.

Ça sonne. Mes yeux – tous les yeux – sont fixés sur le portable rose de Kenzie, s'attendant à le voir s'allumer.

À côté de moi, Piper laisse échapper un cri étouffé et plonge la main dans son sac à dos.

Un air de synthé que je connais par cœur brise le silence. Je suis pétrifiée. Je regarde le téléphone – pas celui que tient Kenzie, muet, mais celui de Piper, qui répond à mon appel.

« Et si tu choisissais de mourir maintenant ? »

49

Piper éteint son téléphone, mais c'est trop tard.

– Je t'avais dit de laisser tomber, siffle-t-elle entre ses dents.

Des centaines d'yeux m'observent, mais je ne vois que Piper. Elle ressemble à nouveau à cette fille fragile que j'ai vue sur le lit de l'hôpital. Et moi, j'ai tiré le rideau devant tout le monde.

– C'était toi ? je chuchote.

La foule se disperse. Pas de bagarre aujourd'hui, les mecs. Juste une fille brisée au milieu d'un couloir, qui voudrait disparaître. Quelques personnes traînent, regardent, chuchotent, attendent la suite. Kenzie fixe Piper, et je m'attends à ce qu'elle triomphe ou qu'elle lui assène un coup de poing verbal, comme elle sait si bien le faire. Mais rien de tout ça. Elle pose simplement la main sur le déambulateur.

– Je ne savais pas que c'était si dur. Si j'avais su…

Piper la repousse d'un geste brutal. Kenzie lève la tête vers le plafond pour arrêter, en vain, une larme qui déborde et coule le long d'une ligne rose irrégulière que je n'avais jamais remarquée. Une cicatrice récente, de la même teinte que celle de Piper, court de sa mâchoire à sa clavicule.

Lorsqu'elle s'aperçoit que je la regarde, Kenzie replace ses cheveux devant son épaule, cachant la cicatrice.

Piper s'éloigne de nous d'un pas mal assuré. Les paroles de Mme Layne résonnent dans ma tête : « Tes cicatrices peuvent te couper des autres, mais elles peuvent aussi t'en rapprocher. » Piper a repoussé Kenzie. Kenzie l'a repoussée en retour. Et elles se sont retrouvées seules, chacune de leur côté.

Et maintenant, Piper me rejette, moi aussi.

Lorsque je croise son regard absent, je prends soudain conscience que je ne peux pas l'aider à régler ses problèmes.

Pas plus que je ne peux effacer les cicatrices sur mon visage.

Mais il y a une chose que je peux faire.

Je la rattrape et la suis le long du couloir.

– Tu aggraves la situation, va-t'en, chuchote-t-elle, la voix tendue. Je n'ai pas besoin que tu prennes ma défense.

– Je veux juste rester avec toi.

Piper lève une main du déambulateur, chancelante, et me repousse.

– Va-t'en ! crie-t-elle d'une voix qui résonne malgré le vacarme du couloir. Tout le monde nous regarde. Tu détestes ça. Alors. Vire. De. Là.

– Non.

Le rouge lui monte aux joues. Elle s'arrête à nouveau et lève les deux mains.

– C'est la parade des monstres, alors ! Hé, vous autres ! Venez tous voir le spectacle !

La moitié des gens se détournent d'un air gêné. L'autre moitié ne peut détacher son regard.

– La Grande Brûlée et la Psychopathe, pour votre plus grand plaisir ! hurle-t-elle.

– Ça ne marchera pas, ce coup-ci. Je ne partirai pas.

Piper grogne et continue péniblement son chemin, tirant et poussant son déambulateur, se frayant un passage au milieu des gens qui la bousculent. Quand elle entre dans les toilettes, je la suis.

– Tu te fiches de moi ?

Elle me fait face et se met à hurler si fort qu'une fille plus jeune, terrifiée, laisse tomber sa serviette en papier et déguerpit.

– Qu'est-ce que tu veux, Ava ? Une explication ? C'est ça ? J'ai menti, OK ? J'ai envoyé ces messages pour te détourner de Kenzie. Félicitations, tu avais raison ! Je suis possessive, fragile et jalouse, je ne supportais pas l'idée que tu sois amie avec elle.

– Je ne suis pas…

– Et tu sais quoi ? Ça m'a fait du bien ! Écrire en toutes lettres ce que tout le monde pense sans oser le dire !

– Tu crois que tout le monde te voudrait morte ?

Elle s'écarte quand j'essaie de poser la main sur son épaule.

– Je le *sais* !

– Tu te trompes.

– Et toi, t'es trop conne. T'as pas entendu ce que j'ai dit ? J'ai menti. Je me suis servie de toi. Je suis une folle qui se bourre de médicaments, et tu devrais te tenir le plus loin possible de moi !

Comme je ne bouge pas, elle pousse son déambulateur dans la cabine pour handicapés et claque la porte, avant de fermer le loquet.

– Fiche le camp ! hurle-t-elle derrière sa barricade. Tu ne peux pas régler mes problèmes !

Je me laisse tomber sur le carrelage à côté d'une poubelle qui déborde et je serre mes genoux contre moi.

– Je n'essaie pas de régler tes problèmes. J'essaie de te dire que je t'aime. Comme tu es. Avec tes cicatrices, et tout le reste.

De cet amour que j'ai cru mort avec mes parents. Que j'ai cru disparu à jamais quand j'ai vu mon visage.

Un amour inconditionnel.

À travers l'interstice en bas de la porte, j'aperçois Piper s'écrouler par terre en se frottant les hanches d'un air douloureux.

– Tu as mal ?

– Ça va.

La sonnerie retentit, bientôt suivie par le crissement des baskets sur le sol tandis que les élèves se dépêchent de regagner leurs classes. Puis le calme revient. Le bruit d'un lavabo qui fuit emplit le silence, incroyablement bruyant. Que ferait Mme Layne à ma place ? Que ferait Cora ?

Que ferait Piper ?

– *C'est un phénix qui brûle,* je commence, moitié parlant, moitié chantant.

– Je t'interdis d'utiliser ma playlist contre moi ! gronde Piper à travers la porte.

Je chante plus fort, comme si je ne l'avais pas entendue.

– *Brûle d'un feu intérieur...*

– C'est pas le moment pour ces chansons débiles, alors juste tais-toi.

Je me lève, rejetant légèrement la tête en arrière pour faire résonner ma voix dans les toilettes.

– *Son histoire est écrite sur sa peau.*

Piper martèle de coups la paroi de sa cabine, faisant trembler toute la rangée.

– Arrête de chanter ! Arrête de faire semblant que tout va bien ! *Rien* ne va !

Je projette le son hors de moi, fort et clair.

– *Elle était brisée, mais maintenant elle vole.*

Alors que je continue à chanter, elle se met à crier.

À crier.

Crier.

Crier.

– Ils te détestent ! Ils ne veulent même pas te toucher ! Tu es une loque. Et moi aussi !

– *Vole…*

– Freddy Krueger ! hurle Piper. Crapaud écrasé !

– *… en plein ciel.*

Je crie maintenant, moi aussi, je vagis et ma voix se déverse entre nous.

– *Elle a vaincu ses démons…* (Ma voix résonne dans le silence entre les deux phrases.) *et ses cicatrices la portent comme des ailes.*

Je chante les *oh-oh-ohhh*, et lorsque j'atteins le *oh* final, un murmure – presque inaudible – me parvient de derrière la porte.

– Ta meilleure amie a voulu se tuer.

Je pose la main sur la porte.

– Je sais.

La voix de Piper n'est plus qu'un filet.

– Tu comprends pas ? Ça ne pourra jamais aller bien.

– Je n'ai pas dit que ça irait bien. J'ai juste dit que je ne partirais pas.

Piper étend ses jambes jusqu'à la cabine voisine. Je repense à cette fois où je me suis cachée dans l'arrière-scène, terrifiée à l'idée d'être vue. Je laisse échapper un rire nerveux.

– Il y a trois mois, je me suis explosé les genoux en

essayant de disparaître derrière un rideau. Je croyais que je méritais d'être seule. Que personne ne pouvait me regarder en face, alors ne parlons même pas de m'aimer. Puis a surgi une fille aux bras et aux jambes rose fluo, avec un goût catastrophique en matière de perruques.

J'essaie de tourner le loquet depuis l'extérieur. En vain.

– Laisse-moi entrer, Piper. J'avais besoin de cette fille. J'ai encore besoin d'elle. Je ne partirai pas sans elle.

Piper ne dit rien. Je m'éclaircis la gorge et recommence à chanter, encore plus fort :

– *This girl is on fi…*

La porte s'ouvre d'un coup.

– Tu as gagné ! Par pitié, tais-toi !

Toujours assise par terre, Piper s'adosse contre la paroi en poussant un soupir.

– Tu es pire que tout, dit-elle sans me regarder.

Je m'assieds près d'elle et lui donne un léger coup de coude.

– C'est pour ça que tu m'aimes.

Piper appuie la tête contre le mur. Une larme déborde et coule sur sa joue avant de disparaître dans les replis des cicatrices de son cou.

– Je ne voulais pas mourir, tu sais. Pas vraiment. Je voulais juste… ne plus vivre.

De nouvelles larmes remplissent ses yeux, qu'elle semble retenir par sa seule volonté.

– Je croyais que si je remarchais, ça réglerait tout, comme par magie. Mais ça n'a rien changé, j'étais toujours moi. J'étais toujours ça. (Elle montre les brûlures de ses jambes sous les atelles en plastique.) Et j'en pouvais plus de faire semblant d'être forte.

– Tu n'as pas besoin de faire semblant. Pas avec moi.

Je passe le bras autour de ses épaules, et elle se blottit contre moi, ses cicatrices contre ma seconde peau. Sa tension se relâche, et elle laisse échapper un sanglot qui résonne entre les murs de la petite cabine.

Je garde le bras sur ses épaules tremblantes tandis que, serrées l'une contre l'autre, on laisse enfin couler toutes ces larmes si longtemps retenues.

Au bout de quelques minutes, elle se redresse et s'essuie les yeux avec sa manche. Je retrousse le bas de mon pantalon et remonte la fermeture Éclair du vêtement compressif pour lui montrer mon phénix aux ailes flamboyantes. Piper effleure ma peau en reniflant.

– Madame Jamais-je-ne-me-ferai-des-cicatrices-volontairement s'est fait tatouer ? Alors là, j'y crois pas.

– Cette cicatrice-là ne me dérange pas. Elle me rappelle qu'on est liées, toutes les deux. Qu'on est plus fortes ensemble.

Je tire un bout de papier toilette pour que Piper essuie les larmes qui coulent sur son visage.

– Mme Layne me prend en tête à tête deux fois par semaine, maintenant. J'ai droit à une thérapie de grande.

– Cool.

Elle chasse une larme en suspension sur mon menton.

– Tu es sûre que tu veux rester avec moi ? Ça va pas être joli-joli.

Je lui montre mon visage.

– Tu m'as regardée ?

Piper rit faiblement. Elle se mouche, puis lève les deux mains et lance le PQ dans la petite poubelle accrochée au mur.

– Qu'est-ce qu'on fait, maintenant ?

– Pour commencer, on sort de ces toilettes avant que les gens se posent des questions sur l'état de nos intestins...

Elle secoue la tête.

– Trop tard. Je suis déjà au sommet du ridicule.

Je me lève et lui tends la main.

– Franchement, ce que pensent les gens me passe au-dessus de la tête. Et de toute façon, on va y aller ensemble. Ma meilleure amie m'a dit un jour qu'on ne pouvait pas affronter le lycée seul.

– Elle a l'air intelligente, dit Piper.

Elle accepte mon aide pour se relever et se tient en équilibre entre le mur et moi.

– Et sexy, en plus, ajoute-t-elle.

– Et super modeste. (Je la prends par le bras.) On va y arriver. Le lycée n'a qu'à bien se tenir face à deux phénix !

Je lui avance son déambulateur et elle éprouve toutes

les difficultés du monde à aligner ses jambes. Quand elle se redresse enfin, elle brandit le poing.

– Je suis un modèle de résilience !

– La plus courageuse de toutes !

– Un miracle vivant ! dit Piper, riant à moitié.

Elle s'appuie sur le déambulateur et grimace en levant la jambe, comme si elle se mouvait à travers du béton frais. Elle respire fortement et cherche ma main.

– J'ai peur, chuchote-t-elle.

Je passe le bras autour de sa taille pour l'aider à trouver son équilibre.

– Moi aussi.

J'ouvre la porte et on sort.

Ensemble.

50

Lorsque vient l'heure de me glisser dans la robe spectaculaire de Glinda, Cora atteint le niveau d'alerte maximale.

Glenn et moi, on se tient prudemment à l'écart tandis qu'elle papillonne dans toute la maison, vérifiant qu'elle a bien son téléphone, son appareil photo avec téléobjectif réservé aux moments historiques, son câble d'alimentation et une batterie de rechange, au cas où la ville serait touchée par une coupure d'électricité et qu'elle se retrouve la seule à pouvoir immortaliser mon triomphe dans la comédie musicale de mon lycée.

Je me souviens que c'était pareil pour les ballets de Sara : son sac était aussi gonflé que si elle avait cambriolé un magasin d'audiovisuel. Glenn patiente près de la porte, se pliant aux instructions de Cora, qui n'a pas cessé de répéter qu'on ne pouvait absolument pas être en retard. Il porte le sac de l'appareil photo, exilé sur le paillasson avec ses bottes, tandis que Cora remonte la fermeture Éclair de ma robe.

– Ça faisait longtemps que je n'avais pas aidé une fille à se préparer pour un spectacle, dit-elle, sans chercher à cacher la larme qui fait couler son mascara.

– Je ressemble à une pub pour le Doliprane en sirop...

– Tu ressembles à ta mère, rétorque Glenn.

Je tente d'aplatir les ruches en satin rose de ma robe. Elles regonflent immédiatement d'un air plein de défi.

– Ouais, c'est ça.

Glenn quitte son paillasson et me rejoint en deux enjambées.

– C'est vrai, insiste-t-il. Je revois son visage s'éclairer avant que tu montes en scène. Ce soir, tes yeux brillent de la même lumière – tu lui ressembles vraiment !

Cora serre Glenn contre elle, il passe le bras autour de mes épaules et on se blottit les uns contre les autres, trio de cœurs brisés qui se tient chaud – et tant pis pour les bottes de cow-boy sur le tapis.

Dans l'auditorium plein à craquer, Cora et Glenn ont du mal à trouver des places qui ne soient pas déjà réservées par des manteaux ou des sacs, mais ils finissent par en dégoter à mi-hauteur sur le côté gauche. Cora me rappelle de regarder vers elle et de sourire en entrant sur scène. Elle pose la main sur son sac, comme si je pouvais oublier son armada d'appareils à fixer les souvenirs.

Mon regard balaie les rangs à la recherche de Piper.

– Garde-lui une place, je dis à Cora, qui pose docilement son sac sur un fauteuil vide.

– Tu es sûre qu'elle va venir ?

Je hoche la tête, malgré mon ventre noué. La journée a été dure, mais il *faut* qu'elle vienne. J'ai besoin d'elle.

– Ava !

Sophie me fait des grands signes depuis la scène, un sourire jusqu'aux oreilles. Elle porte le costume de Dorothy, sans oublier les souliers de rubis.

– Tu es passée à l'acte ? je lui demande lorsqu'elle remonte l'allée en courant vers moi. Tu as vraiment empoisonné Kenzie pour avoir son rôle ?

Sophie éclate de rire et me serre dans ses bras.

– C'est encore mieux que ça ! s'exclame-t-elle, jetant un regard vers Kenzie, en jean et tee-shirt. Après ce qui s'est passé avec Piper ce matin, Kenzie a avoué à Tony que c'était elle qui avait envoyé la photo de toi. Ils sont allés voir Monsieur D et ils ont décidé que Kenzie ne devait pas jouer cette année.

– C'est une blague ?

Kenzie, arrivée près de nous, secoue la tête.

– Non.

– Mais tu as le premier rôle !

Elle hausse les épaules.

– Tu sais aussi bien que moi que je ne le mérite pas. J'étais tellement en colère... Tu avais pris ma place auprès de Piper, puis débarqué au club de théâtre et... (Elle pousse un lourd soupir.) Peu importe. Je n'aurais jamais dû envoyer cette photo. J'aurais dû te soutenir et j'aurais dû soutenir Piper. Comme toi aujourd'hui. Tu as été un vrai mod...

Je lève la main.

– Je t'arrête, là. Être une grande brûlée ne fait pas de moi un modèle.

– Je parlais de la façon dont tu as été là pour Piper. Je savais que je devais faire quelque chose, moi aussi.

Une part de moi a envie de lui dire qu'il est trop tard et que c'est trop peu, mais le visage de Kenzie exprime une douceur nouvelle, que n'avait pas la fille qui m'a agressée quelques mois plus tôt. Après tout, qui suis-je pour refuser à quelqu'un une seconde chance ?

Je secoue la tête et lui dis que le passé est le passé.

Kenzie me souhaite bonne chance avant de s'éloigner. Sophie, à ses côtés, vole plus qu'elle ne marche.

Avant que je rejoigne les coulisses, Cora prend une vingtaine de photos de moi, au point que les joues me tirent à force de sourire. Elle tend la main comme pour ajuster ma perruque, puis se ravise.

– C'est parfait, décide-t-elle, avant de me serrer si fort qu'elle me fait presque mal – mais un mal qui fait du bien.

Tony m'interrompt d'une petite tape sur l'épaule. Il salue Glenn et Cora, à deux doigts de l'infarctus.

– Je sais que c'est votre fille, mais ce soir, c'est ma Glinda, et j'ai besoin d'elle en coulisse *prontissimo*.

– C'est pas mes..., je commence avant de m'interrompre à la vue de l'appareil photo de Cora et du bras de Glenn autour de sa taille : enfin, presque.

Avant de partir, je rappelle à Cora de garder une place pour Piper.

– Elle va venir, j'affirme, plus pour moi que pour quiconque.

En coulisse règne le plus grand chaos. Le bûcheron en fer-blanc, qui n'a enfilé que la moitié de son costume, crie qu'il a besoin d'être maquillé. La méchante sorcière ne trouve pas son balai et Toto, notre accessoire vivant, a disparu après s'être soulagé sur l'épouvantail.

J'entrouvre les rideaux et glisse un regard vers la salle pleine à craquer, le cœur battant à toute allure. Je caresse de la main le tissu soyeux de ma robe, puis la peau rugueuse de mon visage.

Asad me trouve là, agrippée au rideau noir.

– Allô la Terre ?

Il passe la main devant mes yeux.

– Ça va ? Tu as l'air de quelqu'un en train de se noyer...

Sa voix me remet en orbite. Il est vêtu de noir des pieds à la tête, porte un casque audio digne d'un agent de la CIA, et tient à la main une boîte avec un gros nœud rose.

– Je crois que je panique.

– Je ne sais pas si ça peut t'aider, mais j'ai vu dans le public un certain tatoueur... tu sais, celui avec une espèce de chignon immonde...

– Il est venu?

Je parcours la salle du regard. Cora me repère et lève l'appareil photo, tout en me désignant son sourire. À côté d'elle, le fauteuil de Piper est resté vide. Au dernier rang, Gabriel me fait un petit salut.

– Ava Lee. Petite coquine. C'est toi qui l'as invité!

– Quoi? (J'essaie de rester désinvolte malgré le sourire plein de sous-entendus d'Asad.) Il était gentil. Il aime le théâtre!

– Ouaaais.

Asad étire la voyelle si longtemps que la chaleur me monte aux joues et mes nerfs se tendent à leur maximum. Je jette un nouveau regard au public. Qu'est-ce que je suis en train de faire?

– Dis-moi la vérité : C'est de la folie, non? Que moi, je monte sur scène et que je joue le rôle d'une jolie fée?

Asad soulève son oreillette et la décale, mais j'entends une voix qui continue de parler d'une ampoule grillée en coulisse.

– La vie n'est pas une comédie musicale, Ava, mais là, c'est *ta* vie. Personne ne peut t'obliger à jouer un rôle si tu n'en as pas envie. (Il croise volontairement mon regard.) Quel rôle tu veux jouer?

Dans le public, Cora discute avec Glenn tout en revérifiant son équipement.

– Je ne peux plus reculer, maintenant. Cora est tellement contente. Et Tony a travaillé…

Asad tire brusquement le rideau et fait disparaître la fente.

– Oublie-les. Qu'est-ce que tu veux, *toi* ?

Je vois mon reflet dans ses yeux. Juste ma silhouette, pas mes cicatrices. Qu'est-ce que je veux ? Même si une part de moi ne rêve que de prendre mes jambes à mon cou, la vraie réponse me monte aux lèvres :

– Je veux chanter.

Asad replace son oreillette.

– Alors c'est quoi, le problème ?

Puis, comme s'il se souvenait tout à coup de la boîte qu'il tient à la main, il me la tend.

– J'allais oublier : de la part de Piper.

Je tire sur le ruban rose, ouvre le couvercle et découvre une perruque châtain. Dessous, je trouve un message.

Celle-là te ressemble plus. Merde pour ce soir.

– Piper était là ? Elle va revenir ?

Il hausse les épaules.

– Elle l'a déposée tout à l'heure avant d'aller psychoter. C'est elle qui a dit ça, pas moi.

La voix se fait à nouveau entendre dans l'oreillette,

qu'Asad remet en place. Il désigne ses yeux avec deux doigts, puis tend le majeur vers moi.

– Rappelle-toi qu'il n'y a que toi sur scène et moi dans la cabine, en train de faire de la magie avec les lumières. Oublie tous les autres.

En coulisse, je troque ma perruque pour la nouvelle. Elle a presque la même teinte que mes cheveux d'avant et ses mèches souples tombent joliment sur ma cicatrice en forme d'étoile. Dans le miroir, une fille au nez en patate, dépourvue d'oreille, et criblée d'innombrables cicatrices. Mais aux yeux d'un bleu familier.

Alors que les lumières s'assombrissent, je jette un dernier regard à la salle, tentant de mémoriser les places de Cora et Glenn.

La dernière chose que je vois avant que les lumières s'éteignent complètement, c'est le fauteuil vide à côté d'eux.

Je n'ai pas le temps de réfléchir que Tony me dit de rejoindre le plateau. À travers la fente du rideau, je ne distingue que les visages du premier rang, le reste n'est plus que silhouettes anonymes. Je ne vois pas Cora et Glenn, mais je les imagine, comme autrefois mes parents, et leur force invisible m'aide à affronter le public.

– Glinda, top! me lance un technicien.

Alors que j'avance sur la scène, le projecteur d'Asad m'inonde de lumière. J'entends que le public retient son souffle.

Le silence s'épaissit.

Debout dans le rond de lumière, je sens sur moi le poids écrasant de tous ces regards qui scrutent chaque centimètre de ma peau, chacune de mes brûlures, chacune de mes cicatrices.

Ma nuque me brûle. Je lance une première note poussive, vacillante. La peur étouffe ma voix. Mon regard fouille vers la droite, là où devraient se trouver Cora et Glenn. Et Piper.

Des murmures montent de la salle. Je ferme les yeux dans l'espoir d'oublier le public. J'essaie d'imaginer mes parents et Sara qui me soutiennent dans la pénombre. Mais la peur me fait rouvrir les paupières.

Je suis sur le point de m'enfuir dans les coulisses quand, soudain, le projecteur s'éteint.

Noir complet.

À travers l'obscurité, j'aperçois Asad, éclairé par un néon, qui lève le pouce dans ma direction.

En un instant, le public disparaît.

Il n'y a plus que lui et moi.

C'est alors que, vers la droite, un petit rayon de lumière perce l'obscurité, et qu'une voix brise le silence.

– Continue à voler, Ava !

Piper.

Je me tourne vers la source de lumière, qui doit être un écran de téléphone. Deux autres lueurs s'allument à côté d'elle et j'imagine Glenn et Cora tendant leur portable à bout de bras. Des étoiles lumineuses qui défient les ténèbres.

Une étincelle court dans mes veines. L'air gonfle mes poumons.

Une force nouvelle envahit mon corps, et je sais que cette force fait partie de ce que je suis.

Alors que je m'accroche à ces trois étoiles, je comprends que mon corps ne dit pas tout de moi.

Que mes cicatrices ne me définissent pas.

Une par une, d'autres lumières s'allument – une voie lactée de smartphones qui brille dans le noir – atteignant cette part de moi que le feu n'a pas pu détruire.

J'inspire profondément.

Les mots sortent tout seuls.

Dans les ténèbres, portée par les innombrables petites lueurs, je chante.

Remerciements

Ce livre n'aurait pas pu voir le jour sans les grands brûlés qui m'ont raconté leur vie – et leurs cicatrices – pour m'aider à écrire cette histoire.

Marius Woodward, tu as été mon premier modèle, avec ton courage, ton humour et ta conviction profonde que tu valais bien plus que tes cicatrices. Merci d'être toi. À Elizabeth Watson et Hope VanderToolen-Thatcher, vous m'avez aidée à donner vie à Ava en partageant vos propres souffrances et victoires. Amy Farnworth et Stephanie Nielson, merci d'avoir lu mon texte et d'être des modèles de force pour tant de gens.

La joie, la force et la beauté de la communauté des grands brûlés continuent à me bouleverser. À tous les résilients, que vous voliez déjà en plein ciel ou que vous vous débattiez encore dans les ténèbres, merci. Continuez à voler.

Merci aussi à toutes les organisations et à tous les gens qui soutiennent les grands brûlés au quotidien et m'ont aidée dans mes recherches, en particulier le docteur Katherine de Shriners Hospitals for Children, Kristen C. Quinn au Burn Center de l'université d'Utah, à Kristen Black-Bain au centre de rééducation Sugar House, et à tous ceux de Phoenix Society for Burn Survivors.

J'éprouve une immense reconnaissance pour mon agente superstar, Brianne Johnson, pour avoir vu la beauté de l'histoire d'Ava. Tu es la meilleure agente/cheerleader/psy dont peut rêver un écrivain. Merci aussi à Allie Levick pour m'avoir évité de tomber dans la sensiblerie et à Cecilia de la Campa pour avoir partagé mes mots avec le reste du monde. À l'équipe incroyable de Delacorte Press, merci d'avoir donné vie à ce livre. Wendy Loggia, ton œil vif en tant qu'éditrice et ta confiance ont fait toute la différence. Merci à Jennifer Heuer d'avoir cherché la meilleure couverture possible pour Ava, et à Colleen Fellingham et son équipe pour leur incroyable talent de révision.

Je suis heureuse de vivre entourée d'une communauté d'auteurs au talent extraordinaire. J'ai commencé ce voyage grâce à Carol Lynch Williams qui m'a donné de son temps et de son énergie, et à la WIFYR conference. J'ai trouvé ma tribu à Story-makers. Et, bien sûr, je n'aurais jamais pu survivre sans les conseils brillants de mes critiques Kim, LoriAnne, Cheryl, Michelle et Matt, une plume extraordinaire qui a transformé mes brouillons en pièces de toute beauté. Au groupe de critiques The Knuckles – Jaime, Brekke, Jessica, Crystal et Taffy –, tout ce que vous touchez devient de l'or. Merci à tous mes amis écrivains qui ont lu les premières versions, en particulier Shannon, Debbie, Lisa et Rebekah.

À Atticus, merci de m'avoir prêté un de tes courts et magnifiques poèmes.

Ce livre n'aurait pas non plus été possible sans mes proches, ceux qui ne m'ont jamais laissée tomber tandis que je poursuivais mon rêve.

Andrea Christensen, merci de m'avoir accueillie dans ton sous-sol, où j'ai écrit les premiers mots de cette histoire, et de rester mon amie malgré tous les aléas de la vie. À Catherine Dunn, ma camarade d'écriture, qui fait ma joie et ma fierté (ou ma fierté et ma joie, je ne sais jamais).

À mes sœurs, Katie et Jenny, meilleures amies et alliées de toute une vie. À Don et Kathie Stewart, je remercie le ciel chaque jour de vous avoir pas loin de chez moi. Un immense merci aux deux dames du fond de mon jardin, qui m'aident à élever mes enfants, qui les gardent pendant que j'écris et m'aident à ne pas devenir folle. Je serais perdue sans vous.

J'aimerais dédier ce livre à mes grands-parents Glendon et Bobette, qui arpentent sûrement le paradis avec leurs bottes de cow-boy, et qui continuent à m'encourager de là où ils sont.

Merci à mes parents, Woody et Page Johnson, pour m'avoir élevée dans une maison pleine de livres, d'histoires et d'imagination. Vous étiez toujours dans le public – appareil photo à la main – pour me convaincre que je pouvais devenir ce que je voulais.

À Ellie, Avery et Cayden, un million de mercis pour être mes plus grands fans, pour avoir supporté votre maman quand elle « planait » pendant la phase d'élaboration et pour avoir mangé des plats tout faits pendant les trois semaines de révision. Vous m'avez laissé le temps de réaliser ce rêve, mais sachez que vous êtes mon rêve absolu. Vous êtes si gentils, si courageux et si beaux !

À mon mari, Kyle : tu as cru en moi et en ce livre quand il n'était encore qu'une série de post-it sur le mur du bureau. Tu as cru en moi quand moi-même je n'y croyais pas, et tu m'as aimée avec tous mes défauts. Rien n'aurait été possible sans toi.

Enfin, je suis reconnaissante à jamais à Dieu qui m'a donné plus d'étoiles dans ma nuit que je n'en méritais, et plus que je ne pourrais jamais en compter.

Erin Stewart a grandi dans les forêts de Virginie, à attraper les lucioles. Elle habite à présent à l'ombre des Rocheuses avec son mari et leurs trois enfants. Erin aime mettre à profit sa formation de journaliste pour écrire des fictions inspirées de la vie réelle. Insuffisante cardiaque et mère adoptive, elle est profondément conaincue que ce n'est pas sans raison que la vie place sur notre chemin des obstacles et des rencontres. *Dévisagée* est son premier roman.

erinstewartbooks.com
@Erin_N_Stewart

TOUS NOS JOURS PARFAITS
JENNIFER NIVEN

Un matin, sur le toit du lycée, Finch sauve Violet. À moins que ce soit Violet qui sauve Finch ? Instable et excentrique, fasciné par la mort, il s'est toujours senti différent des autres. Violet, de son côté, avait tout pour elle ; mais un drame lui a fait perdre pied et elle s'est isolée, submergée par la culpabilité. Retrouveront-ils, ensemble, le goût de vivre ?

QUI ES-TU ALASKA ?

JOHN GREEN

La vie de Miles Halter n'a été jusqu'à maintenant qu'une sorte de non-événement. Décidé à vivre enfin, il quitte le cocon familial pour partir dans un pensionnat loin de chez lui. Ce sera le lieu de tous les possibles. Et de toutes les premières fois. C'est là aussi qu'il rencontre Alaska. La troublante, l'insaisissable et insoumise, drôle, intelligente et follement sexy, Alaska Young.

NOS VIES EN MILLE MORCEAUX
HAYLEY LONG

Le monde de Griff et Dylan, 13 et 15 ans, s'écroule à la fin de l'été, quand un accident de voiture les laisse orphelins. Installés à New York depuis peu, les deux frères sont d'abord recueillis par Blessing, collègue haute en couleur de leurs parents. Puis à l'autre bout du monde, chez un oncle et une tante qu'ils ne connaissent pas, dans une petite ville du Pays de Galles, où ils trouvent bienveillance et nouvelles amitiés. Dylan n'a qu'une idée en tête : aider Griff à revivre, protéger son petit frère. Mais il a lui-même son propre chemin à faire, et une dernière vérité à affronter…

Le papier de cet ouvrage est composé de fibres naturelles, renouvelables, recyclables et fabriquées à partir de bois provenant de forêts gérées durablement.

Mise en pages : Maryline Gatepaille

Loi n° 49-956 du 16 juillet 1949
sur les publications destinées à la jeunesse
ISBN : 978-2-07-512957-2
Numéro d'édition : 354095
Dépôt légal : février 2020

Imprimé en Italie par Grafica Veneta